Conor Bowman

To Gillian
lots of love
XXX
Conor

AN TAOBH EILE
DEN SCAMALL

ARLEN
HOUSE

An Taobh Eile den Scamall

Foilsithe in 2021 ag
ARLEN HOUSE
42 Grange Abbey Road
Baldoyle, D13 A0F3
Éire
Fón: 00 353 86 8360236
Ríomhphost: arlenhouse@gmail.com

978–1–85132–225–1, bog

Dáileoirí idirnáisiúnta
SYRACUSE UNIVERSITY PRESS
621 Skytop Road, Suite 110
Syracuse
New York 13244–5290
Fón: 315–443–5534
Ríomhphost: supress@syr.edu

Clóchur ¦ Arlen House

Saothar ealaíne an chlúdaigh:
Amy Flaherty
'Through or Around', mixed media on canvas
www.pageofwandsire.com

Tá Arlen House buíoch de
Chlár na Leabhar Gaeilge
agus d'Fhoras na Gaeilge

Foras na Gaeilge

For the Street family from Inis Mór

AN TAOBH EILE
DEN SCAMALL

I

Bhreathnaigh Rachel thart timpeall uirthi sa seomra suí ag seiceáil go raibh gach rud san áit ar cheap sí iad a bheith na mílte uair nuair nach raibh sí ansin agus a rinne sí iarracht pictiúr intinne a tharraingt di féin. Thosaigh sí ag an doras ag leanúint an tseomra timpeall fan na mballaí ag comhaireamh rudaí: an pianó, bord fichille, grianghraif di féin agus dá máthair sa Ghréig ar saoire, agus an ceann mór a tógadh in Ottawa sa bhliain 1932 lena seanathair i lár cúpla céad fear eile os comhair foirgneamh parlaiminte. Nuair a bhí sí sásta nach raibh aon rud as áit shuigh sí síos. Ní raibh a fhios aici cén fhad a d'fhan sí mar sin. Uair an chloig? Deich nóiméad? Ba mhar a chéile di iad, ag an am sin ar aon nós. Ní fhéadfadh sí cuimhneamh ar an uair dheireanach a mhothaigh sí mar seo, b'fhéidir gurbh é an chéad uair di é. Seo mar a mhothaíonn tú nuair a bhíonn a fhios agat nach bhfuil tada is féidir a dhéanamh chun feabhas a chur ar an scéal. Smaoinigh sí go raibh sé beagáinín cosúil le bheith ag dul thar theach duine eile nuair a bhí an fón ag bualadh. Bheadh a fhios agat go raibh duine éigin ag glaoch ó áit éigin eile ar domhan agus go raibh scéal éigin acu don duine ar leis an fón ach nach bhfaigheadh an duine sin é go deo, b'fhéidir. Bheadh tusa ann ag an am ach ní bhainfeadh an rud leat agus fiú dá mbainfeadh ní bheifeá in ann faic a dhéanamh faoi. Chuala sí coiscéim sa phasáiste agus réitigh sí í féin don turas a bhí le déanamh aici.

'An féidir liom teacht isteach?' Chuala Rachel guth Nóirín agus í ag cnagadh ar an doras a bhí oscailte.

'Cinnte.' D'éirigh sí ina seasamh agus d'iompaigh sí i dtreo an dorais. Ba chuimhin léi na céadta uair a chuaigh sí a chodladh sa teach céanna tar éis do Nóirín scéal a insint di. Chomh fada siar is a d'fhéadfadh sí cuimhneamh bhí Nóirín ann. Thug sí aire do Rachel ó rugadh í agus aire do mháthair Rachel go dtí go bhfuair sí bás an deireadh seachtaine roimhe sin.

'Tá na carranna anseo, tá sé in am dúinn imeacht mar beidh siad ag fanacht linn sa séipéal.'

'Tá a fhios agam, bhí mé ag smaoineamh fúithi, faoin teach seo, fútsa, faoin am a bhí againn anseo agus go mbeidh sé deacair teacht ar ais anseo gan ise a bheith ann.'

'Chuir do mháthair an méid sin di féin isteach sa teach seo nach mbeinn in ann smaoineamh go deo ar an teach gan í.'

'Dúradh liom go minic faoin méid measa a bhí aici ort. Ba chosúil le duine den chlann thú riamh. Ní fhéadfadh sí déileáil le rudaí nuair a d'fhág seisean murach tusa a bheith thart. Is uaitse a d'fhoghlaim sí gurbh fhéidir léi a bealach féin a dhéanamh tríd an saol gan bheith ag brath air féin is a chuid gealltanas.'

Shiúil an bheirt acu síos an ascaill fhada go dtí an carr mór dubh a bhí ag feitheamh leo. Ní raibh aon ghá dóibh mórán a rá mar thuig siad araon go raibh cara iontach caillte acu an oíche a fuair Ailbhe Sumner bás.

Níor chuimhin le Rachel mórán faoin turas go dtí an séipéal ach dhírigh a hintinn isteach ar mhionrudaí beaga ar an mbealach. Mar shampla, chonaic sí carranna daoine a raibh aithne aici orthu, thug sí faoi deara go raibh dath aolgheal curtha ar dhoras Oifig an Phoist sa sráidbhaile le déanaí. Amach tríd an bhfuinneog bhí sé mar a bheadh domhan eile ann. Ní raibh sí cinnte an raibh sí brónach nó ar cheart di mothúcháin eile níos oiriúnaí don ócáid ná brón a bheith aici ag an am sin.

Shroich siad an séipéal agus bhí an áit plódaithe le daoine. Bhí sí in ann cuid acu a aithint agus cuid eile, ní raibh a n-ainmneacha aici, ach bhí aithne shúl aici orthu. Ba strainséirí amach is amach an chuid eile. Tháinig siad aníos chuici ag croitheadh lámh léi agus ag rá go raibh brón orthu mar gheall ar a cuid trioblóidí. Caithfidh gur bás a máthar a bhí i gceist acu a dúirt sí léi féin ach chuir sí cosc uirthi féin smaoineamh a thuilleadh mar sin. Ní am é seo le bheith ciniciúil.

Is anseo i reilig Bhaile an Mhuilinn a theastaigh óna máthair a bheith curtha in aice lena muintir féin. Chuimhnigh Rachel ar an gcéad uair a tháinig sí anseo ar shochraid, cúig bliana roimhe sin nuair a fuair a seanmháthair bás. Cheap sí ina hintinn féin gurbh ise an chéad duine eile sa líne bhaininscneach sa chlann. Ní raibh faitíos uirthi roimh an mbás, fós ar aon nós. Chuala sí guth an tsagairt.

'Bhí aithne mhaith agam ar Ailbhe, tá a muintir sa pharóiste seo le beagnach céad caoga bliain agus is léir ón méid atá anseo inniu go raibh a lán cairde aici. Níl sé éasca slán a rá le cara nuair a thógtar chomh luath seo ina saol í, ach níl a fhios ag aon duine ar domhan cathain a ghlaofar chun na bhflaitheas iad. Ach ón méid aithne a bhí agam ar Ailbhe caithfidh mé a rá, má bhímid leath chomh réitithe chun aghaidh a thabhairt ar ár Slánaitheoir is a bhí sise ní bheidh aon ghá dúinn a bheith amhrasach.'

Bhreathnaigh Rachel thart timpeall ar na daoine eile agus bhí sí ag déanamh iarrachta iad a chomhaireamh ach sular shroich sí seasca bhí sé in am di an chónra a leanúint go taobh na huaighe. Ansin tharla dhá rud nach ndéanfadh sí dearmad orthu choíche.

Ba chuimhin léi an freagra a thug múinteoir éigin uair amháin nuair a d'fhiafraigh dalta di cén chaoi a raibh a fhios againn go raibh Dia ann. Dúirt an múinteoir gur rómhinic a bhí daoine ag lorg fianaise dheimhneach san áit mhícheart. Ní raibh mórán maitheasa a bheith ag fanacht le mhíorúiltí ná draíocht ach dá mbeadh daoine macánta d'fheicfidís Dia (nó cibé ainm a thugann tú ar an sórt cumhachta sin) gach lá i rudaí éagsúla nó i slite beaga. Níor thuig Rachel fíormhíniú an fhreagra sin, dar léi, go dtí an nóiméad sin ag taobh na huaighe nuair a thóg an ghaoth hata mór dubh a bhí á chaitheamh ag bean éigin agus shéid é go dtí an taobh eile den reilig áit ar rug tiománaí an eileatraim air le lámh amháin mar a bheadh sé i sorcas.

B'eachtra bheag é ach bhain sé geit as Rachel mar chuir sé freagra an mhúinteora i gcuimhne di láithreach agus cheap sí gurbh fhéidir gur comhartha a bhí ann. B'fhéidir nárbh ea, ach ar a laghad bhí sé aisteach.

An dara rud a tharla ag taobh na huaighe, chuir sé fearg uirthi. Ón nóiméad a fuair a máthair bás níor smaoinigh sí mórán air go dtí go bhfaca sí rós dearg ag titim síos ar an gcónra tar éis di a bheith íslithe go mall sa talamh. Chuala sí guth a máthar ag rá léi na mílte uair nuair a bhí sí ag fás aníos:

'Agus dá mbeadh troid againn le chéile, is cuma cé chomh déanach is a bheadh sé sa tráthnóna, rachadh sé amach agus thiocfadh sé ar ais le rós aonair dearg agus bheadh chuile rud ceart go leor eadrainn arís.'

Chas sí timpeall agus bhí sé ansin, ag seasamh taobh thiar di, deich mbliana ón lá a d'fhág sé an sráidbhaile céanna, a bhean chéile agus girseach óg seacht mbliana d'aois ag cur ceist ar a máthair: 'Cathain a bheidh Daidí ar ais?' Bhuel an uair seo bhí sé ródhéanach. Cén fáth ar tháinig sé ar ais mar seo? Ar cheap sé go mbeadh fáilte roimhe? Ba chuma léi ar aon nós mar ní raibh sise chun baint ar bith a bheith aici leis. B'fhéidir go raibh a ainm ar a Teastas Breithe, ní fhéadfadh sí aon rud a dhéanamh faoi sin ach b'shin é an t-aon cheangal eatarthu.

'A Rachel, a Rachel!'

Shín sé a dhá lámh amach ina treo agus rinne sé iarracht ceangal súl a dhéanamh léi. Ach níorbh aon mhaith dó é mar chas sí timpeall arís agus shiúil sí díreach go dtí geata na reilige gan focal a rá leis. Nuair a bhí an carr ag fágáil chlós an tséipéil d'fhéach sí amach thar a gualainn trí fhuinneog dheiridh an chairr agus chonaic sí fós é in aice leis an uaigh agus a cheann cromtha faoi mar a bheadh sé ag guí. 'Cén fáth nach bhfuair seisean bás i dtosach?' a dúirt sí léi féin. 'Ar a laghad ar an gcaoi sin ní bheadh croí a máthar briste ag fanacht leis.'

Bhí an turas ar ais go dtí an teach i bhfad níos tapúla ná an t-aistear go dtí an séipéal. Chonaic sí daoine ag na fuinneoga agus daoine ag scuabadh an chosáin os comhair siopaí. Bhí beirt ghasúr gléasta i bhfeisteas peile na hÉireann ag imirt sacair i ngairdín ina raibh seanfhear ina chodladh i gcathaoir. Chonaic sí an búistéir ag scríobh na *specials* don lá sin i gcailc ar chlár dubh beag taobh amuigh dá shiopa. Bhí an ghrian ag taitneamh go láidir trí na crainn ar thaobh na hascaille agus bhí a fhios ag Rachel, cé go raibh an lá seo ar cheann de na laethanta ba mheasa a bhí aici riamh, go raibh uirthi na píosaí a phiocadh suas agus leanúint ar aghaidh lena saol féin.

Bhí Nóirín sa bhaile roimpi ag réiteach rudaí do na daoine a thiocfadh ar ais go dtí an teach i ndiaidh na sochraide. Ba thraidisiún é sa taobh sin tíre béile a thabhairt dóibh siúd a thaistil i bhfad ar ócáid mar sin. Bhí *buffet* d'fheoil fhuar agus de shailéad leagtha amach sa seomra bia agus *six packs* de phórtar agus de bheoir freisin. Bhí thart ar dhá scór bailithe sa seomra agus chuaigh Rachel thart ag gabháil buíochas leo go léir as ucht teacht.

'Ní bheidh an áit seo mar an gcéanna choíche arís,' a dúirt an Dochtúir Bennett léi. 'Bhí mé ag caint le hAilbhe Dé Sathairn seo caite faoi Fhéile na nGairdíní i mbliana, bhí do mháthair ar an gcoiste, tá a fhios agat.'

'Má tá aon rud gur féidir linn a dhéanamh duit cuir glaoch gutháin orm lá nó oíche agus ... tá a fhios agat go bhfuilimid anseo duit.'

'Go raibh míle maith agat, Mrs O'Connor.'

Thaitin Mrs O'Connor riamh léi. Bhí sí féin agus a máthair ar scoil le chéile agus bhí siad i dteagmháil lena chéile ón lá a d'fhág siad an scoil. Fiú nuair a bhí na O'Connors ag cur fúthu san Afraic ar feadh cúpla bliain ní dhearna siad dearmad ar bhreithlá Rachel agus chuir siad bronntanais iontacha dhifriúla chuici chuile bhliain. Bhí Anne O'Connor láidir, cheap sí. Cheap Rachel gurbh í an sórt mná í a bheadh iontach in am na trioblóide. Shamhlaigh sí Mrs O'Connor i rith cogaidh ag réiteach cupán tae fad is a bhí buamaí ag pléascadh ar chuile thaobh di. Ba chairde maithe dá máthair is di féin na O'Connors.

Ina shuí leis féin i gcathaoir sa chúinne bhí Vinnie Óg Mulcahy, aturnae a máthar, ag críochnú a bhéile. Chonaic sé í agus rinne sé comhartha di teacht anall agus labhairt leis.

Rinne sí a bealach trí na daoine eile agus shuigh sí lena thaobh.

'Tá a fhios agam nach é seo an t-am ná an áit le bheith ag labhairt leat faoi chúrsaí dlí ach tá rudaí le réiteach faoi eastát do mháthar, cúrsaí airgid agus talún agus chuile rud mar sin. Cuir glaoch orm an tseachtain seo chugainn nó chomh luath is a bhíonn nóiméad agat. Tá an-bhrón orm faoi do mháthair. Bhreathnaigh mé go hoifigiúil i ndiaidh a cuid gnóthaí dlí le fada agus bhí an-mheas agam uirthi. Ba chara linn í i dtosach agus cliant ansin.'

'Go raibh míle maith agat, a Vinnie. Cuirfidh mé glaoch gutháin ort.'

Bhí Rachel róthuirseach le bheith ag smaoineamh faoi rudaí mar sin ach bheartaigh sí nóta a dhéanamh cuairt a thabhairt ar Vinnie Óg go luath chun gach rud a shocrú.

Bhí na laethanta deiridh sin de shaol a máthar mar a bheadh scáil di. Tharla gach rud chomh tapa sin ó fuair sí an glaoch gutháin sin ó Nóirín ag rá go raibh a máthair tinn. Bhí sí ar saoire sa Fhrainc ag fanacht le clann in Grenoble. Ní raibh sí ansin ach seachtain nuair a tháinig an nuacht. Bhí an chlann lena raibh sí ag fanacht go hiontach di. Cheannaigh siad suíochán di ar an gcéad eitilt eile go Baile Átha Cliath. Nuair a shroich sí Aerfort Bhaile Átha Cliath bhí Seán Bennett (mac an dochtúra) ag fanacht léi chun síob a thabhairt di go dtí Baile an Mhuilinn. Bhí Seán an-chosúil lena athair. Bhí sé ag staidéar leighis i gColáiste na Tríonóide agus bheadh sé ag tosú ar a bhliain dheireanach san fhómhar. Caithfidh go raibh a fhios aige cé chomh dona is a bhí máthair Rachel ach níor chuir sé in iúl di é. Bhí Rachel buíoch as sin.

Tar éis di teacht abhaile níor mhair a máthair ach dhá lá eile. Bhí sé mar a bheadh Ailbhe ag fanacht lena hiníon a fheiceáil sula mbeadh sí réidh chun bás a fháil. Chaith Rachel an t-am sin go léir sa seomra céanna ag labhairt léi, ag breathnú uirthi agus í ina codladh, ag tabhairt braon uisce di ó am go chéile agus, déanta na fírinne, ag faire in éineacht léi don anáil dheireanach ón mbean a thug bronntanas na beatha di. Ba chuimhin léi cúpla uair sula bhfuair sí bás, gur dhúisigh a máthair agus gur bhreathnaigh sí thart faoi mar a bheadh iontas uirthi.

Bhí sí cosúil le duine a dhúisíonn in áit aisteach, nó b'fhéidir a mhalairt, duine a dhúisíonn in áit a bhfuil aithne acu air ach a bhíonn ag súil le dúiseacht in áit éigin eile. Bhí creideamh a máthar an-láidir ar fad agus ní raibh dabht ar bith aici faoi céard a tharlódh nuair a dhúnfadh sí a súile den uair dheireanach.

Tar éis uair go leith nó mar sin thosaigh na cuairteoirí ag fágáil. Sheas Rachel ag an doras ag fágáil slán leo agus nuair a bhí an duine deireanach imithe dhún sí an doras tosaigh agus chuaigh sí isteach sa chistin chun lámh chúnta a thabhairt do Nóirín ag glanadh na háite. 'Tá an teach an-chiúin anois, a Nóirín.'

'Tá, a stór.'

'Céard a tharlóidh anois, a Nóirín? Céard a dhéanfaimid?'

'Bhí d'uncail ar an bhfón inniu. Tá sé sna Stáit Aontaithe ar saoire ag taisteal thart agus ní bhfuair sé amach go dtí inniu, nuair a ghlaoigh sé chun labhairt le do mháthair bhocht. Dúirt sé go mbeadh sé ar ais chomh luath agus a bheadh sé in ann eitilt a fháil. Tiocfaidh sé anuas chugainn nuair a thiocfaidh sé abhaile ach b'fhéidir nach mbeidh sé anseo go dtí an tseachtain seo chugainn. Bhí sé trína chéile ar an bhfón. B'fhéidir go bhféadfá dul chun cónaithe leis.'

'Cén fáth nach féidir liom fanacht anseo leatsa?'

'Bhuel is eisean an t-aon ghaol atá agat, seachas d'athair, agus níl a fhios ag an diabhal cá bhfuil seisean.'

'Tá sé anseo.'

'Céard?'

'Tháinig sé go dtí an uaigh ag deireadh na sochraide. Caithfidh go raibh tú imithe faoin am sin.'

'Ar labhair tú leis?'

'Níor labhair, rinne seisean iarracht labhairt liomsa ach d'imigh mé ón áit gan tada a rá leis.'

'Ach beidh ort labhairt leis uair éigin.'

'Tuige?'

'B'fhéidir gur fuath leat é ach is é d'athair é ag deireadh an lae.'

'Nach cuimhin leatsa an méid dochair atá déanta ag an bhfear sin sa chlann seo, a Nóirín?'

'Is cuimhin liom go maith é, b'fhéidir níos fearr ná tusa. Ní raibh tusa aosta go leor chun fulaingt do mháthar a thuiscint ag an am. Ach is cuma cén ghráin atá agat air, is é d'athair é.'

'Ní thuigim thú ar chor ar bith, a Nóirín. Nach bhfuil aon dílseacht agat do Mhamaí nó an bhfuair sé sin bás in éineacht léi?'

Faoin am seo bhí Rachel ag brath ar chaoineadh ach níor lig sí di féin tosú. Chuir an sórt seo cainte déistin uirthi mar cheap sí go mbeadh sé mídhílis dá máthair aon bhaint a bheith aici leis an bhfear sin. Níor thuig sí cén fáth a raibh Nóirín ag caint mar seo.

'Níl mé ag rá go raibh an ceart ag d'athair an rud a rinne sé a dhéanamh ach cé gur bhris sé croí do mháthar ag an am, b'fhéidir go raibh sí níos fearr as gan é. Ar a laghad bhí sí in ann saol nua a dhéanamh di féin. Bhí cairde maithe aici anseo agus bhí sí chomh sásta is a d'fhéadfadh duine a bheith agus an scéal mar a bhí. Ní raibh aon ghráin aici air. Ceapaim go mb'fhéidir gur thuig sí sa deireadh nár fhéad rudaí leanacht ar aghaidh mar a bhí. Is eisean an gaol is gaire atá agat.'

'Is cuma liom gan baint ar bith a bheith agam leis agus ní féidir leatsa ná le haon duine eile brú a chur orm mo thuairim a athrú.'

Ní raibh mórán comhrá idir Rachel agus Nóirín an tráthnóna sin, ag am tae nó ina dhiaidh sin nuair a shuigh an bheirt acu síos chun breathnú ar an Nuacht ag a naoi a chlog. Bhí a gcuid smaointe féin acu agus ní raibh siad feargach lena chéile i ndáiríre, ach bhí sé deacair déileáil le bás Ailbhe gan glacadh leis go raibh athrú ollmhór tagtha ar an saol a bhí ag an mbeirt go dtí seachtain nó mar sin roimhe sin. Bhí faitíos ar Nóirín go mbeadh uirthi an teach a fhágáil. Céard a tharlódh do Rachel? Bhí sí ró-óg le bheith léi féin agus bhí bliain eile le déanamh aici ar scoil sula mbeadh sí á fágáil. Agus ina dhiaidh sin, céard? Ollscoil? Cé a d'íocfadh as sin? Agus dá mbeadh uirthi féin an teach a fhágáil cá rachadh sí, ba é seo a baile, anseo a bhí an teaghlach. Chuaigh Rachel suas staighre tar éis na

Nuachta agus sheas ag an bhfuinneog ag breathnú amach ar an ngairdín cúil. Cé go raibh sé leathuair tar éis a naoi san oíche bhí sé geal taobh amuigh fós. Thaitin laethanta fada an tsamhraidh léi. Chuir an tráthnóna seo aois a hóige i gcuimhne di. Bhreathnaigh sí ar na bláthcheapacha a bhí curtha ag a máthair. Bhí gaoth éadrom ag séideadh an chrochtín ar ar shuigh sí na céadta uair le linn laethanta a hóige.

Chuimhnigh sí ar lá amháin blianta roimhe sin, nuair a tháinig sí abhaile ón scoil agus fuair sí a máthair ar an gcrochtín agus a hathair á brú go deas réidh ar aghaidh agus ar ais, ar aghaidh agus ar ais. Bhí an bheirt acu ag canadh le chéile ach ní raibh sí cinnte céard a bhí á chanadh acu – rud éigin faoi *submarines*. Sin é anois é, *'Yellow Submarine'*. Seanamhrán a bhí thart nuair a bhí siadsan sa choláiste le chéile is dócha. Ba chuimhin léi gur cheap sí ag an am go raibh siad amaideach, róshean le bheith ag útamáil thart mar sin. Ag breathnú siar ar an eachtra, smaoinigh sí go raibh am ann nuair a bhí siad sona, séanmhar mar theaghlach, ach bhí an t-am sin imithe le fada agus chuir sé as di smaoineamh air fiú.

Chuir sé as di toisc gur chuir sise an milleán faoi bhás a máthar ar a hathair agus b'fhéidir gur cheap sí, gan smaoineamh, gurbh ise ba chúis lena imeacht sa chéad áit cé go raibh a fhios aici ina croí istigh nárbh fhíor é sin. Ach b'fhéidir dá mba rud é go raibh níos mó ama acu lena chéile, gan ise le breathnú ina diaidh, go mbeidís in ann a gcuid difríochtaí a shocrú.

Smaoinigh sí ar alt a léigh sí in iris éigin faoin gcaoi a gcuireann páistí an milleán orthu féin nuair a bhriseann pósadh a dtuismitheoirí suas. Bhí a fhios aici anois, ag seacht mbliana déag d'aois, gur smaoineamh páistiúil é sin ach nuair atá an ceann agus an croí ag dul i dtreonna difriúla tá sé deacair a fhios a bheith ag duine cé acu ba chóir a chreidiúint. Bhí sé deacair smaoineamh i gceart ag deireadh lae mar sin agus bhí tuirse uirthi. D'oibreodh sí gach rud amach an lá ina dhiaidh sin, agus ar aon nós bheadh a huncail Oisín ag teacht chun í a fheiceáil agus bheadh a fhios aige siúd céard ba cheart di a dhéanamh. Bheartaigh sí an méid arbh fhéidir léi cuimhneamh air faoin lá a bhí beagnach thart a scríobh síos ina dialann. Choinnigh sí dialann i gcónaí agus ar an gcaoi sin bhí sí in ann breathnú ar ais ar eachtraí a bhí tábhachtach di. Mhúch sí an solas agus chuaigh sí isteach sa leaba. Den chéad uair ó fuair a máthair bás thosaigh sí ag caoineadh agus chaoin sí gur thit a codladh uirthi.

I dteach lóistín, leathmhíle taobh amuigh de Bhaile an Mhuilinn, bhí David Sumner ag bailiú a chuid smaointe, beagnach an t-am céanna is a bhí a iníon ag dul a chodladh. Ní dheachaigh sé ar ais go dtí an teach tar éis na sochraide mar go raibh an iomarca daoine ansin agus níor theastaigh uaidh bualadh leo. Ba chairde le hAilbhe iad go léir agus ní bheadh fáilte roimhe. Chuir sé sin fearg air. Ní raibh fáilte roimhe ina theach féin agus, níos measa ná sin, ní raibh fáilte ag a iníon féin roimhe ach an oiread. Bheadh sé deacair, ach bhí air teagmháil a dhéanamh léi. Ba mhinic i rith na ndeich mbliana sin a chuir sé ceist air féin cén fáth ar fhág sé iad ar chor ar bith. Nach raibh bean chéile dhílis aige agus páiste breá óg? Ach bhí sé sin an-fhada uathu anois. D'fhág sé an bheirt acu chun dul i ngleic le samhailtí. Bean eile, tír eile, saol eile – agus cén mhaith dó anois iad? Bhris sé suas leis an mbean eile thart ar bhliain i ndiaidh dó Ailbhe a fhágáil, ach bhí sé ródhéanach ansin chun dul ar ais agus iarraidh uirthi seans eile a thabhairt dó. Ní ligfeadh bród dó dul ar ais agus maithiúnas a iarraidh. Agus cén mhaith a bheadh ann fiú dá nglacfadh sí leis ar ais? Bhí a fhios aige nuair a d'fhág sé go raibh gach rud thart. Ní fhéadfadh sé cur suas léi a thuilleadh, ní athródh sé sin choíche.

Ba í a iníon a bhí ag teastáil uaidh anois. Leis an bhfírinne a rá, b'shin an rud ba mhó a chuir as dó. Ní bás a mhná céile a bhí ag cur as dó i ndáiríre ach nach raibh aithne ar bith aige ar a iníon. Theastaigh uaidh aithne a chur uirthi mar ba í a ghaol fola féin í. Nach raibh an ceart sin aige? Ní fhéadfadh aon duine é a stopadh ó bhaint a bheith aige lena iníon féin agus dá ndéanfadh aon duine iarracht bheadh brón síoraí orthu.

Rachadh sé chuici amárach. Bhí sé éasca go leor a thuiscint cén fáth nach dteastódh uaithi labhairt leis inniu, bhí sí trína chéile ag an tsochraid. Bheadh sí níos fearr amárach agus cé go mbeadh sé deacair di i dtosach, bhí sé cinnte go nglacfadh sí leis tar éis tamaill. Bhí siad gar dá chéile uair amháin agus d'fhéadfaidís a bheith arís. Bhí a fhios aige go mbeadh daoine ann a déarfadh nach raibh aon cheart aige teacht ar ais anois tar éis na mblianta, ach bhí dualgas air dá iníon féin agus ní raibh sé ródhéanach, dar leis, é sin a chomhlíonadh anois.

Bhí sé deacair dó i dtosach nuair a d'fhág sé Éire deich mbliana ó shin. Go dtí sin bhí sé ag obair mar innealtóir don Chomhairle Contae i gCill Dara. Bhí an post buan agus an t-airgead go maith. Bhí sé ocht mbliana sa phost nuair a d'fhág sé agus ní raibh postanna mar sin éasca le fáil. Bhí sé ag comhchomhairle idirnáisiúnta innealtóireachta i Londain nuair a bhuail sé le Margaret. Bhí sise ag freastal ar chomhdháil faisin a bhí ar siúl san óstlann chéanna. Bhí sí ard, gnéasúil, colscartha agus infhaighte. Bhí seisean bréan dá phósadh agus ag cuardach comhluadair. Bhuail siad lena chéile sa bheár oíche amháin agus dhúisigh siad ina leaba an mhaidin dár gcionn. Bhí sé chomh héasca ag an am a intinn a dhéanamh suas.

Coicís ina dhiaidh sin tháinig sise go Baile Átha Cliath ar feadh deireadh seachtaine. Dúirt sé le hAilbhe go raibh sé ag dul go dtí Béal Feirste chun léacht a thabhairt in Ollscoil na Banríona agus chreid sí é. Chreid Ailbhe gach rud a dúirt sé léi. Tar éis mí eile d'fhág sé Baile an Mhuilinn Aoine amháin. Thóg sé leis an t-airgead go léir a bhí aige sa bhanc. Ba le hAilbhe an teach ar aon nós agus d'fhéadfadh sí an carr a choinneáil. Tharla gach rud chomh tobann sin. Dúirt sé leis an dream sa Chomhairle Contae ar an Aoine nach mbeadh sé ag teacht ar ais. Bhí ionadh an domhain orthu. Níor chreid siad é. An oíche sin, thóg sé eitilt go Heathrow agus thosaigh sé saol nua láithreach. Ba chuma leis faoi Ailbhe mar bhí a fhios aige go ndearna sé an rud ceart don bheirt acu. D'fhág sé litir d'Ailbhe ar an mbord sa chistin, mar a dhéanann siad sna scannáin, ag rá go raibh gach rud thart eatarthu agus nach mbeadh sé ag teacht ar ais. B'shin an chumarsáid dheireanach a bhí aici uaidh. Cheap sé go mbeadh sé níos fearr briseadh glan a dhéanamh agus sin go díreach a rinne sé.

Níor oibrigh rudaí amach idir é féin agus Margaret. Tar éis tamaill bhí an t-airgead a bhí sábháilte aige imithe agus ní raibh post ceart faighte aige fós. Mar a deir siad, nuair a stopann an t-airgead ag teacht isteach an doras, imíonn an grá amach tríd an bhfuinneog. Leis an bhfírinne a rá ní raibh mórán eatarthu riamh ach tarraingt fhisiciúil agus uaigneas. Cé gur leor é sin ar dtús níor mhair sé i bhfad agus bliain tar éis dul go Sasana bhí sé ina aonar arís.

Fuair sé obair sa deireadh le McAlpines ach mar gheall ar an gcúlú eacnamaíochta bhí sé ag déanamh obair a raibh sé rócháilithe faoina coinne. Ní raibh rogha ar bith aige. Tar éis cúpla bliain phioc rudaí suas arís agus chuaigh sé amach leis féin mar chomhairleoir innealtóireachta. D'fhág sé Londain agus fuair sé oifig in Cambridge. Bhí rudaí ag dul go maith anois agus bhí sé ag saothrú airgead maith. Bhí sé níos fearr as ó thaobh airgid de ná mar a bheadh fiú dá rachadh sé go dtí an barr sa Chomhairle Contae i gCill Dara. Shásaigh sé sin é. Bhí air tosú as an nua arís i Sasana agus d'éirigh leis. Ní raibh mórán fear a bhí in ann é sin a rá ag daichead is a ceathair bliain d'aois.

Ó d'fhág sé Baile an Mhuilinn níor stad sé uair amháin leis an milleán a chur air féin faoin sórt saoil a bhí aige. Chreid sé sa chinniúint agus go rachfá as do mheabhair dá gcuirfeá ceist rómhinic, cén fáth seo nó cén fáth siúd. Bhí a fhios ag Ailbhe go bhfuair a máthair bás den ailse agus chaith sí féin seasca toitín gach lá ó bhí sí fiche bliain d'aois nó mar sin. D'íoc sí go daor astu. Bhí brón air faoina bás cinnte, ach níor cheap sé go raibh sé tar éis píosa de féin a chailliúint. Chaill sé píosa de rud a bhí thart cheana. B'shin an méid. Bhí dearmad déanta aige ar an bpíosa sin dá shaol i bhfad, i bhfad ó shin.

Bhí sé san oifig nuair a léigh sé faoina bás san *Irish Times*. Ba é an chéad rud ar smaoinigh sé air ná go raibh an t-am tagtha chun filleadh ar Bhaile an Mhuilinn agus an t-aon rud leis a bhí fágtha ansin, Rachel, a éileamh. Rachadh sé chuici an lá dár gcionn agus bheadh gach rud ceart, thógfadh sé am ach bhí sé cinnte go mbeadh chuile rud ceart sul i bhfad.

II

Seachtain i ndiaidh na sochraide chuir Rachel glaoch ar oifig Vinnie Óig agus rinne sí coinne leis dul isteach an chéad lá eile chun na rudaí a luaigh sé léi ag an tsochraid a oibriú amach.

'Beidh mé isteach chugat thart ar a dó mar sin, a Vinnie,' a dúirt sí.

'Ceart go leor,' ar sé, 'déanfaidh sé sin go breá. Déarfaidh mé leis bheith anseo ag a dó mar sin.'

'Cé leis a ndéarfaidh tú é?'

'Le d'athair.'

'Cén bhaint atá aige leis seo? Nach eadrainn féin é seo? Cheap mé go raibh tusa ar aon taobh liomsa agus le Mam.'

'Tá mé ar do thaobh, ach níl gach rud chomh héasca leis sin.'

'Céard atá cearr?'

'Níl aon rud cearr ach níl an dlí chomh simplí leis sin. Míneoidh mé gach rud duit amárach.'

'Má tá seisean le bheith ann, beidh ort féin labhairt leis asat féin, mar níl mise ag dul in aon áit in aice leis an bhfear sin.'

'A Rachel, éist. Caithfidh sé seo a bheith socraithe ar bhealach amháin nó ar bhealach eile agus chomh luath is a thagann an bheirt agaibh isteach beimid in ann probháid a thógáil amach ar eastát do mháthar.'

'Céard é probháid?'

'Bhuel, sin é an téarma dlí atá ar an gcaoi a socraítear eastát duine atá caillte. Tógann sé dóthain ama mar atá sé ach mura gcabhraíonn tú liom tógfaidh sé i bhfad níos mó ama.'

'Ok, beidh mé ansin ach ní theastaíonn uaim é a fheiceáil i ndiaidh amárach.'

'Go raibh maith agat, a Rachel, tá a fhios agam nach bhfuil rudaí éasca duit na laethanta seo, agus déanfaidh mé sáriarracht gach rud a chríochnú chomh luath agus is féidir.'

Chuir Vinnie an fón síos agus chuir sé glaoch ar a rúnaí. 'A Mhéabh, an bhféadfá comhad Ailbhe Sumner a fháil dom?'

Nuair a cuireadh ar a dheasc é d'oscail sé é agus chas sé tríd go sciobtha go bhfuair sé an leathanach a bhí uaidh. Stróic sé suas i bpíosaí beaga é agus chuir sé sa luaithreadán iad. Ansin thóg sé lastóir as a phóca agus las sé na píosaí. Nuair a bhí siad go léir dóite chaith sé an luaith sa bhosca bruscair agus d'oscail sé an fhuinneog chun aon deatach a bhí fágtha a ligean amach.

'A Mhéabh, tá mé críochnaithe leis an gcomhad anois. Is féidir leat é a chur ar ais sa chomhadchaibinéad, go raibh míle maith agat.'

Níor thaitin leis rudaí mar seo a dhéanamh ach ó am go chéile bhí ar aturnae é féin a chosaint. Bhí a lán daoine amuigh ansin a thógfadh cás i d'aghaidh dá dtabharfá seans ar bith dóibh. Ní fhéadfá bheith róchúramach. Rinne chuile dhuine botúin ina saol ach is corrdhuine a chlúdaigh i gceart iad.

Bhí na scamaill liatha ag bailiú os cionn Bhaile an Mhuilinn agus sheas Vinnie ag fuinneog oscailte na hoifige ag breathnú amach ar an sráidbhaile. Bhuail an smaoineamh é gurbh áit an-bheag é an domhan i ndáiríre. Bhí ar dhuine maireachtáil leis féin cibé áit a ndeachaigh sé agus mura raibh sé in ann é féin nó na rudaí a rinne sé a sheasamh, ní raibh leigheas ar bith air. Las sé toitín agus rinne sé gáire beag dó féin mar ba é seo ceann de na nóiméid ina shaol a chruthaigh dó go raibh sé in ann maireachtáil leis féin agus lena ghníomhartha.

Bhí David Sumner ar buile. Bhí sé ar buile toisc nach raibh rudaí ag tarlú mar ba chóir, dar leis. Bhí an méid sin íobarthaí déanta aige faoin am seo gan aon toradh. Bhí a intinn athraithe go mór faoin am seo agus ní raibh a fhios aige an raibh aon dul as. B'fhéidir go raibh sé mícheart nuair a cheap sé go bhféadfadh sé Rachel a mhealladh ar ais ina shaol. Bhí sé seachtain san áit anois agus ní raibh sé oiread is smid ní ba ghaire di ná mar a bhí lá na sochraide. Agus ní hé nach ndearna sé iarracht.

An lá tar éis na sochraide chuaigh sé ar cuairt go dtí an seanteach. Ag siúl suas an ascaill dó mhothaigh sé mar a bheadh sé ar ais deich mbliana ó shin, sa samhradh freisin, ag teacht abhaile tar éis lá san oifig ag faire ar a dhinnéar agus tráthnóna fada ina shuí sa ghairdín ag léamh. Ach bhí chuile rud athraithe anois agus fuair sé an méid sin amach go tobann.

'Níl sí anseo, Mr Sumner,' a dúirt Nóirín leis nuair a d'oscail sí an doras dó.

'Bhuel, cathain a bheidh sí ar ais, mar sin?'

'Ní féidir liom a rá.'

'Tiocfaidh mé isteach agus fanfaidh mé go dtiocfaidh sí ar ais. Níl aon deifir orm.'

'Tá brón orm, Mr Sumner, ach dúirt sí liom gan aon duine a ligean isteach. Ní dóigh liom go dteastaíonn uaithi aon duine a fheiceáil na laethanta seo.'

'Ní theastaíonn uaithi mise a fheiceáil, sin atá i gceist agat, nach ea?'

'Níl aon rud i gceist agam, ach sin a dúradh liom.'

'Is mise a hathair, ar son Dé!'

'Tá a fhios agam, ach ní theastaíonn uaithi aon duine a fheiceáil inniu.'

'Cheap mé go raibh sí imithe amach.'

'Tá sí imithe amach, agus anois mura miste leat caithfidh mé iarraidh ort imeacht.'

'Beidh mé ar ais. Níl mé críochnaithe leis seo. Caithfidh mé í a fheiceáil am éigin, is mise a hathair!'

Dhún sí an doras ina dhiaidh. Nuair a bhí sé leath bealaigh síos an ascaill bhreathnaigh sé ar ais ar an teach agus bhí sé cinnte go bhfaca sé cuirtín ag bogadh ar fhuinneog thuas staighre.

Rinne sé cúpla iarracht eile teagmháil a dhéanamh léi i rith na seachtaine. Chonaic sé í fiú sa sráidbhaile ag siopadóireacht ach níor labhair sí leis. Chuir sé glaoch gutháin ar an teach cúpla uair ach d'fhreagair an bhitseach sin, Nóirín, é chuile uair agus, dar ndóigh, ní raibh Rachel ann riamh. Ansin, nuair a bhí sé beagnach réidh chun géilleadh bhuail sé le Vinnie Óg i dtábhairne sa sráidbhaile oíche amháin. Tháinig Vinnie suas chuige agus bheannaigh sé dó.

'Cén chaoi a bhfuil tú, a David? Tá sé tamall fada ó chasamar ar a chéile.'

'Tá, cinnte, a Vinnie, an mbeidh deoch agat?'

'Beidh agus fáilte, pionta más é do thoil é. Chuala mé ráfla go raibh tú thart ach ní raibh aon duine cinnte. Bhí brón orm faoi Ailbhe, bhí an-mheas agam uirthi agus is mór an chreach é a bás.'

'Tá a fhios agam go raibh an-mheas aici ortsa freisin, a Vinnie.'

Shuigh siad síos le chéile ag bord i gcúinne an tí ósta agus d'ordaigh an t-aturnae deochanna dóibh. Tháinig cailín anall chucu leis na deochanna ar thráidire agus bhreathnaigh an bheirt fhear ar an leann dubh ag socrú sna gloiní ar feadh nóiméid sular labhair ceachtar acu arís. Ba é Vinnie a bhris an ciúnas.

'Ba mhaith liom dá dtiocfá isteach san oifig am éigin, a David, chun cúpla rud a phlé. Bhí mé ar tí scríobh chugat i Sasana ach chuala mé go raibh tú anseo. Tá eastát Ailbhe le socrú suas fós.'

'Ach cén bhaint atá aige sin liomsa? Nach bhfaigheann Rachel chuile rud?'

'Tá rudaí le socrú suas a bhaineann leatsa freisin, a David. Éist, tar isteach ar aon nós.'

'Cathain?'

'Cuirfidh mé glaoch ort. Cá bhfuil tú ag fanacht?'

'Seo í an uimhir.' Scríobh David an uimhir síos ar chúl mata beorach agus chuir Vinnie ina vallait é.

'Sláinte.'

'Sláinte.'

Ar a haon a chlog an lá i ndiaidh do Rachel labhairt le Vinnie bhí sí ag ithe a lóin le Nóirín sa chistin sa teach. Níor thaitin sé léi go mbeadh sí ag bualadh lena hathair an lá céanna ach ar chaoi amháin bhí sé níos éasca bualadh leis go hoifigiúil, mar a déarfá, ná bualadh leis aisti féin. Ar a laghad ar an mbealach seo bheadh Vinnie ansin freisin agus ní bheadh seans ag David Sumner labhairt léi mórán mar ní bheidís astu féin. Níor inis sí do Nóirín go mbeadh a hathair ansin mar níor theastaigh uaithi comhairle d'aon saghas a fháil. Ag breathnú ar ais ar lá na sochraide bhí aiféala uirthi faoin argóint a thosaigh. Níor theastaigh ó Nóirín ach an rud is fearr a dhéanamh di. Thuig sí é sin anois. Labhair sí le Nóirín.

'Caithfidh mé dul isteach chuig Vinnie Óg inniu.'

'Ó, céard atá uaidh siúd?'

(Ní raibh mórán muiníne aici as dlíodóirí).

'Teastaíonn uaidh eastát Mham a shocrú suas.'

'Ní bheidh mórán fágtha d'eastát do mháthar tar éis costais dlí a íoc.'

'Níl Vinnie mar sin in aon chor.'

'Tá súil agam nach bhfuil, ach feicfimid. An mbeidh tú ar ais in am don tae?'

'Ó, cinnte, beidh.'

Chríochnaigh Rachel a lón agus chuir sí sciorta deas ildaite uirthi. Bhreathnaigh sí uirthi féin sa scáthán agus bhí sí sásta léi féin. Bheadh a máthair bródúil aisti mar bhí sí ag déanamh sáriarrachta aghaidh a thabhairt ar an domhan gan ligean d'aon duine na mothúcháin a bhí aici i ndáiríre a fheiceáil. Fiú go raibh sí fós ina déagóir, smaoinigh sí di féin go raibh sí tar éis fás suas go sciobtha sna laethanta úd ó fuair a máthair bás. Bhí faitíos uirthi faoin saol a bhí amach roimpi féin, faoi céard a tharlódh di féin agus do Nóirín. Ach rud amháin a bhí cinnte, ní athródh sí a hintinn faoina hathair; níor theastaigh uaithi baint ar bith a bheith aici leis. Bhí cuimhne dheas aici ar a hóige ach bhí an t-am sin thart agus bhí uirthi leanacht ar aghaidh lena saol. D'airigh sí uaithi a máthair agus thosaigh na deora ag bailiú ina súile.

Chuir sí caoi uirthi féin agus d'imigh sí síos staighre. Phlab sí an doras tosaigh ina diaidh.

Shiúil sí tríd an sráidbhaile, cosúil le duine a bhí ansin den chéad uair riamh, ag tabhairt chuile rud faoi deara. Bhí an sráidbhaile seo cosúil leis na mílte eile ar fud na tíre. Bhí na gnáthrudaí go léir a mbeadh súil agat leo ar fáil ann: siopaí, tithe ósta, séipéal, cógaslann, oifig an phoist, beairic Gardaí agus scoil náisiúnta. Cheap sí nach raibh mórán difríochta idir an áit seo agus áit ar bith eile, ach amháin gur fhás sí aníos ann agus go raibh aithne aici ar chuile dhuine. Cén fáth a mbíonn ceangal idir daoine agus áit? Ach ba é seo a sráidbhaile féin. Ba chuimhin léi nuair a bhí sí ag freastal ar an scoil náisiúnta gur cheap sí go raibh an t-aistear ón scoil go dtí an teach an-fhada ar fad. Cheap sí gur chríochnaigh an domhan ag an abhainn. B'fhéidir go raibh an saol mar sin freisin, go mbraitheann do léaslíne ar an bpointe ag a dtosaíonn an faitíos ag fáil greim ort. Faitíos roimh chríocha aineoil. Shiúil sí go dtí oifig an dlíodóra agus bhuail sí an clog ar an doras.

Taispeánadh isteach go dtí seomra feithimh beag í. Ní raibh aon duine eile ann. Bhí bord caife i lár an tseomra agus é lán d'irisleabhair. Thóg sí suas ceann acu agus léigh sí tríd go sciobtha fad is a bhí sí ag fanacht. Bhí alt ann faoi U2 agus pictiúr mór de na leaids ag ceolchoirm sa Staid Oilimpeach in Munich. 'U2: Kulturband', a dúirt an cheannlíne. Léigh sí cuid den alt ach nuair a thosaigh an scríbhneoir ag labhairt faoi Bhono a bheith ag cur brú ar an Eoraip breathnú uirthi féin i scáthán briste, níor fhéad sí léamh níos faide agus chas sí go dtí leathanach ar a raibh fógra faoi pháipéar leithris éigin. Ansin chuala sí cnag ar an doras tosaigh agus tháinig an rúnaí isteach chun a rá léi go raibh sé réidh chun í a fheiceáil.

Gnáthoifig aturnae ab ea oifig Vinnie; céim dlí ar an mballa agus cúpla seilf lán de leabhair dlí. Bhí sí in ann clúdach roinnt díobh a léamh: de Blacam, *Drunken Driving and the Law,* agus Beechinor, *Ground Rent Principles.* Bhí a hathair ina shuí agus a dhroim léi agus bhí Vinnie ar an taobh eile den deasc mór mahagaine. D'éirigh an bheirt acu nuair a tháinig sí isteach. Ba é Vinnie a labhair i dtosach.

'Bhuel táimid go léir anseo sa deireadh. Tá cúpla rud le déanamh againn.'

'An dtógfaidh sé seo i bhfad?' Níor theastaigh ó Rachel a bheith ansin an lá go léir.

'*No, no,* níl mórán le déanamh. Ní thógfaidh sé i bhfad orainn.'

Ní dúirt a hathair tada ach shuigh sé go ciúin agus badhró ina lámh aige, cosúil le dalta a bhí ag fanacht chun scrúdú a thosú. Lean Vinnie air.

'Mar is eol daoibh, mise an t-aturnae a bhí ag Ailbhe le beagnach fiche bliain anois, agus bhí an-mheas agam uirthi.'

Níor theastaigh ó Rachel an sórt raiméise seo a chloisteáil ach ag an am céanna níor fhéad sí cur isteach ar an aturnae agus iarraidh air leanacht ar aghaidh leis an bpríomhghnó. Lean sé air.

'Bhí clann Ailbhe agus an cleachtadh dlí seo mór le chéile ar feadh a saoil ar fad agus dá bhrí sin bhí mise ag déileáil le cúrsaí dlí Ailbhe ó chuireamar aithne ar a chéile. Tá a fhios againn go léir gur bhean í Ailbhe a bhí an-chúramach ó thaobh cúrsaí airgid de. ('Ní raibh aon rogha aici,' a dúirt Rachel léi féin). Bhí roinnt mhaith airgid sábháilte aici nuair a fuair sí bás agus chomh maith leis sin ba léi an teach. San iomlán, idir airgead sábháilte, luach an tí agus polasaithe árachais beatha, d'fhág Ailbhe beagnach ceathrú milliúin punt ina diaidh.'

Chuir caint an dlíodóra iontas ar an mbeirt eile. Ó thaobh Rachel de, bhí sé dochreidte duine a chloisteáil ag labhairt faoin méid sin airgid agus a clann féin san abairt chéanna. Bhí sé cosúil leis an *Lotto*. Ó thaobh David de, chuir sé iontas air nach raibh ar a bhean morgáiste a thógáil amach nó rud éigin mar sin tar éis dó í a fhágáil. Bhí a fhios aige go raibh roinnt airgid ag Ailbhe ach ba chosúil go raibh sí an-mhaith ag maireachtáil ar an méid a bhí aici. Is dócha gur fhág máthair Ailbhe roinnt airgid aici nuair a fuair sise bás, cúpla bliain roimhe sin.

Bhí sí go maith le hairgead i gcónaí.

Bhí ciúnas ansin ar feadh nóiméid fad is a bhí an triúr acu ag machnamh ar an méid airgid a bhí i gceist. Bhí an cheist chéanna in intinn athar agus iníne, ach d'fhreagair an t-aturnae an cheist sula raibh ceachtar díobh in ann í a chur.

'Agus céard faoin tiomna? Bhuel sin í an fhadhb, ní dhearna sí ceann. Is dócha gur cheap sise chomh maith linn féin, go mbeadh dóthain ama aici tiomna a dhéanamh amach anseo, ach mar is eol dúinn, bhí plean eile ag Dia di.'

Níor fhéad an bheirt eile é a chreidiúint ach, níos tábhachtaí ná sin, ní raibh a fhios acu céard a tharlódh dá bharr. Bhris guth Rachel isteach ar an gciúnas. 'Bhuel, céard a tharlaíonn don eastát sa chás sin? An bhfaigheann an Stát é nó rud éigin mar sin?'

Cheap Rachel gur chuala sí rud faoi seo am éigin ar an raidió. Bhí faitíos uirthi go gcríochnódh sí féin ar thaobh an bhóthair agus nach mbeadh tada sa saol aici. Agus céard faoi Nóirín?

Níor chuir sé as chomh mór sin do David an scéal seo a chloisteáil mar níor cheap seisean riamh go bhfaigheadh sé aon rud nuair a gheobhadh Ailbhe bás, tar éis dó í a fhágáil mar a rinne sé. Dar leis, ba chuma cé a gheobhadh an t-airgead fad is nach bhfaigheadh an striapach sin Nóirín aon rud. B'ise a d'iompaigh a iníon féin ina choinne, bhí sé cinnte faoi sin.

Rinne an t-aturnae gáire.

'Ó, níl rudaí chomh dona leis sin in aon chor. Ní fhaigheann an Stát é ach amháin nuair nach mbíonn gaol ar bith fágtha ag duine.'

'Céard a tharlaíonn anois mar sin?' Labhair David den chéad uair ó thosaigh Vinnie ag insint an scéil dóibh.

'Bhuel, tugtar díthiomnacht air. Tá rialacha ag baint leis seo san Acht Comharbais. Faigheann an céile dhá thrian den eastát agus roinntear an trian eile idir na páistí.'

'Ach céard a tharlaíonn don dá thrian mura bhfuil céile ann? Abair, mar shampla, gur fhág sé deich mbliana ó shin agus gur imigh sé óna chlann?' arsa Rachel, ag breathnú sall ar a hathair, agus í cinnte nach bhféadfadh sé breathnú uirthi sa tsúil agus bhí an ceart aici.

'Déarfaimid go bhfuil tú ag labhairt faoi do chlann féin, a Rachel. Is cuma cé acu a bhíonn na páirtithe ina gcónaí lena chéile nó nach mbíonn, má bhíonn siad fós pósta lena chéile. Is é sin le rá, mura mbíonn siad colscartha nó mura mbíonn Idirscaradh Breithiúnach acu ní athraíonn aon rud.

Tá roinnt mhaith cásanna ann inar cheap an chlann go raibh céile amháin marbh agus roinneadh amach an t-eastát ach tháinig an céile ar ais agus bhí ar na gaolta eile cuid den airgead nó den talamh a bhí faighte acu a thabhairt dó nó di.'

'So, faighimse dhá thrian den eastát go léir?' Ní raibh David in ann é a chreidiúint.

'Cinnte, faigheann.'

'Agus faighimse an trian eile, sin an méid?' Ní raibh Rachel sásta ar chor ar bith. Dúradh léi i gcónaí go bhfaigheadh sí gach rud dá dtarlódh aon rud dá máthair agus, cé nach raibh a fhios aici roimhe seo cé mhéad a bhí i gceist, bhí sí ar buile toisc go raibh an dlí ag obair i bhfabhar an fhir a mhill saol a máthar.

'Sea, faigheann tusa an trian eile, a Rachel.'

Labhair an t-aturnae go tapa mar dhuine a bhí ag iarraidh an comhrá a chríochnú.

'Bhuel sin sin,' arsa David. Bhí sé soiléir go raibh seisean sásta leis an socrú ar aon nós.

Bhreathnaigh sé i dtreo a iníne agus rinne sé meangadh gáire.

'Cathain is féidir leat an t-airgead a thabhairt dom?' a dúirt Rachel. Ar a laghad cheap sí, nuair a bheadh gach rud roinnte amach, go n-imeodh seisean ar ais go Sasana agus go mbeadh sí féin agus Nóirín in ann saol nua a thosú.

'Cruthaíonn sé sin fadhb bheag amháin tá brón orm.' Bhí cuma neirbhíseach ar ghuth an dlíodóra.

'Cén sórt faidhbe? An gcaithfimid fanacht leis an rud sin a luaigh tú cheana, probháid an ea?'

'Sea, probháid. Bhuel le bheith beacht, i gcásanna mar seo nuair nach mbíonn tiomna déanta tugtar Deonú

Riaracháin air, caithfimid é sin a dhéanamh i dtosach ar aon nós, ach tá fadhb bheag ag baint le d'aois, a Rachel.'

'Céard atá cearr le m'aois?'

'Tá brón orm, ach toisc nach bhfuil tú ocht mbliana déag d'aois fós ní féidir leat faoi dhlí an chomharbais, an t-airgead seo a fháil go dlíthiúil go dtí an aois sin.'

'Cad a tharlóidh idir an dá linn?'

'Cuirfear i gcuntas bainc é faoi stiúradh na cúirte. Má theastaíonn uait aon airgead a fháil as an gcuntas roimh an aois sin is féidir le d'athair cead a iarraidh ar an gcúirt cúpla punt a thabhairt duit ó am go chéile ach ní maith leo é sin a dhéanamh go rómhinic mar teastaíonn uathu go mbeadh an t-airgead go léir ann nuair a shroicheann an duine an aois cheart.'

Thuig Rachel ag an nóiméad sin an nath cainte a chuala sí go minic i scannáin nó a léigh sí i leabhar, bhí an tóin tar éis titim as a saol. Níor chuimhin léi mórán eile faoin gcomhrá in oifig Vinnie mar chríochnaigh sé go gearr ina dhiaidh sin. Ba chuimhin léi aghaidh bhuacach a hathar agus iad ag fágáil na hoifige le chéile. Thairg sé síob abhaile di ach dhiúltaigh sí é. Bhí go leor le plé acu, a dúirt sé, agus bheadh sé i dteagmháil léi go luath. Thug sí aghaidh ar an teach.

Bhí carr páirceáilte taobh amuigh den teach ach níor aithin sí é. Bhí uimhirchlár Bhaile Átha Cliath air. Nuair a shroich sí an doras tosaigh d'oscail sé go tobann roimpi agus bhí fear ard a raibh féasóg mhór rua air ina sheasamh ann.

'A Rachel!'

'Oisín!' Léim sí isteach sa teach agus rug sí barróg air.

'Tá brón orm nach raibh mé anseo níos luaithe ach ní raibh mé in ann eitilt a fháil go dtí aréir.'

'Tá a fhios agam, tá a fhios agam.'

Faoin am seo bhí an bheirt acu beagnach ag gol. Bhí Oisín agus a dheirfiúr Ailbhe an-mhór lena chéile agus ba mhór an phreab a bhain sé as a fháil amach faoi bhás Ailbhe nuair a chuir sé glaoch ar an teach an tseachtain roimhe sin. Chuaigh siad isteach sa seomra suí agus rinne Nóirín caife dóibh. D'inis Rachel dó faoi bhás a máthar, faoin tsochraid, faoina hathair agus sa deireadh faoin gcomhrá a bhí aici leis an aturnae.

'Céard a dhéanfaidh mé faoi, a Oisín?'

'Tá sé deacair a rá i gceart. Cuireann sé iontas orm nach ndearna Ailbhe uacht, bhí sí chomh cúramach faoi gach rud. Ach ar aon nós ní féidir linn aon rud a dhéanamh faoi sin anois. Faoi d'athair, is cosúil go gcaithfidh tú labhairt leis am éigin. Tá a fhios agam go mbeidh sé deacair duit ach tá rudaí a chaithfidh tú a fháil amach.'

'Mar shampla?'

'Bhuel, mar shampla, céard a dhéanfaidh sé leis an teach seo. An bhfuil sé chun é a dhíol?'

'Ní féidir leis é sin a dhéanamh.'

'Is féidir, mar is leis dhá thrian de anois.'

'Ach cá mbeadh cónaí orm mar sin?'

'Braitheann sé ar d'athair mar is eisean do Chaomhnóir.'

'Ní theastaíonn uaim labhairt leis, a Oisín. Is fuath liom é.'

'I ndáiríre is cuma faoi sin ar feadh an chéad bhliain eile, a Rachel, mar tá an dlí ar a thaobh.'

'Ach céard a tharlóidh do Nóirín? An mbeidh sise in ann fanacht anseo nó céard?'

'Seo iad na rudaí a chaithfear a shocrú suas agus dá bhrí sin beidh ort labhairt le David. Tá an chumhacht go léir aige ag an am seo. Athróidh sé sin tar éis tamaill, ach ag an nóiméad seo tá do shaol ina lámha.

'An dtiocfaidh tusa in éineacht liom má labhraím leis? Ní theastaíonn uaim bheith i m'aonar leis, a Oisín.'

'Cinnte, tá a fhios agat gur féidir leat brath ormsa i gcónaí.'

D'fhan Oisín sa teach ar feadh beagnach seachtaine agus chaith siad an t-am go léir le chéile. Bhí an-ghrá ag Rachel dá huncail. Ba é deartháir a máthar é agus chomh fada siar agus a bhí sí in ann cuimhneamh bhí siad cairdiúil lena chéile. Thiocfadh sé chuile Nollaig chun cúpla lá a chaitheamh leo. Nuair a bhí sí an-óg cheap sí gurbh eisean Daidí na Nollag lena fhéasóg mhór agus na bronntanais iontacha a thugadh sé leis gach bliain.

Ba léachtóir i gColáiste na Tríonóide é agus ba chosúil di go raibh sé i gcónaí ar saoire, ag dul thar lear ag tabhairt léachtaí nó ag déanamh taighde. Bhí a máthair agus Oisín an-ghar dá chéile agus ba léir di, ag labhairt leis i rith na seachtaine sin, gur airigh sé uaidh Ailbhe go han-mhór ar fad. Cé go raibh a fhios aige sula ndeachaigh sé ar saoire go raibh Ailbhe tinn, níor thuig sé cé chomh tinn is a bhí sí i ndáiríre. Ní raibh a fhios aige go raibh sí ar tí bás a fháil mar choinnigh Ailbhe an t-eolas sin di féin. Bhíodh sí i gcónaí ag rá leis nár theastaigh uaithi bheith ag cur isteach air lena trioblóidí féin. An uair dheireanach a chonaic sé í bhí sí i mBaile Átha Cliath ag siopadóireacht agus bhuail siad le chéile in Bewleys i Sráid Westmoreland. Bhí sé sin cúpla mí ó shin agus ba chuimhin leis go raibh sí ag breathnú go han-mhaith ag an am.

Ar an tríú lá dá chuairt, bhí Oisín agus Rachel ag ithe bricfeasta le chéile sa chistin nuair a tháinig glaoch gutháin. D'fhreagair Oisín é. Bhí a fhios ag Rachel ón mbealach ar labhair sé gurbh é a hathair a bhí ag glaoch. D'éist Oisín ar feadh tamaill agus ó na freagraí a bhí á dtabhairt aige ba léir di go raibh sé ag réiteach cruinnithe.

'Deir Rachel go dteastaíonn uaithi go mbeinn ansin léi.' Bhí ciúnas ar feadh nóiméid agus ansin, 'Ceart go leor, sa Keadeen mar sin, maidin Dé hAoine ar a haon déag, beimid ann.' Chuir sé síos an fón.

'Bhuel chuala tú é sin, is dócha. Buailfimid leis sa Keadeen maidin Dé hAoine.'

'Beidh tusa ansin freisin?'

'Nár dhúirt mé go mbeinn?'

Maidin Dé hAoine shroich siad an t-óstán ar a deich chun a haon déag. Bhí David Sumner ag fanacht leo sa *foyer*.

'A Rachel, a Oisín, conas atá sibh?'

Ní bhfuair sé freagra ar bith ach lean sé air.

'Caife? Tae? Nó rud éigin níos láidre b'fhéidir? Tá sé róluath domsa ach cibé rud atá uaibh.' Chuir sé a lámh in airde agus tháinig freastalaí anall chucu. D'ordaigh sé pota mór caife. Labhair sé arís.

'Tá sibhse an-chiúin ar fad, cheap mé go mbeimis in ann gach rud a oibriú amach go ceart eadrainn féin.'

'Tá sé seo go léir deacair do Rachel, a David, cailleann sí a máthair agus tagann tusa ar ais tar éis deich mbliana ag ligean ort nach bhfuil aon rud athraithe.'

Rinne Oisín iarracht tuiscint a thabhairt do David faoin scéal ón taobh eile ach níor éirigh go rómhaith leis.

'Tá a fhios agam go bhfuil rudaí deacair di, tá siad deacair dúinn go léir, ach is mise a Caomhnóir agus is ormsa atá an dualgas breathnú ina diaidh.'

'Ní theastaíonn aon bhreathnú i mo dhiaidh, tá mé in ann aire a thabhairt dom féin. Ní páiste mé níos mó.'

'Go dlíthiúil is páiste thú, agus iarrann an dlí ormsa aire a thabhairt duit, fiú mura dteastaíonn sé sin uait.'

D'ól sé slog mór caife.

'Breathnaímse air mar seo, tiocfaidh tú ar ais liomsa go Sasana agus is féidir leat cónaí liomsa. Cinnte níl mórán aithne againn ar a chéile ach oibreoimid air sin.'

'Ní theastaíonn uaim cónaí leat ná baint ar bith a bheith agam leat, nach dtuigeann tú é sin?'

'Tuigim rud amháin, agus is é sin go bhfuil orainn go léir machnamh a dhéanamh ar an réiteach nua seo agus chomh fada is atá mise i bhfeighil ort déanfaidh tusa cibé rud a deirtear leat agus sin deireadh leis.'

Den chéad uair bhí sé soiléir go raibh cantal ag teacht ar a hathair. Níor thaitin an sórt seo cainte le hOisín ar chor ar bith agus rinne sé iarracht an comhrá a stiúradh ar ais go dtí an rud ba thábhachtaí dar leis: cúram Rachel. Labhair sé go híseal.

'Éist liom ar feadh nóiméid, a David, tá cearta ag Rachel freisin anseo, ná déan dearmad air sin. Caithfidh sí a hoideachas a chríochnú, tá bliain amháin fágtha aici agus tar éis sin, nuair a bheidh sí ocht mbliana déag d'aois, beidh ceisteanna eile le plé. Caithfidh go dteastaíonn uait go mbeadh sise sásta chomh maith leatsa le cibé socrú a dhéantar ar feadh na bliana sin? Rud amháin atá cinnte ní féidir leat í a thógáil amach as an gcóras oideachais sa tír seo toisc go gcónaíonn tú féin i dtír éigin eile. Tá an bhliain seo roimh an Ardteist róthábhachtach di, braitheann a todhchaí go léir ar an scrúdú sin.'

Ba léir gur smaoinigh David air sin cheana féin agus bhí sé ar intinn aige rud éigin dearfach eile a dhéanamh mura mbeadh Rachel sásta dul ar ais go Sasana leis.

'Cheap mé go mbeifeá sásta teacht ar ais liom go Sasana ach ar eagla nach mbeadh, rinne mé cúpla glaoch i rith na seachtaine agus bhí an t-ádh liom go raibh mé in ann socrú a dhéanamh.'

'Socrú? Cén sórt socraithe?' Bhí fearg ar Rachel nuair a chuala sí go raibh duine a raibh fuath aici air ag iarraidh a saol a shocrú.

Thóg David *brochure* as a phóca agus leag sé ar an mbord é. Bhí grianghraf de chaisleán ar an gclúdach agus an t-ainm Kylemore Abbey scríofa i litreacha móra faoi.

'Céard é seo?' a dúirt Oisín.

'Scoil chónaithe do chailíní i gConamara. Labhair mé leis an ardmháistreás inné agus dúirt sí go raibh áit le fáil sa séú bliain ach go raibh orm freagra a thabhairt di roimh an Luan seo chugainn.'

'Ní rachaidh mé ann. Teastaíonn uaim fanacht anseo i mBaile an Mhuilinn le Nóirín, agus dul ar scoil san áit a bhfuilim anseo. Sin má théim ar ais ar scoil ar chor ar bith.' Lig David Sumner osna. Bhí sé bréan den chomhrá seo agus d'imir sé an cárta a bhí curtha i bhfolach aige i gcomhair an nóiméid sin.

'Mura nglacann tú le dul go dtí an scoil seo ní fhágfaidh tú aon rogha agam. Beidh orm an teach a dhíol agus ordú cúirte a fháil chun iallach a chur ort filleadh liom go Sasana. Ní shásóidh sé sin aon duine.'

'Ach an teach, ní féidir leat an teach a dhíol. Agus céard faoi Nóirín? Céard a dhéanfaidh sise?'

Bhí Rachel ar tí briseadh síos ag gol. Níor fhéad sí é seo a chreidiúint. An raibh aon chearta aici sa saol ar chor ar bith?

Bhí cuma chrua ar aghaidh a hathar.

'Is cuma liom céard a dhéanfaidh sí, níl aon bhaint agam léi, agus níl aon cheart aici fanacht sa teach agus dá bhrí sin is féidir liom é a dhíol má theastaíonn uaim.'

'Is liomsa aon trian den teach sin ná déan dearmad air sin.'

'Níl an ceart ar fad agat ansin, is leatsa aon trian den eastát, sin an méid, agus mura bhfuilimid in ann aontú faoi, beidh orainn gach rud a dhíol agus an t-airgead a roinnt ach amháin sa chás go mbeifeá in ann mo sciarsa a cheannach uaim. Dar ndóigh tá fadhb ansin fiú, mar ní féidir leat lámh a leagan ar an airgead atá ag teacht chugat go dtí an bhliain seo chugainn, nach trua é sin?'

Ní raibh rudaí ag breathnú go maith do Rachel. Chuala sí mar a bheadh guth a máthar ina hintinn ag labhairt léi go ciúin. Ní raibh mórán rogha aici. Níor theastaigh uaithi dul go Sasana ach bhí sé soiléir ón méid a bhí ráite nach ligfeadh sé di fanacht i mBaile an Mhuilinn le Nóirín. Bhí an chumhacht go léir ag a hathair. Chaithfeadh sí cuimhneamh ar Nóirín, ní fhéadfadh sí Nóirín a ligean síos, agus bhí sí cinnte nach raibh sé ag magadh faoi ise a chaitheamh amach agus an teach a dhíol. Bheadh uirthi fanacht leis an am ceart, thiocfadh a seans ar ball. Gheobhadh sí díoltas am éigin amach anseo. Ar a laghad ní bheadh uirthi cónaí leis agus d'imeodh an bhliain go tapa.

'Ceart go leor,' a dúirt sí faoi dheireadh, 'rachaidh mé go dtí an scoil sin i bpoll tóna an Iarthair.'

III

Bhí an Diabhlaíocht thart. B'shin é an t-ainm oifigiúil ar an mbliain a bhí caite ag Frank Farrell sa Leabharlann Dlí. Bhí sé deacair dó é a chreidiúint anois, i mí Iúil, go raibh sé cáilithe go hiomlán. Glaodh chun an Bharra é bliain roimhe sin agus beagnach sula raibh seans aige a anáil a tharraingt, bhí an bhliain thart agus é réidh chun tosú ar a chéad bhliain ina aonar mar abhcóide. Ag breathnú ar ais ar an mbliain bhí sé in ann a rá gur bhain sé an-taitneamh ar fad as agus go raibh cuid mhaith foghlamtha agus feicthe aige.

B'as cathair na Gaillimhe do Frank agus tar éis dó an dlí a dhéanamh in Ollscoil na Gaillimhe chuaigh sé go dtí Óstaí an Rí i mBaile Átha Cliath chun scrúdú na n-abhcóidí a dhéanamh. Níor thaitin an áit sin leis ar chor ar bith. Ní raibh aon chomparáid idir é agus an ollscoil. Is dócha gur tháinig an difríocht sin toisc go raibh Óstaí an Rí ag iarraidh traenáil phroifisiúnta a thabhairt. Ach mar sin féin ní raibh mórán atmaisféir san áit agus cheap Frank nuair a bhí sé ann nach raibh ag teastáil uathu ach a chuid airgid. Ní fhéadfadh sé bheith críochnaithe leis an áit sciobtha go leor agus an lá a d'fhág sé Óstaí an Rí gheall sé dó féin nach rachadh sé ar ais ar cuairt ann choíche, dá mbeadh aon dul as aige. D'ainneoin an ghealltanais sin bhí sé anois ag ullmhú chun dul go dtí Dinnéar Bliantúil Bharra Bhaile Átha Cliath agus cén láthair a bhí roghnaithe ag an gcoiste i mbliana ach Óstaí an Rí. Ó bhuel, ní fhéadfadh sé faic a dhéanamh faoi sin.

Bhí bliain iontach aige ag Diabhlaíocht. Thuig sé anois cén tábhacht a bhain le 'Máistir' maith a phiocadh. Sin é an t-ainm a thugtar ar abhcóide a ghlacann le Diabhal ar feadh bliana. I rith na bliana sin, bíonn an Diabhal mar chúntóir ag an abhcóide sin agus is uaidh siúd a fhoghlaimíonn sé conas obair abhcóide a dhéanamh. Bhí Frank ceangailte le fear a mhúin an t-uafás dó faoin ngairm agus a thaispeáin dó conas cásanna a rith sna cúirteanna. Díobháil Phearsanta an cineál oibre ba mhó a d'fhoghlaim sé i rith na bliana ach bhí taithí faighte aige ar réimse leathan d'obair eile freisin. I rith na bliana bhí sé i gcúirt beagnach chuile lá ag déanamh rud éigin dá mháistir nó ag breathnú ar chásanna suimiúla eile a bhí ar siúl. Nuair a thosaigh deireadh na bliana ag druidim leis thosaigh sé ag fáil roinnt oibre dá chuid féin. Ó dhlíodóirí ar chuir sé aithne orthu i rith na bliana ba mhó a fuair sé an obair agus bhí éagsúlacht mhaith san obair sin. Lá amháin bheadh tiománaí ólta á chosaint aige agus lá eile bheadh sé ag iarraidh airgead a fháil do thionónta ó thiarna talún.

Bhí rogha eile le déanamh aige i rith na bliana sin; bhí air a aigne a dhéanamh suas faoin gcineál oibre a dhéanfadh sé an chéad bhliain eile. Bhí air rogha a dhéanamh idir leanacht ar aghaidh ag cleachtadh i mBaile Átha Cliath nó dul go dtí Cuaird éigin. Toisc gurbh as Gaillimh é, dá mba rud é go socródh sé Baile Átha Cliath a fhágáil is go Gaillimh a rachadh sé, ar Chuaird an Iarthair. Ní raibh a intinn déanta suas i gceart aige fós, ach ba í an chomhairle a fuair sé go mbeadh sé níos fearr as ag cleachtadh san áit a bhí ar eolas aige.

Cé gurbh as Gaillimh ó dhúchas dó ní raibh a theaghlach ina gcónaí ann níos mó. Bhí an t-ádh leis go raibh sé in ann cónaí sa bhaile nuair a bhí sé ag freastal ar an ollscoil ach bliain ina dhiaidh sin dhíol a thuismitheoirí an teach agus d'imigh siad go Páras, mar go raibh post lánaimseartha faighte ag a athair leis an mBanc Domhanda. Ailtire a bhí ina athair agus nuair a bhí sé ag cur faoi i nGaillimh rinne sé roinnt oibre thar lear dóibh ó am go chéile. Nuair a fuair sé seans ar phost lánaimseartha a fháil bhí sé an-sásta ar fad é a ghlacadh agus cé go raibh sé ina chaogaidí níor chuir sé as dó féin ná dá bhean chéile saol nua a thosú i bPáras.

Thaitin an phríomhchathair go mór le Frank anois. I dtosach, nuair a chuir sé faoi anseo níor thaitin Baile Átha Cliath leis ar chor ar bith. Is dócha toisc go raibh an áit chomh mór sin i gcomparáid le cathair na Gaillimhe go raibh sé deacair aige luí isteach leis an áit ar dtús, ach anois thaitin sé leis. Bhí cónaí air as féin in árasán i Sráid Heytesbury gar d'Ospidéal na Mí.

Bhreathnaigh sé air féin sa scáthán agus é ag díriú a charbhait agus dúirt sé leis féin go raibh cuma an abhcóide air faoi dheireadh. Chaith sé a chuid ama ar an ollscoil gléasta i ngeansaithe móra agus *jeans*. Ó thosaigh sé sa Leabharlann Dlí bhí air culaith a chaitheamh agus anois bhí sé sásta go leor leis sin.

Fear meánairde a bhí ann, a ghruaig dubh catach agus a shúile gorm. Bhí sé fiche a cúig bliana d'aois agus den chéad uair riamh ina shaol cheap sé go ndearna sé an rud ceart nuair a chuaigh sé le dlí. Ba chuimhin leis nuair a chríochnaigh sé an Ardteist nár theastaigh uaidh staidéar níos mó. Ba chuimhin leis chomh maith, na hargóintí a bhí sa bhaile an samhradh sin idir é féin agus a athair. Dúradh leis dá stopfadh sé ag staidéar ag an am sin nach mbeadh mórán seans go rachadh sé ar ais ag staidéar níos déanaí fiú dá dteastódh uaidh. Leis an gcóras pointí a bhain le áit a fháil sa tríú leibhéal ní bheadh mórán tairbhe lena thorthaí Ardteistiméireachta tar éis cúpla bliain eile. Chun a athair a chiúnú chuaigh sé go dtí an ollscoil an fómhar sin chun dlí a dhéanamh.

Bhí sé go maith ag an dlí agus ní raibh na hábhair ródheacair ar chor ar bith. Tar éis dó a chéim LLB a fháil ba é an chéad rud nádúrtha eile a bhí le déanamh aige ná dul go dtí Óstaí an Rí. Agus anocht bhí sé ag dul ar ais ann chuig ócáid mhór shóisialta mar abhcóide cáilithe. Dhírigh sé a charbhat arís agus ghlaoigh an fón. Cara leis a bhí ann, Shane Ó Laoghaire, ag tairiscint síob dó go dtí an dinnéar. Bhí sé féin agus Ó Laoghaire an-chairdiúil lena chéile agus glaodh chun an Bharra iad an lá céanna. B'as Corcaigh do Ó Laoghaire.

'Ceart go leor, daichead nóiméad mar sin. Beidh mé ag fanacht ag an ngeata.'

Chuardaigh sé a phócaí féachaint an raibh dóthain airgid aige i gcomhair na hoíche. Bhí dhá nóta fiche punt aige. Bhreathnaigh sé ar feadh soicind ar an bpictiúr de na Ceithre Cúirteanna a bhí ar cheann acu agus smaoinigh sé go raibh sé aisteach go raibh pictiúr ar a chuid airgid den áit ina mbíodh sé féin gach lá den tseachtain. Chuardaigh sé arís chun a dheimhniú go raibh eochair aige. D'fhág sé an t-árasán.

Ní raibh air fanacht i bhfad ag an ngeata. D'aithin sé carr Uí Laoghaire ag teacht, ón torann a bhí as. Bhí sé cosúil le tairní i *liquidiser. Volkswagen Beetle* a bhí ag Ó Laoghaire. Cheannaigh sé bliain roimhe sin é ar chostas dhá chéad punt agus bhí sé an-bhródúil asti.

'Léim isteach sa *dream machine!*' D'oscail Shane an doras dó agus shuigh sé isteach sa suíochán tosaigh. 'As go brách linn!'

'Go raibh míle maith agat as ucht na síbe. Níor theastaigh uaim siúl chomh fada leis na Inns.'

'Ná habair é. An mbeidh tusa ag ól anocht, 'Frank?'

'Cheap mé gurbh é sin an fáth a rabhamar ag dul go dtí an dinnéar seo. Cén fáth?'

'Fáth ar bith ach amháin mura mbeifeá ag ól go bhféadfá an carr a thiomáint ar ais ina dhiaidh. Ach is cuma, mar is féidir liom é a fhágáil i gcarrchlós Óstaí an Rí ar feadh na hoíche. Is féidir linn tacsaí a fháil go Sráid Chill Mhochargáin agus abhaile.'

'Má théimid go Sráid Chill Mhochargáin is féidir leat fanacht liomsa san árasán in ionad tacsaí a fháil go dtí Ráth Fearnáin.'

'Ceart go leor, mar sin. B'fhéidir go mbeadh an t-ádh liom le Sorcha Conroy anocht agus nach mbeadh orm fanacht leatsa ná dul abhaile ach an oiread.'

'Tá tú ag brionglóidigh. Níl seans ar bith agat léi.'

'Feicfimid.'

'Sea, feicfimid.'

Bhí Shane Ó Laoghaire i gcónaí ar thóir mná éigin ach ní raibh mórán den ádh leis le déanaí. Anois bhí sé ar thóir an chailín ba dhathúla sa Leabharlann Dlí. Bhí Sorcha Conroy sa rang céanna leis an mbeirt acu in Óstaí an Rí agus bhí gach fear sa rang i ngrá léi. Nuair a chuaigh siad síos go dtí an Leabharlann tharla an rud céanna. Ba chuimhin le Frank agus le Shane i rith na bliana go raibh na habhcóidí ba shinsearaí ná iad féin i gcónaí ag cur ceist orthu faoi Shorcha. Bhí sé barrúil freisin ó thaobh na mban eile sa Leabharlann de, mar bhí sé soiléir gur chuir sé as dóibh go raibh bean níos óige agus níos dathúla ná iad féin tar éis teacht isteach sa Leabharlann Dlí. Rinne roinnt mhaith acu iarracht an-fheiceálach sciortaí níos giorra a chaitheamh agus níos mó béaldatha a úsáid.

Faoin am seo bhí siad ag tiomáint isteach trí gheataí móra Óstaí an Rí agus chonaic siad go raibh an carrchlós beagnach lán. Fuair siad áit pháirceála agus chuaigh siad isteach go dtí an forhalla. Bhí an áit dubh le daoine. Bhí cuid mhaith den rang ansin agus tar éis an chéad deoch a fháil ón mbeár scar an bheirt óna chéile agus shiúil siad thart ag labhairt le daoine éagsúla. Chonaic Frank an fear a bhíodh ina shuí in aice leis sa Leabharlann, Chris Barrett, chuaigh sé sall chuige agus bheannaigh sé dó.

'Cén chaoi a bhfuil tú, 'Frank?'

Bhí Chris i gcomhluadar triúir eile agus chuir sé in aithne do Frank iad.

'Seo í Helen Horgan, seo é Alan Redmond agus seo é an Breitheamh Morrison.' Bhí aithne shúl ag Frank ar Helen agus ar Redmond ón Leabharlann ach ní raibh aithne ar bith aige ar an mbreitheamh. Bhí Morrison mar bhreitheamh i gCúirt Uimhir a Trí Déag, áit ar dhéileáil sé le cúrsaí coiriúla amháin agus ní raibh Frank istigh ansin riamh. Labhair sé leo ar feadh cúpla nóiméad agus ansin bhí sé in am dóibh dul isteach sa halla bia.

Bhí ochtar ag chuile bhord agus bhí Frank suite le Chris Barrett agus an triúr eile chomh maith le beirt leaids óna rang féin agus abhcóide sóisir amháin, darbh ainm Caoimhín Ó Hágáin. Bhí an comhrá go maith i rith an bhéile agus bhain cuid mhaith de le daoine ag insint scéalta faoi chásanna a bhí acu i rith na bliana. D'inis Chris scéal iontach greannmhar faoi chás a thóg sé ar son abhcóide eile in aghaidh nuachtán náisiúnta. Ba chosúil gur scríobh an t-abhcóide eile roinnt amhrán ina am saor agus bhí ceann acu faoin Aire Leasa Shóisialaigh a bhí i gcumhacht ag an am sin. D'fhoilsigh an nuachtán lirící an amhráin gan cead a fháil ón údar agus thug an t-abhcóide chun na cúirte iad. Bhí gach duine ag an mbord ag gáire nuair a chuala siad cén chaoi a ndeachaigh an cás agus an iarracht thruamhéalach a rinne an nuachtán ar an gcás a chosaint.

Bhí an béile go deas agus bhí an rogha fíona iontach maith. D'ordaigh siad ceithre bhuidéal *Chateau Margaux 1971* agus bhí sé thar a bheith blasta. Bhí lacha *à l'orange* acu mar phríomhchúrsa agus chríochnaigh siad le *camembert* agus *brie*. Tar éis an bhéile, sheas roinnt acu suas chun óráid a thabhairt. Gabhadh buíochas leis na Breithiúna a tháinig chuig an dinnéar agus rinneadh comhghairdeas leis an triúr ar an gCuaird a ndearnadh abhcóidí sinsir díobh.

Bhreathnaigh Frank thart ag iarraidh Ó Laoghaire a fheiceáil. Faoi dheireadh chonaic sé é. Bhí sé sáite i gcúinne an tseomra ag labhairt go díograiseach le cailín éigin. Ní raibh sé in ann aghaidh an chailín a fheiceáil toisc go raibh a droim iompaithe leis ach ón taobh thiar bhí sí an-chosúil le ... *no*, ní fhéadfadh sé gurbh í ...! Ba í Sorcha Conroy a bhí ann. Bhí Frank tinn. Cén chaoi ar éirigh le Ó Laoghaire é sin a dhéanamh? Bhuel ní raibh an oíche thart fós agus d'fhéadfadh roinnt mhaith tarlú idir sin agus breacadh an lae.

Bhí banna ceoil eagraithe don oíche agus thart ar leathuair tar éis a naoi thosaigh siad ag seinm ar stáitse beag a bhí réitithe ag bun an tseomra dóibh. Snagcheol is mó a chas siad agus de réir a chéile thosaigh daoine ag damhsa. Níor thaitin rince le Frank agus ba léir ó aghaidh an Bhreithimh nach raibh mórán measa aigesean ar dhamhsa ach an oiread. Ní raibh fágtha ag an mbord ach an bheirt acu agus thosaigh siad ag labhairt lena chéile agus ag ól pórtfhíona as an teisteán a bhí i lár an bhoird.

'*So*, a Frank, Frank an t-ainm atá ort, nach ea?'

'Sea.'

'Bhuel, a Frank, céard a cheap tú faoi do chéad bhliain sa Leabharlann Dlí?'

'Thaitin sé go mór liom, a Bhreithimh.'

Bhí an Breitheamh ag gáire. 'Hugo an t-ainm atá ormsa – nuair atá mé taobh amuigh den chúirt, más é do thoil é.'

'Bhuel bhain mé an-taitneamh as an mbliain.'

'Cé leis a raibh tú ag Diabhlaíocht?'

'Bhí mé le Mark Tennant.'

'Ó, tá seisean go maith. Is dócha gur fhoghlaim tú roinnt mhaith uaidh.'

'Sea, d'fhoghlaim. Bhí an t-ádh liom go raibh mé leis, mar cloiseann tú scéalta uafásacha faoi dhaoine nach réitíonn go maith lena máistir. Ach sin mar a tharlaíonn, is dócha.'

'Agus céard a dhéanfaidh tú an bhliain seo chugainn?' D'ardaigh an Bhreitheamh an teisteán agus líon sé gloine Frank arís.

'Níl mé róchinnte faoi sin fós. Bhí mé ag smaoineamh ar dhul ar an gCuaird, ach níl mé cinnte de.'

'Cárb as duit, a Frank?'

'As Gaillimh mé.'

'So, siar go dtí an tIarthar leat, an ea?'

'B'fhéidir. Deir siad nach bhfuil mórán oibre le fáil ann agus go bhfuil an iomarca abhcóidí ar an gCuaird cheana féin.'

Stad an bhreitheamh ar feadh nóiméid agus thóg sé bolgam pórtfhíona. Ansin labhair sé arís.

'Tabharfaidh mise beagán comhairle duit, a Frank. Is cuma cad a deir daoine eile faoi chuaird ar bith, más as an áit sin thú, gheobhaidh tú obair. Ó cinnte, beidh sé mall i dtosach ach is mar an gcéanna é sin i ngach áit. Cur amú ama é a bheith ag éisteacht le daoine eile ag labhairt faoin gCuaird. Téigh ann ar feadh aon bhliain amháin fiú, is feicfidh tú an oiread sin éagsúlachta ó thaobh oibre de go seasfaidh sé duit cibé áit a rachaidh tú ina dhiaidh sin.'

'Go raibh míle maith agat as ucht do chomhairle. Ceapaim go rachaidh mé go dtí an tIarthar ar feadh tamaillín ar aon nós. Taitníonn Baile Átha Cliath go mór liom ach is féidir liom teacht ar ais anseo am ar bith. Déarfainn go mbeadh sé i bhfad níos éasca teacht ar ais anseo ón Iarthar ná dul ar an gCuaird níos déanaí.'

'Tá an ceart agat, a Frank.'

Faoin am seo thosaigh daoine ag teacht ar ais go dtí an bord mar go raibh an banna ceoil ag tógáil sosa. Dá bhrí sin, bhí deireadh leis an gcomhrá ach rinne Frank machnamh ar an méid a bhí ráite agus rinne sé suas a intinn go rachadh sé ar Chuaird an Iarthair, ar feadh bliana ar aon nós, agus tar éis bliana bheadh sé in ann cinneadh fadtéarmach a dhéanamh. Chuaigh sé go dtí an leithreas agus ar an mbealach ar ais go dtí an halla bhuail sé le Ó Laoghaire. Bhí meangadh mór gáire air.

'Tá tusa an-sásta leat féin, Ó Laoghaire!'

'Agus cén fáth nach mbeadh? An bhfaca tú an dul chun cinn atá á dhéanamh agam?'

'Ní fhaca.' D'inis Frank bréag. Níor theastaigh uaidh go mbeadh éirí in airde ar a chara.

'Nach bhfaca tú mé ag labhairt léi?'

'Cé léi?'

'Le Sorcha Conroy, cé eile?'

'Ó, an bhfuil sise anseo?' Thosaigh Frank ag gáire. Bhuail Ó Laoghaire buille spraíúil sa bholg air. 'A bhastaird, chonaic tú muid agus tá éad ort.'

'Cén chaoi a mbeadh éad orm nuair nár tharla tada.'

'Níor tharla aon rud follasach fós ach tá na comharthaí go léir ansin. Tá a dhá cois trasnaithe i mo threo agus tá mé ag labhairt léi faoi éadoimhneacht na bhfear go ginearálta.'

'Ó, an seanchleas sin. Caithfidh tú an oíche go léir ag rá léi nach bhfuil tú cosúil leis na buachaillí eile agus ...' (Chríochnaigh an bheirt an seanráiteas le chéile a chum siad blianta roimhe sin) ... 'dhá nóiméad maidin amárach ag míniú di go ndearna tú botún fút féin.'

Rinne an bheirt acu gáire. Ní raibh a fhios acu cé chomh minic cheana sna blianta a raibh aithne acu ar a chéile a tharla an rud céanna. Bhí ceann acu cinnte go raibh sé ar mhuin na muice le cailín éigin agus an ceann eile ag ligean air nár chuir sé as dó ar chor ar bith.

'Go n-éirí an t-ádh leat,' a dúirt Frank lena chara.

'Go n-éirí sé dom ba chóir duit a rá,' arsa Ó Laoghaire. Chuaigh an bheirt acu ar ais go dtí an halla.

Chaith Frank an chuid eile den oíche in Óstaí an Rí ag ól pórtfhíona agus ag labhairt le daoine éagsúla. Ní dhearna sé aon iarracht *shift* a fháil mar ní bhíodh mórán suime aige i gcúrsaí grá ná craicinn nuair a bhíodh sé ag ól. Deirtear gur le hól a leagtar na bacanna ó thaobh rudaí mar sin de ach ní raibh sin fíor i gcás Frank Farrell. Bhí a fhios aige óna thaithí go méadódh an t-ól na mothúcháin a bheadh aige díreach roimh thosú ag ól agus anocht bhí sé ag iarraidh a intinn a dhéanamh suas faoina shaol gairmiúil amach roimhe. Chomh maith leis sin bhí sé tar éis críochnú le cailín ar chaith sé trí bliana ag suirí léi. Go deimhin ba é sin ba chúis lena neamhshuim sna mná.

Cé go raibh aiféala air go raibh an ceangal le hAoife thart, cheap sé ag deireadh an lae gurbh fhearr mar sin é. Ní raibh na rudaí céanna ag teastáil uathu. Bhuel, ar aon nós níorbh é an sórt saoil a bhí uaithi siúd a theastaigh ó Frank. Bhí sise réidh le socrú síos i mBaile Átha Cliath i dteachín beag le 2.7 páiste agus coicís sna *Canaries* chuile shamhradh. Ar a laghad níor theastaigh ó Frank socrú síos fós. Chuala sé amhrán ar an raidió le déanaí faoi fhear a dhúisíonn tar éis cúpla bliain agus a fheiceann go bhfuil sé i dteach álainn le bean álainn agus a chuireann an cheist air féin, cé leis an bhean seo? Cé leis an teach seo? Chuile uair a chuala sé an t-amhrán sin smaoinigh sé ar Aoife ar an bpointe agus bhí a fhios aige go ndearna sé an rud ceart. D'ól sé tuilleadh pórtfhíona. Ag deireadh na hoíche fuair sé tacsaí abhaile ina aonar. Ba chuimhin leis gur chaith sé roinnt mhaith ama ag cnagadh ar a dhoras féin, go dtí gur chuimhnigh sé go raibh sé ina chónaí ina aonar agus go raibh an eochair ina phóca.

An mhaidin dár gcionn bhí póit uafásach air. Ní ólfadh sé go deo arís. Thóg sé paicéad iomlán *Solpadine* agus mhothaigh sé i bhfad ní b'fhearr. B'fhéidir go n-ólfadh sé arís ach ní ólfadh sé an méid céanna arís. Tar éis am lóin bhí sé ag cur an mhilleáin ar an mbia agus mhothaigh sé ceart go leor arís.

Bhí cúpla píosa oibre le déanamh ag Frank, fiú is go raibh an Leabharlann Dlí dúnta anois go dtí tús mhí Dheireadh Fómhair. Cé go raibh an chuid ba mhó de na cúirteanna dúnta freisin bhí cúirteanna speisialta ina suí i rith an tsamhraidh ó am go chéile chun deis a thabhairt do dhlíodóirí obair phráinneach a thabhairt os comhair na cúirte. Bhí an t-ádh le Frank go bhfuair sé cúpla rud le déanamh i rith an tsamhraidh. Murach sin ní bheadh aon teacht isteach aige ar chor ar bith. Ní raibh sé mór le bainisteoir an bhainc.

Smaoinigh sé ar a chuairt dheireanach go dtí an banc thart ar shé mhí roimhe sin. Ní raibh an bainisteoir sásta leis ar chor ar bith. D'iarr sé ar Frank cén fáth nár íoc sé tada ar ais le bliain nó mar sin. Dúirt Frank leis go raibh dul amú air agus dúirt sé leis an mbainisteoir breathnú ar an ríomhaire. Nuair a tháinig sé ar ais bhí fearg air. Ba léir ón ríomhaire gur íoc Frank caoga punt ar ais uair amháin cúpla mí roimhe sin agus b'shin an méid. Thaispeáin Frank dó gurbh ionann an caoga punt agus aon faoin gcéad den iasacht iomlán ach ní raibh mórán spéise ag an mbainisteoir san argóint sin. Dúirt Frank leis gur minic a d'eisigh an banc céanna ráiteas nuachta faoi laghdú ceathrú d'aon faoin gcéad ar a rátaí iasachta. Ó, bhí na céatadáin tábhachtach go leor nuair a d'fheil dóibh!

Bhí páipéir le léamh aige i gcás a bhí ar siúl an lá ina dhiaidh sin sa Chúirt Dúiche i nDún Laoghaire. Bhí an cás simplí go leor ach ní raibh sé cinnte ón ráiteas a thug a chliant do na Gardaí an raibh sé ag insint na fírinne. Chuimhnigh sé ar rud a dúradh leis an chéad lá a chuaigh sé isteach sa Leabharlann Dlí.

'Is é cliant an lae inniu namhaid an lae amárach.'

Bhí ciniciúlacht ag baint leis an ráiteas cinnte ach ón méid a bhí feicthe aige i rith na bliana bhí sé fíor ó am go chéile. Bhí na Gardaí ag rá gur ghoid an cliant CD ó shiopa ceirníní i lár na cathrach ach dúirt sé ina ráiteas nach raibh seinnteoir CD aige agus dá bhrí sin nach mbeadh suim ar bith aige CD a ghoid. Níor mhór an chosaint é, ach mar sin féin bhí cearta ag an gcúisí agus bheadh sé ní b'fhearr as dá mbeadh duine ansin chun iarracht a dhéanamh ar a shon seachas dul isteach sa chúirt ina aonar. Bhí seans maith ann go mbeadh Frank in ann rud éigin a dhéanamh dó mar dúirt an t-aturnae nár ciontaíodh i gcoireanna eile roimhe sin é. Ach ar an lámh eile ní bhfaighidís é sin amach go dearfach go dtí lá an cháis féin. Chuirfeadh sé ionadh ort an méid daoine a dhéanann dearmad gur chiontaithe roimhe sin iad, nó go gcabhraíonn an cúisitheoir lena gcuimhne. Léigh sé na páipéir agus ansin chuir sé ar ais iad sa chlúdach litreach inar tháinig siad agus scríobh sé an t-am, an dáta agus an chúirt ar an taobh amuigh.

Bhí cluiche sacair ar an teilifís agus chaith sé an iarnóin ag breathnú air. Thaitin sacar go mór leis cé nár imir sé féin ach rugbaí ar scoil. Ag leatham bhí fógra ar an teilifís faoi laethanta saoire a chaitheamh i nGaillimh agus tháinig an comhrá a bhí aige an oíche roimhe sin leis an mbreitheamh ar ais chuige. B'fhéidir gurbh é a leas é iarracht a dhéanamh cleachtadh mar abhcóide in Iarthar na tíre. Bhí a intinn beagnach déanta suas aige.

Bhí sé bréan den saol sóisialta sa phríomhchathair ar aon nós. Bhí gach deireadh seachtaine mar an gcéanna. Chuile oíche Aoine rachadh an slua go léir go dtí teach ósta taobh thiar de na Ceithre Cúirteanna agus bheidís ag ól ansin go dtí a deich nó mar sin. Ansin thógfaidís tacsaí go dtí an Shelbourne agus tar éis am dúnta rachaidís go léir go dtí Sráid Chill Mhochargáin. B'fhuath leis Sráid Chill Mhochargáin. Bhí na clubanna ansin cosúil le margaí beithíoch, na mná gléasta cosúil le crainn Nollag agus na fir go léir ag iarraidh *shift* (nó níos mó) a fháil saor in aisce. Chuimhnigh sé ar an uair a bhí sé ag freastal ar ollscoil na Gaillimhe. Bhí an chraic iontach agus bhí a lán cairde aige agus céard eile? Bhuel is dócha, ag breathnú siar air, go raibh sé i gcónaí ag dul amach le cailín éigin nuair a bhí sé ansin. Mná! Is fíor a ndeirtear fúthu. Ní féidir maireachtáil leo ná dá n-uireasa. B'fhéidir gurbh é sin a bhí in easnamh ina shaol. Ach ag an am céanna bhí sé tar éis briseadh suas le hAoife agus nuair a bhí an seans aige í a phósadh níor thóg sé é toisc nárbh é sin a bhí ag teastáil uaidh ach an oiread. Ní raibh a fhios aige céard a bhí uaidh ach dhéanfadh athrú timpeallachta maitheas dó. Bhí a fhios aige an méid sin ar aon nós.

Labhródh sé le Ó Laoghaire faoi nuair a d'fheicfeadh sé arís é.

Ní raibh air fanacht i bhfad. Thart ar a sé a chlog bhí cnag ar an doras. Bhí ceol aitheantais na Nuachta ag tosú sa chúlra nuair a d'oscail sé an doras. Bhí straois mhór ar aghaidh a chara agus bhí a fhios aige láithreach gur éirigh go maith leis le Sorcha Conroy.

'*Ok*, inis dom céard a tharla, Ó Laoghaire.'

'Bhuel, céard is féidir liom a rá leat, a Frank? Bhí sé ní b'fhearr ná na brionglóidí.'

'I ndáiríre, céard a tharla?'

'Bhuel, bhíomar ag labhairt lena chéile i rith an bhéile agus ina dhiaidh sin chaitheamar an oíche go léir ag damhsa.'

'Sin an méid?'

'Níl mé críochnaithe fós. Nuair a bhíomar ag fágáil Óstaí an Rí chuir sí ceist orm ar mhaith liom dul go Sráid Chill Mhochargáin.'

'Chuir sise ceist ort? Tá tú ag magadh.'

'*No*, nílim.'

'Céard a tharla ansin, an bhfuair tú ...'

'An bhfuair mé cén rud? Ó sea, fuair mé deoch di i *Strings* agus d'fhanamar ansin go dtí a sé a chlog ar maidin agus ansin chuamar go dtí Bewleys le haghaidh bricfeasta.'

'*So*, níor tharla aon rud mar sin?'

'Nár chaith mé an oíche léi?'

'Chaith, ach ar bhealach neamhurchóideach. An bhfuair tú póg féin uaithi?'

'Ó, fuair. Bhí *snog* ceart againn sa tacsaí.'

'An bhfeicfidh tú arís í?'

'Anocht. Táimid ag dul go dtí na pictiúir san I.F.C.'

'Meas tú an dtiocfaidh aon rud as, a Shane?'

'Seans an-mhaith. Nach bhfuil tú bródúil asam?'

'Mmm. An bhfuil deoch uait? Tá Heineken sa *fridge*.'

'Go raibh maith agat.'

Fuair Ó Laoghaire gloine ón gcófra agus dhoirt sé deoch dó féin. Thug sé faoi deara go raibh Farrell i bhfad níos ciúine ná mar a bhíodh de ghnáth.

'Céard atá cearr leatsa, an bhfuil póit ort?'

'*No*, tá mé ceart go leor.'

'Tá tú an-chiúin inniu. Céard a tharla duitse aréir? Ní raibh tú ag troid le haon duine, an raibh? Nó an ag smaoineamh faoi Aoife a bhí tú?'

'*No*, ná tada mar sin. Bhí mé ag labhairt leis an mBreitheamh Morrissey aréir agus thug seisean comhairle dom faoi dhul ar an gCuaird an bhliain seo chugainn. Tá mé ag iarraidh m'aigne a dhéanamh suas faoi.'

'Céard a theastaíonn uait a dhéanamh? ... Ó, gabh mo leithscéal.'

Bhí braon mór Heineken doirte ag a chara ar an urlár.

'Ceapaim go mbeadh sé go maith dom imeacht as Baile Átha Cliath ar feadh tamaill, fiú ar feadh bliana.'

'Déan é mar sin. Ní bhfaighidh tú an seans arís agus mura dtéann tú go dtí an tIarthar anois b'fhéidir go mbeadh aiféala ort níos déanaí faoi. Bheadh sé ní ba dheacra imeacht tar éis cúpla bliain eile mar chaillfeá an cleachtadh a bheadh agat anseo faoin am sin. Bain triail as ar aon nós. Nach féidir leat teacht ar ais anseo mura n-oibríonn sé amach!'

Bhí iontas ar Frank.

'Cheap mé nach mbeadh tusa i bhfabhar an smaoinimh ar chor ar bith, Ó Laoghaire.'

'Cén fáth nach mbeinn? Bheadh sé ar fheabhas ar fad. Bheimis in ann dul go dtí an tIarthar ar feadh deireadh seachtaine ó am go chéile.'

'Muid?'

'Sea, mé féin agus Sorcha.'

'Creidfidh mé é nuair a fheicfidh mé é.'

Thosaigh an bheirt acu ag gáire agus mhothaigh Frank go maith den chéad uair le fada.

Bhí a aigne déanta suas aige go rachadh sé go dtí an tIarthar.

IV

'A Rachel, a Rachel, déan deifir nó caillfidh tú an traein.'

'Ceart go leor. Tá mé ag teacht, a Nóirín.'

Bhí Nóirín ina seasamh ag bun an staighre leis an mbagáiste. Bhí an samhradh thart agus bhí Rachel ag fágáil Bhaile an Mhuilinn chun freastal ar Mhainistir na Coille Móire. Bhí sé trí mhí anois ó fuair a máthair bás agus bhí roinnt mhaith tarlaithe ó shin. D'imigh a hathair ar ais go Sasana cúpla lá i ndiaidh an chruinnithe a bhí acu san óstán agus chaith Rachel an samhradh iomlán sa sráidbhaile. Bhí Nóirín ann i gcónaí agus bhí sise chun fanacht sa teach léi féin fad is a bhí Rachel ar scoil. Tháinig Oisín, uncail Rachel, go dtí Baile an Mhuilinn ar feadh cúpla seachtain agus bhris an chúirt suas don samhradh fada. Bhí an aimsir go maith tríd is tríd agus ó am go chéile rinne Rachel dearmad ar feadh nóiméid nó dhó go raibh a máthair caillte. Bhí cúpla uair ann a ghlaoigh sí ar a máthair sa ghairdín go dtí gur chuimhnigh sí ón gciúnas go raibh sí imithe.

Bhí Mr agus Mrs O'Connor iontach deas le Rachel freisin, agus beagnach chuile lá i rith an tsamhraidh sin tháinig duine acu ar cuairt chuici nó chuir siad glaoch gutháin uirthi le fiafraí an raibh sí ceart go leor. Thuig Rachel an míniú iomlán den fhocal 'comharsa' uathu. Chabhraigh Rachel le Mrs O'Connor agus leis an gcuid eile den choiste leis an Taispeántas Bláthanna bliantúil a eagrú i rith mhí Lúnasa agus choinnigh sé sin gnóthach í. Ní fhaca siad David Sumner ar chor ar bith i rith an tsamhraidh ach scríobh sé chuig Rachel cúpla uair ag tabhairt cuireadh di dul go Sasana agus am a chaitheamh leis. Níor fhreagair Rachel na litreacha. Ní raibh a lán airgid acu le maireachtáil ach ní raibh siad go dona as ach an oiread. Bhí pinsean ag Nóirín agus chomh maith leis sin chabhraigh Oisín go mór leo ó thaobh airgid de. Bhí roinnt airgid sábháilte ag Rachel i gcuntas a thosaigh a máthair di nuair a bhí sí óg. Chomh maith leis sin bhí polasaí beag árachais tógtha amach ag Ailbhe as a raibh airgead le fáil ag Rachel nuair a fuair sí bás agus thug David cead don aturnae iarraidh ar an gcúirt é sin a íoc léi. Má cheap sé go n-athródh sé sin intinn a iníne faoi bhí sé mícheart, ach ar a laghad ní raibh uirthi a bheith ag brath air ó thaobh airgid de.

Níor theastaigh ó Rachel dul go dtí an scoil chónaithe seo ach mar a chonaic sí féin é bhí rogha aici, é sin nó imeacht go Sasana chun cónaí lena hathair. Smaoinigh sí ar an rud go léir mar bhliain a bheadh uirthi a dhéanamh mar aithrí agus ina dhiaidh sin bheadh sí saor agus bheadh sí féin agus Nóirín in ann cónaí le chéile i mBaile an Mhuilinn gan aon trioblóid ó aon duine. Bhí a fhios aici nach dtaitneodh an scoil léi ach níor dhúirt aon duine go mbeadh uirthi taitneamh a bhaint as agus go mbeadh uirthi comhoibriú fad is a bheadh sí ann.

D'fhéach Rachel thart timpeall ar a seomra codlata den uair dheireanach. Bhí gach rud san áit cheart. Bhí dhá phóstaer ar an mballa, ceann amháin den ghrúpa ASH agus ceann eile de U2. Bhreathnaigh sí amach tríd an bhfuinneog ar feadh nóiméid. Bhí duilleoga ag tosú ag titim ar an ngairdín agus mhothaigh sí go raibh a hóige imithe uaithi. Sheiceáil sí ina mála láimhe le deimhniú go raibh a dialann aici. Bhí sí ann. D'fhág sí slán ag na hainmhithe bréige a bhí ar an tseilf os cionn na leapa. Dhún sí an doras ina diaidh agus thosaigh sí ag dul síos an staighre.

'A Rachel, déan deifir. Céard atá á dhéanamh agat? Tá Mr O'Connor ag fanacht leat.'

'Ceart go leor, a Nóirín, tá mé ag teacht, tá mé ag teacht.' Rith sí síos an staighre. Bhí Mr O'Connor chun í a thabhairt go dtí an stáisiún i gCill Dara. Nuair a tháinig sí amach an doras tosaigh bhí sé ag cur an cháis dheireanaigh isteach sa suíochán cúil.

'Go raibh míle maith agat as ucht na síbe, Mr O'Connor.'

'Ná habair é, a Rachel, ach caithfimid deifir a dhéanamh. Fágann an traein ag a fiche chun a trí.'

'Ceart go leor, tá chuile rud agam anois, tá súil agam.'

Chuaigh Mr O'Connor timpeall go dtí an taobh eile den charr agus shuigh sé isteach sa suíochán tosaigh. Chas Rachel timpeall agus bhreathnaigh sí ar Nóirín. Bhí Nóirín ag gol.

'Seo an chéad uair riamh nach mbeimid le chéile ar feadh tamall fada. An mbeidh tú ceart go leor?'

'Cinnte beidh. Ní bheidh sé i bhfad go Nollaig agus ní bheidh ach léim bheag fágtha ansin go dtí an samhradh arís. Tabhair aire duit féin.'

Rug an bheirt bhan barróg dhaingean ar a chéile. Mhothaigh Rachel na deora ag teacht agus shuigh sí isteach sa charr go tapa. Bhí a fhios aici go mbeadh sé deacair don bheirt acu a bheith scartha óna chéile ach ní fhéadfadh sí smaoineamh rómhór faoi sin anois. Bheadh uirthi aghaidh a thabhairt ar an mbliain seo chomh maith agus ab fhéidir léi.

Níl ach aistear gearr ó Bhaile an Mhuilinn go Cill Dara agus bhí siad ansin in am maith don traein. Bhí nóiméad nó dhó le spáráil acu roimh theacht na traenach agus labhair Mr O'Connor léi. 'Ná bíodh imní ar bith ort anois faoi Nóirín. Tá sé socraithe againn go bhfeicfimid í cúpla uair sa tseachtain agus tiocfaidh sí chugainn chuile Dhomhnach don lón.'

'Go raibh míle maith agat, Mr O'Connor.'

'Ní trioblóid ar bith é. Agus tú féin, má bhíonn fadhb ar bith agatsa, pioc suas an fón agus más féidir linn rud ar bith a dhéanamh tá a fhios agat cá bhfuilimid. Tá súil agam go mbeimid in ann dul siar ar cuairt chugat am éigin.'

Faoin am seo bhí an traein ag teacht isteach sa stáisiún agus chabhraigh sé léi a cásanna a iompar isteach sa charráiste.

Thug sí póg ar an leiceann do Mr O'Connor sular imigh sé amach ón traein.

Shuigh sí isteach i suíochán a bhí saor agus tríd an bhfuinneog chonaic sí é ag fágáil slán léi ón ardán. Shéid duine éigin feadóg agus thosaigh an traein ag imeacht arís.

Ar an taobh eile den bhord bhí fear óg ina chodladh. Bhí leabhar os a chomhair agus bhí sí in ann an teideal a léamh bun os cionn. Leabhar le John McGahern a bhí ann, *Amongst Women*. Níor léigh sí aon rud le McGahern riamh ach chuala sí trácht air mar sin féin. Ba chuimhin léi go ndúirt duine de na mná rialta sa scoil i gCill Chuilinn rud éigin faoi uair amháin. Níor chuimhin léi i gceart céard a dúradh faoi ach bhí an bhean rialta ina choinne ar aon nós. Rud éigin cosúil le nár chóir do chailíní dea-bhéasacha an sórt sin litríochta a léamh. Chomh maith leis an leabhar, bhí boladh óil ón bhfear freisin. Ní bheadh a fhios agat go deo cén sórt duine a chasfaí ort ar an gcóras iompair poiblí.

Dhúisigh Frank Farrell. Bhí sé amuigh an oíche roimhe sin le Ó Laoghaire agus na leaids eile ón Leabharlann Dlí. B'shin an oíche dheireanach aige i mBaile Átha Cliath, ar feadh bliana ar aon nós, agus bhí siad amuigh go dtí a trí a chlog ar maidin. Thosaigh an oíche in Gleesons i Rinn na Séad agus chríochnaigh siad ag damhsa do dhaoine singile in óstán an *Green Isle*. Bhí ticéid acu a thug duine éigin sa teach ósta dóibh agus ligeadh isteach iad ar leathphraghas. Bhí an áit plódaithe le daoine de gach aois agus cé gur gháir siad go léir faoin áit nuair a chuaigh siad isteach ar dtús, bhain siad an-taitneamh as an oíche. D'fhan Frank i dteach Uí Laoghaire ar feadh na hoíche mar bhí an t-árasán i Sráid Heytesbury tugtha suas aige. Bhí árasán faighte aige i nGaillimh cheana féin agus bheadh Ó Laoghaire ag tiomáint an *Volkswagen* siar lena chuid rudaí go léir ag deireadh na seachtaine. Ba bheag nár chaill sé an traein ach d'éirigh leis í a fháil agus nuair a shuigh sé isteach sa suíochán thit sé ina chodladh láithreach. Anois bhí sé dúisithe agus chonaic sé cailín óg dathúil ina suí ar an taobh eile den bhord ag breathnú go dímheasúil air.

'*Hello*,' a dúirt sé. Ní bhfuair sé freagra ar bith ach choinnigh an cailín uirthi ag breathnú air mar a bheadh dhá chloigeann air. Labhair sé arís. 'Cén chaoi a bhfuil tú? An bhfuil tú ag dul i bhfad?'

'Gaillimh,' a d'fhreagair sí.

'Mise freisin,' a dúirt Frank agus meangadh mór gáire ar a aghaidh.

'Ó,' a dúirt sí. Bhí ciúnas ann arís.

Phioc sé suas an leabhar ón mbord agus thosaigh sé ag léamh arís. Bhí sé dúisithe go hiomlán anois agus murar theastaigh ón gcailín labhairt leis ba chuma leis. 'Ó, ní maith liom é sin ar chor ar bith,' a dúirt Rachel léi féin. Bhreathnaigh sí thart timpeall an charráiste féachaint an raibh aon suíochán saor in áit eile. Ní raibh.

Níor theastaigh uaithi an carráiste a fhágáil ach an oiread mar bhí a bagáiste go léir in aice léi. D'fhan sí san áit a raibh sí. B'fhéidir go rachadh sé a chodladh arís. Níor bhreathnaigh sí air ach bhí sí in ann é a aireachtáil ag breathnú uirthi. D'oscail sí mála beag a bhí in aice léi ar an suíochán agus thóg sí amach *Walkman* agus roinnt téipeanna. Bhí an ceol an-tábhachtach di, chabhraigh sé léi cuimhneamh ar am eile nuair a bhí gach rud ceart go leor.

Chuir sí teip le U2 isteach sa *Walkman* agus bhrúigh sí an cnaipe chun é a thosú.

Ar an taobh eile den bhord bhí Frank ag smaoineamh dó féin go raibh an cailín an-dathúil ar fad. Bhí sé deacair a dhéanamh amach cén aois í. Ní raibh a fhios aige cén fáth ar labhair sí chomh giorraisc sin leis nuair a rinne sé iarracht ar chomhrá a thosú. B'fhéidir go raibh faitíos uirthi roimh strainséirí. Ach ar aon nós bhí sí an-dathúil ar fad. Léigh sé cúpla leathanach eile dá leabhar.

Faoin am seo bhí an traein gar d'Áth Luain agus bhí ocras ar Frank. D'fhág sé an suíochán agus chuaigh sé suas go dtí an carráiste ina raibh beár beag. Bhí sé róluath le tosú ag ól arís. Cheannaigh sé canna oráiste agus mála *mints*. Ar an mbealach ar ais cheap sé go bhfaca sé cara leis ón ollscoil i nGaillimh agus bheannaigh sé di. Ba léir go raibh dul amú air mar ní bhfuair sé ach féachaint shalach ar ais uaithi. 'Céard atá cearr liom?' a dúirt sé leis féin, 'tá gach cailín sa traein ar buile liom.' B'fhéidir nach raibh sé gléasta sách maith dóibh. Ba chuma leis, chaithfeadh sé *jeans* agus t-léine aon uair ba mhian leis. Bheadh sé sách fada ag caitheamh cultacha nuair a bheadh sé ag obair. Obair! Chuir sin i gcuimhne dó go raibh píosa oibre faighte aige cheana féin san Iarthar. Cás é a thug abhcóide eile dó nuair a chuala sé go raibh Frank ag dul go dtí an tIarthar, mar nach raibh sé in ann é a dhéanamh é féin. Bheadh sé sin ar siúl i gceann cúpla seachtain sa chúirt i nGaillimh. Ar a laghad ba thús é, ní raibh na páipéir léite fós aige ach bheadh dóthain ama chun é sin a dhéanamh idir seo agus sin.

Tháinig sé ar ais go dtí a charráiste féin. Nuair a bhí sé gar don suíochán chonaic sé go raibh an cailín ag léamh an bhlurba ar chlúdach cúil an leabhair a bhí fágtha ar an mbord aige. Nuair a chonaic sí é leag sí síos an leabhar go tobann agus dheargaigh sí.

'Tá sé spéisiúil go leor, ar léigh tú aon rud leis riamh?' Labhair Frank go cairdiúil.

'Ó *no*, níor léigh, ní raibh mé ach ag breathnú air ar feadh nóiméid.'

Ba léir go raibh sí cúthail faoin eachtra.

'Tá sé sin ceart go leor, ní chuireann sé isteach orm ar chor ar bith. Ar mhaith leat rud éigin le léamh? Tá leabhar eile agam le McGahern i mo mhála, is bailiúchán gearrscéalta é.'

'*No, no*, go raibh maith agat, tá mé ceart go leor.'

Chuir sé an-ionadh uirthi cé chomh deas is a bhí sé léi nuair a bhí deis aige bheith feargach. Bhí aiféala uirthi nár labhair sí leis níos luaithe nuair ba léir go raibh sé ag iarraidh comhrá a thosú. B'fhéidir go raibh sí mícheart faoi.

Bhí Frank ag smaoineamh go raibh sé nádúrtha go leor leabhar a phiocadh suas a bhí leagtha síos ag duine éigin eile ar bhord traenach. Bhí a fhios aige gur minic a rinne sé féin an rud céanna nó rud cosúil leis. Ba mhinic i dteach ósta nó in áit mar sin a phioc sé suas nuachtán a bhí in aice leis nuair a bhí duine éigin imithe go dtí an leithreas. Bhí sé nádúrtha go leor é a dhéanamh ach bheadh náire ort dá mbéarfaí ort fad is a bheifeá á dhéanamh. Bhí trua aige don chailín mar ba léir nach raibh sí ag súil lena fhilleadh. Ach, mar a deir siad, 'bhí an leac oighir briste' agus b'fhéidir go bhféadfaidís labhairt lena chéile anois. Níor thaitin leis ar chor ar bith taisteal ar thraein gan labhairt le haon duine.

'So, céard a bhíonn ar siúl agat i nGaillimh?'

' Staidéar, is oth liom a rá.'

'Ag an ollscoil, an ea?'

'Em, *no*, tá mé ag dul ar scoil.'

'Ar scoil?'

'Sea ar scoil.'

'Ó! Ní raibh Frank in ann smaoineamh ar aon rud eile le rá.'

Bhí aiféala ar Rachel go ndúirt sí aon rud faoin scoil mar bhí sé soiléir di gur cheap sé i dtosach go raibh sí níos sine ná mar a bhí. Bhí Frank ag smaoineamh ar an mbonn céanna ach sa treo eile. Ba léir dó go raibh sí i bhfad ní b'óige ná mar a cheap sé i dtosach. Ach ba chuma cén aois í, bhí sí an-dathúil ar fad. Nach mór an trua go raibh sí i bhfad ní b'óige ná é féin? Ba mhaith leis dá mbeadh Ó Laoghaire anseo chun í a fheiceáil. Bhí sí i bhfad níos dathúla ná Sorcha Conroy aon lá den tseachtain. Nár mhór an trua é go raibh sí chomh hóg sin?

'Ach tá mé sa bhliain dheireanach ar scoil, tá mé ag déanamh na hArdteistiméireachta i mbliana.'

Rinne Rachel iarracht a thaispeáint dó nach raibh sí chomh hóg is a cheap sé, cibé aois í sin.

'Ó, *right*, feicim. Cén sórt áite é ar aon nós?' Bhuel má bhí sí ag déanamh na hArdteiste b'fhéidir go raibh seans go raibh sí níos sine ná mar a cheapfá.

'Ní raibh mé ann riamh leis an bhfírinne a insint.'

'Ó, ní raibh tú ar scoil ansin anuraidh?'

'*No*, ní raibh, tá mé ag dul ann ar feadh bliana.'

Bhí ciúnas eatarthu ar feadh tamaill ansin. Bhreathnaigh Rachel amach tríd an bhfuinneog ar na páirceanna agus na tithe ag imeacht thairsti go tapa. Cé a chónaigh sna tithe sin? Cén sórt saoil a bhí acu? B'fhéidir go raibh daoine iontacha ina gcónaí iontu ag fanacht leis an nóiméad ceart chun rudaí nua a thionscnamh nó chun dúnmharú a dhéanamh. Nó b'fhéidir gur gnáthdhaoine iad go léir, ag déanamh an *Lotto*, ag éisteacht leis an Nuacht agus ag guí chun a n-anam a shábháil. An raibh sise cosúil le gach duine eile? Mhothaigh sí difriúil ó dhaoine eile i gcaoi éigin. Smaoinigh sí faoi ar feadh nóiméid agus ní raibh sí in ann a dhéanamh amach ar airigh sí difriúil toisc gur theastaigh uaithi bheith difriúil, nó toisc go raibh sí difriúil i ndáiríre. Bhí sé deacair a bheith difriúil ar bhealach amháin nó ar bhealach eile.

Ag an am céanna is a bhí Rachel ag breathnú amach an fhuinneog bhí Frank ag cuardach ina mhála ag iarraidh na páipéir don chás nua a fháil chun iad a léamh. D'fhéach sé suas ar feadh nóiméid agus bhuail a shúile le súile Rachel i scáil san fhuinneog. Bhí sé cosúil le saol eile, bualadh le chéile i scáil, agus d'fhan an bheirt acu ar feadh tamaill ag breathnú ar a chéile. Mhothaigh Rachel aisteach. Bhí sé faoi mar nach mbeadh sí i gceannas ar a mothúcháin féin. Bhí sé mar a bheadh duine éigin nó rud éigin eile ag cur smaointe ina ceann nár smaoinigh sí riamh cheana. Ba mhothúchán deas é. Go tobann scread coscáin na traenach agus tháinig siad isteach go stáisiún Bhéal Átha na Sluaighe. Bhí an nóiméad imithe.

Tháinig roinnt paisinéirí eile isteach sa charráiste ón ardán agus bhreathnaigh Frank orthu fad is a bhí siad ag iarraidh suíocháin a fháil dóibh féin. Bhí meascán maith de dhaoine ann. Bhí bean amháin agus bhí sí níos raimhre ná aon duine a chonaic sé riamh. Bhí sí in éineacht le fear beag tanaí. Ba chosúil gur lánúin phósta iad. Smaoinigh sé ar cén chaoi a ...? Stop sé é féin agus chuimhnigh sé go raibh sé ró-éasca magadh a dhéanamh faoi dhaoine mar gheall ar a dteacht i láthair. Bhí sé féin cúpla unsa thar an *optimum* agus bhí sé an-ghoilliúnach faoi. Nach raibh sé aisteach an chaoi ar cheap daoine, agus gan aithne ar bith acu ort, go raibh sé de cheart acu comhairle a chur ort nuair a bhí meáchan breise ort? Is minic a dúirt strainséirí amach is amach leis go gcaithfeadh sé meáchan a chailliúint. Céard a tharlódh dá ndéarfadh seisean leis na daoine céanna: 'Ó, tugaim faoi deara nach bhfuil tú ró-éirimiúil, caithfidh tú rud éigin a dhéanamh faoi sin!' An dtaitneodh sé sin leo? Rinne an bhean ramhar meangadh gáire ina threo. An raibh a fhios aici céard a bhí ar siúl ina cheann?

Bhí Rachel ag súil le nach suífeadh aon duine in aice leo mar bhí sí ag baint taitneamh as an turas anois. Thóg sí a dialann amach as a mála láimhe agus rinne sí cur síos gearr ar an turas agus a mothúcháin. D'fhéach sí sall ar an bhfear os a comhair. Bhí seisean ag léamh páipéir éigin a thóg sé amach as clúdach litreach fada a bhí sa mhála a bhí ar an suíochán in aice leis. Ní raibh a fhios aici céard a bhí á léamh aige. Litreacha grá is dócha ó chailín éigin a bhí críochnaithe leis an Ardteist na blianta ó shin. Bhí aghaidh dheas chairdiúil air agus cé go raibh sé ag caitheamh éadaí neamhfhoirmeálta bhí cuma shlachtmhar spéisiúil air. Rinne sí dearmad glan go raibh boladh óil uaidh nuair a chonaic sí i dtosach é. Ba thrua nach raibh an t-aistear ní b'fhaide. Cén fáth nár bhuail siad lena chéile ar an *Orient Express* nó áit éigin mar sin? Ní raibh mórán seans go bhfeicfeadh sí choíche arís é. Ach d'fhéadfadh sí labhairt leis sula sroichfidís stáisiún na Gaillimhe. Bhí sí in ann an fharraige a fheiceáil ar thaobh na láimhe clé. Ní raibh siad i bhfad ó cheann scríbe, is dócha. Leag sí síos an peann.

'An bhfuil tusa i do chónaí i nGaillimh?' a d'fhiafraigh sí de. Bhreathnaigh sé suas ó na páipéir a bhí á léamh aige.

'Sea, tá. Bhuel, ar aon nós beidh mé as seo go ceann bliana. Bím ag obair i mBaile Átha Cliath de ghnáth, ach táim ag dul go dtí an tIarthar ar feadh bliana.'

'Cén saghas oibre a dhéanann tú?'

'Is abhcóide mé.'

'Ó.'

Ní raibh mórán measa ag Rachel ar dhlíodóirí. Is dócha gur ó Nóirín a fuair sí an dearcadh sin. Ach b'fhéidir ...?

Bhí an traein ag teacht isteach sa stáisiún anois. Bhailigh sí a cuid rudaí ón mbord, na téipeanna agus an *Walkman*, agus chuir sí go tapa isteach ina mála iad. Bhí seisean ag bailiú a chuid rudaí freisin. Bhí daoine eile ag brú a chéile sa phasáiste agus bhí málaí agus cásanna i ngach áit. D'éirigh léi a cásanna féin a fháil agus ba bheag nár thit sí amach ar an ardán leo. Chabhraigh an fear óg léi agus chuimhnigh sí nach raibh a fhios aici cén t-ainm a bhí air. Bhí doirseoir stáisiúin ag cur a cuid málaí ar bharra bagáiste di agus bhí slua mór daoine thart timpeall uirthi. Thiomáin an doirseoir an barra leis na cásanna i dtreo na dtacsaithe a bhí taobh amuigh den stáisiún. Bhreathnaigh

Rachel thart ag iarraidh an t-abhcóide a fheiceáil ach bhí sé imithe as radharc faoin am seo. An bhfeicfeadh sí choíche arís é?

Bhí Frank ag druidim i dtreo Oifig Fiosrúcháin an stáisiúin chun eolas a fháil faoi amchlár na mbusanna amach go dtí Bóthar na Trá, áit a raibh a árasán nua. D'fhéach sé thart ag iarraidh an cailín a fheiceáil aon uair amháin eile ach bhí sí imithe. Cheap sé go bhfaca sé a droim ag imeacht i dtreo na dtacsaithe ach ní raibh sé cinnte. Go tobann leag duine éigin lámh ar a ghualainn agus chuala sé: 'Gabh mo leithscéal?'

Chas sé timpeall agus bhí an bhean ramhar ón traein ina seasamh taobh thiar de. Baineadh geit as.

'Sea?' a d'fhiafraigh sé.

'Gabh mo leithscéal ach d'fhág an cailín a bhí leat ar an traein é seo ina diaidh. Bhí sé ar an urlár faoin suíochán.'

Shín sí leabhar beag amach, dialann de chineál éigin a bhí ann. D'aithin sé láithreach é, cheap sé go bhfaca sé an cailín ag scríobh rud éigin ann. Ach cén t-ainm a bhí uirthi? Ní raibh aithne ar bith aige uirthi ach mhothaigh sé rud éigin ag rá leis go neamhchoinsiasach go bhfeicfeadh sé arís í. Is dócha go raibh seoladh nó rud éigin taobh istigh den chlúdach. Thóg sé ón mbean é.

'Go raibh míle maith agat. Déanfaidh mé deimhin de go bhfaighidh sí ar ais é.'

Bhí sé an-sásta leithscéal a fháil chun iarracht a dhéanamh dul i dteagmháil léi arís.

V

Bhí an ghrian ag taitneamh. Bhí sé dhá bhliain ó bhí Frank i nGaillimh. Ba chuimhin leis an Nollaig dheireanach sin a chaith siad le chéile mar theaghlach sa teach ar an mBóthar Ard. Ba chuimhin leis go raibh ionadh an domhain air nuair a dúirt a athair go raibh sé chun an teach a dhíol agus go raibh sé féin agus máthair Frank ag dul go Páras chun cónaí ann. Bhí a fhios ag Frank i gcónaí go raibh grá mór ag a athair don Fhrainc ach níor chreid sé riamh go rachadh sé chun cónaí ann go lánaimseartha. Ar aon nós bhí an socrú déanta agus cúpla mí ina dhiaidh sin d'imigh a athair agus a mháthair go dtí an Fhrainc. Cheannaigh siad árasán i bPáras agus dúirt a athair dá dtiocfaidís ar ais i gceann cúpla bliain tar éis éirí as cúrsaí gnó go gceannóidís teach beag in aice na trá. Ní bheadh teach mór le ceithre sheomra codlata ag teastáil uathu faoin am sin.

Ar bhealach amháin bhí brón ar Frank nach mbeidís thart fad is a bheadh sé féin i nGaillimh ar feadh na bliana, ach ar bhealach eile cheap sé go mbeadh sé féin ní b'fhearr as toisc nach mbeadh sé in ann brath orthu ach an oiread. Chuirfeadh sé brú air féin obair go crua i rith na bliana. Bheadh air seasamh ar a chosa féin. Bheadh cíos le n-íoc chuile mhí agus mura saothródh sé an t-airgead mar abhcóide bheadh air b'fhéidir post páirtaimseartha a fháil chomh maith le maireachtáil.

Sular fhág sé an stáisiún bhí amanna an bhus go Bóthar na Trá faighte amach aige. Ní raibh mórán bagáiste aige mar bhí an chuid ba mhó de i ngaráiste Uí Laoghaire fós.

Gheall Shane dó go dtiocfadh sé anuas ag an deireadh seachtaine lena rudaí agus mar sin ní raibh mórán sa chás ag Frank ach athrú éadaigh agus mar sin de. Shiúil sé trasna na cearnóige i dtreo Óstán an Skeffington. Ba mhinic a chaith sé am san óstán sin nuair a bhí sé ag staidéar san ollscoil. Bhí sé ina bhall den Chumann Liteartha agus Díospóireachta agus bhí socrú acu leis an 'Skeff' chun cúpla deoch agus ceapairí a fháil ansin chuile oíche Dhéardaoin tar éis chruinnithe an chumainn. Tháinig sé go léir ar ais chuige anois, an spórt agus na hargóintí a bhí acu sa chumann sin. Bhí sé féin mar reachtaire ar an gcumann bliain amháin agus bhain sé an-taitneamh as sin. Céard a tharla do na daoine go léir a bhí mar pháirt den chuid sin dá shaol? Is dócha go raibh cuid mhaith acu imithe ar imirce. B'fhéidir go raibh cuid acu fágtha i nGaillimh fós. Bheartaigh sé freastal ar chruinniú nó dhó den chumann i rith na bliana. Bhíodh moltóirí ag teastáil uathu i gcónaí. Ach b'fhéidir gurbh fhearr dó gan dul in aice leis an gcumann ar chor ar bith. Bhí an chuid sin dá shaol críochnaithe anois agus b'fhéidir go millfeadh sé a chuid cuimhní bheith ag iarraidh iad a athbheochan. Sheas sé ag stad na mbusanna agus bhí bus a raibh 'Bóthar na Trá' scríofa air ag casadh an chúinne ag bun na cearnóige.

Stop an bus taobh amuigh den óstán agus cheannaigh sé ticéad seasca a cúig pingine. Ní raibh mórán daoine ar an mbus. Bhí sé leathuair tar éis a cúig. Shuigh Frank thuas staighre sa suíochán tosaigh. Thiomáin an bus síos Sráid na Siopaí thar dhroichead Uí Bhriain agus chas sé ar chlé síos Sráid Doiminic. Bhí sáraithne ag Frank ar an gcathair agus thug sé faoi deara na hathruithe a bhí tagtha ar an áit ón uair dheireanach a bhí sé anseo. Bhí teach ósta nua tógtha ag Jurys sa Phóirse Caoch agus bhí oifig nua ag lucht na Féile Ealaíon i Sráid Doiminic.

I gceann fiche nóiméad nó mar sin bhí siad i lár Bhóthar na Trá, Las Vegas na hÉireann. Chuaigh siad thar Óstán an Warwick agus áiteanna eile a raibh aithne mhaith aige orthu. Faoi dheireadh stad an bus ar an b*Prom*, díreach os comhair íochtar Bhóthar na Mine.

Bhí bloc árasán ansin darbh ainm 'Ocean Towers' agus cúpla méadar níos faide suas an bóthar bhí a árasán féin. Ba é an t-urlár faoi thalamh é ag uimhir a seachtó a ceathair, Bóthar na Mine. Chuir an tiarna talún eochair chuige sa phost an tseachtain roimhe sin tar éis dó an éarlais a íoc. D'oscail sé an doras. Bhí cúpla píosa páipéir ar an urlár a cuireadh isteach tríd an mbosca litreacha. Bhí ceann acu ag fógairt seirbhís seachadta *pizza* agus ceann eile ag fógairt cleachtaí rince. Chomh maith leo siúd bhí nuachtáin áitiúla a bhí saor in aisce chuile sheachtain agus bhí roinnt mhaith díobh sin ann.

Árasán deas glan néata ab ea é. Bhí dhá sheomra ann, ceann mór a bhí mar chistin/seomra suí, agus ansin seomra codlata dúbailte le seomra folctha *en suite*. Bhí dóthain spáis san áit, cheap sé, dá chuid rudaí agus bhí teallach mór sa dá sheomra chomh maith le teas lárnach. Bíonn sé fuar i nGaillimh sa gheimhreadh agus bheidís ag teastáil go géar. Thaitin an t-árasán go mór leis. Ní raibh an cíos ró-ard agus bhí dóthain spáis aige. Ní fhéadfá bheith ag súil le níos mó. Chuimhnigh sé go raibh sé aisteach teacht ar ais go dtí a chathair dhúchais agus cónaí in árasán leis féin, ach bhí sé sásta go raibh a shaol féin aige gan aon chur isteach ó aon duine eile.

Thóg sé na rudaí a bhí aige amach as a mhála. Chroch sé suas a léine agus a chulaith. Bhí raidió beag aige agus chuir sé ar siúl é fad is a bhí sé ag breathnú thart timpeall an árasáin. Rinne sé iarracht cuimhneamh cá raibh an teach tábhairne ba ghaire. Is dócha gurbh é sin Óstán

Bhóthar na Trá nó an Spinnaker i gCnoc na Cathrach. Ar aon nós, ní bheadh air dul isteach go dtí an chathair má theastaigh deoch uaidh ar a haon déag a chlog aon oíche. Bhí amhrán grá ar an raidió agus chuir sé an cailín agus an dialann i gcuimhne dó. Cár chuir sé an dialann? Ó, sea, bhí sé i bpóca a sheaicéid. Thóg sé amach í agus d'oscail sé an clúdach. Bhí ainm scríofa taobh istigh de, Rachel Sumner. So, sin é an t-ainm a bhí uirthi. Ní raibh seoladh ar bith faoin ainm. Cén chaoi a mbeadh sé in ann a fháil amach cár chónaigh sí?

D'fhéadfadh sé breathnú san eolaí teileafóin. B'ait an sloinne é Sumner agus ní fhéadfadh go mbeadh mórán díobh in eolaí teileafóin na Gaillimhe!

Tar éis di an stáisiún traenach a fhágáil, sheas Rachel ag an líne tacsaí taobh amuigh den stáisiún. Chuardaigh sí go bhfaca sí gluaisteán leis an ainm *G.CABs* air. Dúradh léi i litir ón scoil cúpla seachtain roimhe sin go raibh socrú speisialta ag an scoil leis an gcomhlacht tacsaí sin. Bhí aistear daichead míle nó mar sin as Gaillimh go dtí an scoil agus ní raibh seirbhís bus cheart chuig an áit. Dá bhfaighfeá tacsaí ó chomhlacht eile chosnódh sé punt an míle ar a laghad ach le *G.CABs* ní raibh ar Rachel ach cúig phunt déag a íoc. Chuir an tiománaí an bagáiste sa charr agus ar aghaidh leo i dtreo Chonamara.

Ní raibh Rachel riamh i nGaillimh cheana agus bhí chuile radharc nua di. Cheap sí go raibh an chathair go deas oscailte ó thaobh leagan amach de agus nach raibh mórán bruscair le feiceáil ar chor ar bith mar a bheadh i mBaile Átha Cliath. Chuala sí ó roinnt mhaith daoine go raibh Gaillimh iontach mar chathair chun saoire a chaitheamh ann. Chaith a huncail, Oisín, téarma nó dhó in Ollscoil na Gaillimhe mar léachtóir cuairte i Roinn na Staire agus bhí seisean i gcónaí ag moladh na háite. Thiomáin an carr síos trí phríomhshráid na cathrach agus chas siad ar dheis agus ansin ar chlé go dtí go raibh siad in aice leis an Ardeaglais. Ba chuimhin le Rachel go bhfaca sí an Ardeaglais chéanna ar an teilifís cúpla bliain roimhe sin nuair a bhí scéal mór faoi easpag na háite sa nuacht. In aice leis an Ardeaglais bhí Droichead Chora na mBradán agus bhuail an smaoineamh í go raibh an t-easpag sin cosúil le bradán i slí éigin, ag dul ar ais go dtí a áit dhúchais chun é a úsáid mar bheirtreach.

Bhí croiméal ar an tiománaí agus smaoinigh Rachel go raibh sé an-chosúil le Groucho Marx. Ní raibh mórán cainte as i dtosach ach de réir mar a lean siad ar aghaidh thosaigh sé ag caint léi.

'Ag teacht ar ais tar éis an tsamhraidh?' a d'fhiafraigh sé.

'No, seo é an chéad uair dom.'

'An bhfaca tú an scoil riamh, fiú i gcártaí poist?'

'Ní fhaca.'

'Cuirfidh sé ionadh an domhain ort, geallaim duit.'

'Ó, sea?'

'Cinnte, is radharc álainn ar fad é. Tá mise ag tiomáint don chomhlacht seo le hocht mbliana anois agus ní cuimhin liom cé mhéad uair a thiomáin mé daoine amach chuig an gCoill Mhór ach cuireann an áit iontas orm chuile uair.'

Bheartaigh Rachel ina hintinn féin nach gcuirfeadh an áit iontas ar bith uirthi, ba chuma cé chomh hálainn is a bhí sé. Níor theastaigh uaithi aon deis a thabhairt d'aon duine a rá go ndearna a hathair an rogha cheart í a chur chuig an scoil seo. B'fhearr léi bheith sa bhaile le Nóirín ag freastal ar an scoil áitiúil i gcónaí. Ach ní bheadh sí ansin ach ar feadh bliana agus bhí a hintinn déanta suas aici nach dtaitneodh an áit léi ar chor ar bith.

Thiomáin siad trí Mhaigh Cuilinn agus Uachtar Ard. Labhair an tiománaí léi faoi iománaíocht agus an bealach ar bhuaigh Gaillimh an cluiche leathcheannais in aghaidh Thiobraid Árann cúpla seachtain roimhe sin. Bheadh an cluiche ceannais ar siúl ar an gcéad Domhnach eile agus bhí ticéad aige. Bhí an lá go léir socraithe amach aige, suas ar an traein, a lón in *Óstán An Aisling* agus ansin sall go dtí Páirc an Chrócaigh. Ba léir di gur fanaiceach a bhí ann.

'An raibh tú ann riamh?' a d'iarr sé.

'Cén áit? *Óstán An Aisling?*'

'Ní hea,' a gháir an tiománaí, 'i bPáirc an Chrócaigh.'

'Bhí, uair amháin.'

Chonaic sí go raibh suim aige inti anois. Is dócha gur cheap sé gur daoine d'aon mhianach iad. Rinne sé meangadh gáire léi agus lean sé ar aghaidh ag caint.

'Agus cé a bhí ag imirt nuair a bhí tú ann?'

'U2,' a d'fhreagair sí.

Ba léir di ar an bpointe nárbh é sin an sórt freagra lena raibh sé ag súil. Bhí deireadh leis an gcomhrá sin. Bhí brón uirthi nach raibh sí in ann a rá leis go raibh sí ag cluiche mór éigin ach ní raibh aon suim aici i gcúrsaí peile ná iománaíochta. Thaitin an sacar léi ceart go leor nuair a bhí sé ar an teilifís agus nuair a bhí foireann na hÉireann ag imirt, ach smaoinigh sí gurbh fhearr gan labhairt faoi shacar leis seo.

Bhreathnaigh sí amach trí fhuinneog an tacsaí. Bhí siad ag fágáil Uachtar Ard agus bhí abhainn bheag ar thaobh na láimhe clé. Thaitin sé go mór léi uisce a fheiceáil. Ba chuma léi cé acu abhainn nó canáil nó an fharraige féin a bhí ann ach go mbeadh sí in ann uisce reatha a fheiceáil agus a chloisteáil. Bhí éifeacht an-suaimhneasach aige uirthi. Chuir sé an droichead beag ina sráidbhaile féin i gcuimhne di. Imeall an domhain, suas go dtí seo ar aon nós.

Tar éis dóibh Uachtar Ard a fhágáil thug sí faoi deara nach raibh mórán tithe le feiceáil ar chor ar bith. Talamh portaigh is mó a bhí ar dhá thaobh an bhóthair. D'éirigh caighdeán an bhóthair féin níos measa de réir mar a dhruid siad níos faide siar i gConamara. Bhí lochanna beaga ar fud na háite agus i lár cuid acu bhí oileáin bheaga. Níor dhóigh léi go raibh aon duine ina chónaí orthu ach smaoinigh sí di féin go mbeadh sé go deas maireachtáil ar cheann acu ina haonar. D'fhéadfadh sí glasraí a chur agus rachadh sí a chodladh chuile oíche le fuaim an uisce ina ceann. D'airigh sí í féin ag titim ina codladh agus rinne sí iarracht í féin a stopadh ach ní raibh sí in ann. Bhí brionglóid aici fúithi féin ag cur glasraí i bpáirc mhór. Nuair a sheas sí siar chonaic sí na mílte líne de chabáiste agus d'fhataí. Ansin bhí sí os cionn an ghairdín mhóir agus chonaic sí go raibh na glasraí curtha aici i staid peile. Bhí duine éigin ag labhairt léi.

'Breathnaigh air anois.' Dhúisigh sí go tobann.

'Breathnaigh air anois.'

'Céard?'

Chuimil sí a súile. Bhí an tiománaí ag labhairt léi agus ag síneadh méire ar thaobh a láimhe deise. Cheap sí i dtosach go raibh sí fós ag brionglóidigh. Ní fhéadfadh sí é a chreidiúint, ní fhéadfadh sé a bheith fíor, ní raibh radharc mar seo feicthe riamh aici, fiú i bhfinscéalta. Ach bhí sé fíor. Ansin, ag bun sléibhe agus ar imeall locha, bhí caisleán álainn i lár an radharc tíre bhánaithe seo. Bhí sé mar a thiocfadh lámh draíochta as an spéir agus a d'fhágfadh ansin é lena chur i gcuimhne dúinn go bhfuil cumhacht níos airde ná muid i gcónaí ann. Níor fhan focal aici.

Stop an tiománaí an carr ar dhroichead beag agus amach leis an mbeirt acu chun breathnú ar an radharc iontach. Níor dúradh tada eatarthu ar feadh tamall fada. Bhí an ghrian ag dul faoi taobh thiar den sliabh agus bhí frithchaitheamh daite ar an loch ag cúlú fad is a bhí an ghrian ag ísliú. Cheap Rachel gurbh é an radharc ab áille ar domhan é. Cén chaoi ar choinnigh muintir na háite an rún seo ón domhan uilig go dtí seo?

Bhreathnaigh an tiománaí ar a uaireadóir.

'Tá sé in am dúinn imeacht.'

'Caithfidh mise a bheith ar ais i nGaillimh roimh a hocht nó marófar mé. Tá an *boss* ag dul chuig an mbiongó anocht agus tá ormsa breathnú i ndiaidh na bpáistí.'

Thiomáin an tacsaí suas ascaill mhór chasta agus crainn darach ar gach taobh. Bhí Rachel ag súil le daltaí a fheiceáil ach ní raibh siad le feiceáil ar chor ar bith. 'B'fhéidir go bhfuil siad ag staidéar nó rud éigin,' a dúirt sí léi féin. Chas an ascaill timpeall ar dheis agus ansin go tobann bhí siad ar thaobh an locha agus bhí an caisleán rompu arís. D'ardaigh an ascaill beagán ansin agus stop siad faoi dheireadh díreach taobh amuigh den doras tosaigh. Ba radharc iontach é an caisleán le breathnú air i bhfad uait ach nuair a bheifeá in aice leis bhí sé níos deise fós ar bhealach. Chomhair Rachel ceithre thúr a bhí le feiceáil agus bhí sí beagnach cinnte go bhfaca sí cúpla ceann eile ón mbóthar. Bhí cúig chéim suas go dtí an doras mór adhmaid.

Chas sí timpeall agus bhí radharc álainn aici ar an loch agus ar na gairdíní a bhí thart timpeall air. Síos uaithi ar chlé, cúpla céad méadar nó mar sin, bhí séipéal beag i measc na gcrann. Ní raibh sí in ann é go léir a fheiceáil ach bheartaigh sí cuairt a thabhairt air. Ní raibh a fhios aici ar bhain sé leis an scoil ach ba dhóigh léi gur bhain. Nuair a chas sí timpeall arís bhí an doras mór adhmaid oscailte agus bhí bean rialta ina seasamh ar an gcéim ab airde.

'Rachel an ea? Rachel Sumner?' a d'fhiafraigh sí.

'Sea, is mise Rachel Sumner.'

'Is mise An tSiúr Michael. Fáilte romhat go dtí Kylemore Abbey.'

Thuirling sí na céimeanna eile agus shín sí amach a lámh. Chroith Rachel í.

'An bhfuil dóthain airgid agat chun an tacsaí a íoc?'

'Ó, tá cinnte, tá.' Bhí Rachel chomh tógtha sin leis an áit agus leis an atmaisféar go raibh dearmad glan déanta aici ar an tiománaí bocht. Thóg sí an t-airgead amach as a mála agus d'íoc sí é. D'fhág sé slán aici agus thiomáin sé leis ar ais i dtreo a chlainne agus a mhná céile a bhí á hullmhú féin in áit éigin chun dul chuig an mbiongó. Ag breathnú ar an gcarr ag imeacht as radharc síos an ascaill mhothaigh Rachel go raibh sí ina haonar i ndáiríre.

'Taispeánfaidh mé do sheomra duit más mian leat.'

Thóg an bhean rialta cás amháin agus phioc Rachel an ceann eile suas agus lean sí An tSiúr Michael suas na céimeanna agus isteach sa scoil.

Nuair a chuaigh siad isteach ba é an chéad rud a thug Rachel faoi deara ná go raibh gach rud sa halla mór glan néata. Bhí bláthanna úra ar an gcornchlár, ach ní raibh pictiúr beannaithe in áit ar bith. Cé nach raibh mórán suime aici i gcúrsaí creidimh níor cheap sí go mbeadh pictiúr beannaithe as áit ar chor ar bith in áit mar seo. Is dócha, i gclochar, go mbeifeá ag súil leo agus nuair a bhí siad in easnamh cheap sí nach raibh an seomra ceart, rud éigin mar sin. Chuir sé iontas uirthi go raibh sí ag smaoineamh mar sin ach, cén dochar. Chuaigh siad trí dhoirse eile agus sul i bhfad bhí siad ag bun staighre ollmhóir. Labhair an bhean rialta arís.

'De ghnáth cuirtear cailíní nua sa suanlios ach i do chás-sa toisc go bhfuil tú sa séú bliain cheapamar nach mbeadh sé cothrom gan seomra a thabhairt duit mar tá seomraí ag an mbliain uilig. Beidh tú ag roinnt an tseomra le cailín eile.'

'Go raibh míle maith agat.'

'Anois, fág na cásanna anseo ag bun an staighre. Tá fear anseo a dhéanann jabanna éagsúla dúinn sa scoil agus tá sé thart in áit éigin. Tabharfaidh seisean na cásanna suas níos déanaí.'

'Agus cá bhfuil an seomra?'

'Tá sé thuas staighre ar an tríú hurlár. Rachaimid ansin anois agus taispeánfaidh mé duit é. Ansin socróimid bia duit. Caithfidh go bhfuil ocras ort.'

Chuaigh siad suas staighre agus bhí an-áthas ar Rachel nach raibh uirthi na cásanna a iompar suas an bealach sin go léir. Nuair a shroich siad barr an staighre shiúil siad síos pasáiste fada go dtí gur tháinig siad go dtí seomra fiche a ceathair. Taobh amuigh de chuile sheomra bhí ainmneacha na ndaoine a bhí leagtha amach don seomra sin clóscríofa ar chárta beag ar an doras. Ar dhoras fiche a ceathair bhí 'Rachel Sumner & Lillian Moore.'

'An bhfuil sise anseo cheana?' a d'fhiafraigh Rachel.

'No, níl. Ó, tá brón orm, is dócha nár inis mé duit ach níl na cailíní eile le filleadh ar ais go ceann cúpla lá eile. Cén lá é seo anois?'

'Dé hAoine.'

'Sea, Dé hAoine. Bhuel beidh siadsan ar ais ar an Domhnach. Ní thosaíonn an téarma i gceart go dtí maidin Dé Luain. Beidh siad go léir ar ais ansin. So, beidh cúpla lá agat chun breathnú thart ar an áit agus aithne a chur orainn freisin.'

'Cé mhéad bean rialta atá anseo sa scoil?'

'Ocht nduine dhéag. Tá roinnt mhaith acu aosta go leor ach tá seisear againn ag múineadh sa scoil agus bíonn an chuid eile páirteach i riarachán na scoile. Tá na múinteoirí eile ina gcónaí gar don scoil, den chuid is mó, agus tá beirt nó triúr a thagann amach as Gaillimh chuile mhaidin.'

Bhí an seomra deas glan le dhá leaba, dhá dheasc, dhá chathaoir agus roinnt vardrús. Bhí fuinneog mhór ann agus cé gur theastaigh ó Rachel breathnú amach láithreach cheap sí gurbh fhearr fanacht go dtí go mbeadh an bhean rialta imithe. Níor theastaigh uaithi a thaispeáint go raibh suim ar bith aici san áit.

'Fágfaidh mé anseo thú. Is dócha go dteastaíonn uait do chosa a chur suas ar feadh tamall beag. Tar síos go dtí an proinnteach nuair a bheidh tú réidh agus cuir fios orm. Tá sé thíos ar leibhéal na talún. Cas ar chlé ag bun an staighre.

Tá oifig agam in aice leis an halla agus tá m'ainm ar an doras. Réiteoidh mé rud éigin le n-ithe duit.'

Nuair a bhí sí imithe chuaigh Rachel sall go dtí an fhuinneog ar an bpointe. Bhí an seomra díreach ag deireadh an urláir uachtair agus ba iad na túir an t-aon rud a bhí ní b'airde ná é. Bhí radharc aici amach thar an loch. Bhí sí in ann an bóthar a fheiceáil ar an taobh eile den loch ag casadh soir i dtreo na Gaillimhe. Ar an taobh eile den bhóthar bhí portach ollmhór ag síneadh i dtreo an Chlocháin agus chósta Chonamara.

Chuir sé ionadh uirthi cé chomh deas is a bhí an tSiúr Michael léi. Is dócha go raibh sí mar sin léi toisc go raibh sí nua san áit. Smaoinigh sí go raibh a hintinn déanta suas aici i bhfad roimhe sin gan taitneamh a bhaint as an áit. B'fhéidir go raibh sé sin amaideach ach ag an am céanna cheap sí ar bhealach go mbeadh sí mídhílis dá máthair bhocht dá gcabhródh sí lena hathair ná le haon cheann dá chuid socruithe. Bheadh suim aici a fháil amach cén sórt cailín í Lillian Moore. Dá mbeidís ag roinnt an tseomra bhí súil aici go réiteoidís go maith lena chéile. D'fheicfeadh sí tar éis cúpla lá eile ar aon nós. Bhí sí sásta go leor go mbeadh cúpla lá aici di féin chun socrú isteach. Ní bheadh aon dochar ann socrú isteach, is dócha? Bheadh sí anseo ar feadh na bliana.

Tar éis di tamall a chaitheamh sa seomra chuaigh sí síos staighre agus chuir sí fios ar an tSiúr Michael. Réitigh an bhean rialta béile di agus d'inis sí do Rachel faoin scoil. Ba léir go raibh grá mór aici don áit. Bhí sí ansin le cúig bliana déag anuas agus bhí sí díograiseach faoin scoil agus faoin tslí bheatha a bhain leis an áit. Fuair Rachel roinnt mhaith eolais uaithi. Ba chosúil go raibh thart ar dhá chéad caoga cailín ag freastal ar an scoil. Scoil chónaithe amháin a bhí inti agus tháinig na daltaí ó gach áit ar fud na tíre agus thar lear. Haca an spórt ba mhó a d'imir siad sa scoil. Bhí taithí ag Rachel ar an gcluiche ach ní dúirt sí aon rud faoi. Bhí gairdíní móra agus páirceanna imeartha ag an scoil agus bhí siad sin ar an taobh eile den ascaill. Smaoinigh Rachel gur thaitin an bhean seo léi, bhí sí cairdiúil agus rinne sí sáriarracht Rachel a chur ar a suaimhneas.

Nuair a bhí an béile ite ag Rachel thug an tSiúr Michael isteach go dtí seomra suí na mban rialta í. Bhí seisear sa seomra, cuid acu ag léamh agus cuid eile ag comhrá lena chéile. Chuir an tSiúr Michael in aithne do Rachel iad.

'Seo an tSiúr Violet, an tSiúr Claire, an tSiúr Stephanie, an tSiúr Jude, an tSiúr Andrea agus an Mháthair Thérèse, ardmháistreás na scoile.'

'Dia dhaoibh,' a dúirt Rachel go híseal.

'Seo í Rachel Sumner, beidh sí anseo ar feadh na bliana.' D'éirigh na mná rialta go léir agus chroith siad lámh léi, duine ar dhuine.

D'inis an tSiúr Michael di cén t-ábhar a mhúin chuile dhuine acu ach ní raibh sí in ann cuimhneamh orthu níos déanaí nuair a bhí sí ina seomra á hullmhú féin don leaba. Bhreathnaigh sí amach an fhuinneog agus chonaic sí frithchaitheamh na gealaí ar an loch. D'oscail sí an fhuinneog agus d'éist sí le fuaimeanna na hoíche. Bhí ulchabhán ag screadaíl in áit éigin agus thall thar an loch chonaic sí ceannsoilse gluaisteáin ag scuabadh an bhóthair ag teacht timpeall an chúinne go dtí an droichead. D'fhéach sí ar a huaireadóir. Bhí sé leathuair tar éis a deich.

Smaoinigh sí gur mhaith léi cur síos a dhéanamh ar an méid a bhí feicthe aici den scoil agus de na mná rialta a bheadh i bhfeighil uirthi ar feadh na bliana. Ba mhaith léi chomh maith cúpla nóta a scríobh ina dialann faoin radharc a chonaic sí féin agus an tiománaí tacsaí ón droichead níos luaithe tráthnóna. D'oscail sí a mála láimhe ach ní raibh sí in ann teacht ar an dialann. D'fholmhaigh sí an mála ar an leaba, rinne sí mionscrúdú ar chuile rud a bhí ann, ach ní raibh an dialann ann ar chor ar bith. Bhí na cásanna i gcúinne sa seomra ach bhí sí cinnte nár chuir sí ina measc í. D'oscail sí na cásanna áfach agus bhain sí chuile rud astu. Ní raibh an dialann iontu ach an oiread.

Bhí Rachel trína chéile. Cá raibh sí? Ar fhág sí in áit éigin í trí thimpiste? Smaoinigh sí ar an uair dheireanach a scríobh sí rud éigin isteach inti. Cá raibh sí nuair a chonaic sí an uair dheireanach í? Ó, sea, bhí sí ar an traein. Ba chuimhin léi gur scríobh sí rud éigin ann nuair a bhí sí ar an traein. Chuimhnigh sí ar an bhfear a bhí ina shuí os a comhair ann. Ba chuimhin léi go raibh sí ag breathnú air nuair a bhí sí ag scríobh sa dialann. Ar fhág sí ar an traein í? Ba chuimhin léi go raibh deifir uirthi nuair a bhí sí ag tuirlingt ón traein. B'fhéidir gur ghoid duine éigin í. B'fhéidir gur ghoid mo dhuine í. Ba chuma léi dá mbeadh an dialann scriosta (ar a laghad bheadh a fhios aici ansin nach raibh aon duine á léamh) ach dá mbeadh sé i seilbh duine éigin, strainséir, agus é nó í ag léamh na smaointe is uaigní ina croí! Bheadh sé cosúil le héigniú intleachta, gan a fhios aici cé a bhí á dhéanamh. Bheadh sí caillte gan an dialann sin mar bhí smaointe scríofa síos aici ann a rinne ceangal idir í féin agus an aimsir chaite, a máthair, Baile an Mhuilinn, Nóirín, a saol uilig. B'fhéidir gur ghoid an fear sin í ar an traein. Ní raibh a fhios aici. D'fhéach sí ar a huaireadóir arís, bhí sé beagnach ina mheán oíche.

Lá arna mhárach dhúisigh Rachel go tobann. Cheap sí gur chuala sí clog ag bualadh. Chuimil sí a súile. D'éirigh sí as an leaba agus ghléas sí í féin. Chonaic sí na héadaí a bhí bainte amach as an gcás aici an oíche roimhe sin agus a bhí fágtha aici ar an leaba eile. Chuir sí isteach sa vardrús iad agus chuir sé sin i gcuimhne di arís go raibh a dialann caillte aici. Chuaigh sí síos staighre go dtí an proinnteach agus bhí cailín óg ag obair sa chistin taobh thiar den chuntar.

'Ar mhaith leat bricfeasta?' a d'fhiafraigh sí.

'Ba mhaith, más é do thoil é.'

Thug an cailín tráidire di ar a raibh babhla calóga arbhair agus pota caife. 'Má tá tósta uait, glaoigh orm.'

Chaith sí Dé Sathairn ag siúl thart timpeall na háite. Chonaic sí na seomraí scoile, iad folamh ag fanacht le filleadh na ndaltaí. Bhí na gairdíní iontach ar fad, bláthanna i ngach áit agus crainn mhóra ar an imeall ag tabhairt scáth dóibh. Bhí gairdín rósanna i lár na ngairdíní eile. Bhí fál thart air agus bhí sé cosúil le gairdín rúnda. Smaoinigh Rachel go raibh sé go deas anseo léi féin ag sú na gréine agus í ina suí ar bhinse a bhí ar imeall na rósanna. Bhí cosáin bheaga i ngach áit. Lean sí ceann díobh agus chuaigh sé taobh thiar den scoil féin agus isteach i gcoill réasúnta mór. Bhí eagla uirthi ar feadh tamaill nach mbeadh sí in ann a bealach ar ais a aimsiú ach, beagnach chomh luath is a bhuail an smaoineamh sin í, tháinig sí ar réiteach. Bhí balla mór os a comhair. Bhí sí ar chúl an tséipéil a chonaic sí an lá cheana, síos ar chlé ón scoil, taobh leis an loch. Chuaigh sí timpeall go dtí aghaidh an tséipéil.

Bhí doras mór adhmaid ar an séipéal cosúil leis an gceann ar an gcaisleán.

Bhí an doras dúnta, ach bhrúigh Rachel go bog é agus d'oscail sé gan aon stró. Ní raibh sé faoi ghlas. Nuair a chuaigh sí isteach thug sí faoi deara go raibh an séipéal geal cé nach raibh aon soilse ar siúl. Bhí fuinneog mhór de ghloine dhaite ar bhalla amháin agus bhí solas na gréine ag lasadh an tseomra go léir tríthi. Shiúil Rachel suas go dtí an suíochán tosaigh agus sheas sí ar feadh nóiméid ag breathnú suas ar an ngloine dhaite. Bhí sí faoi dhraíocht ag an solas agus ar feadh soicind beag d'airigh sí go raibh rud éigin nó duine éigin sa séipéal léi. Bhreathnaigh sí thart ach ní raibh aon duine ansin. Níor chreid sí i nDia ná in aon rud mar sin ach ag an am céanna bhí rud éigin faoin áit agus faoi atmaisféar na háite a tharraing amach as an díchreideamh í ar feadh tamall beag. Ba é mothúchán na féidearthachta é. Níor thuig sí i gceart é ach bhí a fhios aici anois, mar a bhí agus í ar an droichead, go raibh rud éigin draíochtúil faoin áit seo ar fad. Chas sí go tobann nuair a chuala sí an doras ag dúnadh go torannach ach ní raibh ann ach an ghaoth.

An chuid eile den Satharn chaith sí a cuid ama ag breathnú ar an taobh istigh den scoil. Fuair sí amach cá raibh rudaí beaga cosúil leis an mbosca poist agus an halla staidéir. Bhuail sí le mná rialta eile i rith an lae agus cé gur chuir siad iad féin in aithne di ní raibh sí in ann cuimhneamh ar na hainmneacha go léir. Ó, bhuel, thiocfadh sí isteach orthu tar éis tamaill. Ag am tae d'ith sí sa phroinnteach in éineacht leis an tSiúr Michael. Bhí a fhios aici go raibh an bhean rialta ag iarraidh cabhrú léi teacht isteach ar an áit agus bhí sí buíoch as sin.

'An ndearna tú turas timpeall na háite inniu, a Rachel?'

'Rinne.'

'Agus céard a cheapann tú faoi?'

'Taitníonn sé liom go mór.'

'Tá mé an-sásta é sin a chloisteáil. Beidh na cailíní eile ag teacht ar ais amárach agus beidh ort ansin a n-ainmneacha go léir a fhoghlaim.'

'Ní dóigh liom go mbeidh mé in ann cuimhneamh orthu go léir. Ní féidir liom fiú cuimhneamh ar na mná rialta a chuir tú in aithne dom aréir.'

Rinne an bhean rialta gáire. 'Bhí mise cosúil leis sin nuair a tháinig mé anseo ar dtús. Ó sea, cuireann sé sin i gcuimhne dom, ghlaoigh d'athair inniu ar an bhfón. Theastaigh uaidh a fháil amach an raibh tú ag socrú isteach.'

'Ó!'

'An dteastaíonn uait glaoch a chur air? Is féidir leat an fón i m'oifigse a úsáid.'

'*No,* go raibh maith agat. Tá sé ceart go leor.'

Chríochnaigh siad an béile agus bhreathnaigh Rachel ar an teilifís ar feadh tamaill sula ndeachaigh sí go dtí a seomra. Bhí seanscannán ar siúl le Judy Garland agus thaitin sé go mór léi. B'fhearr léi na seanscannáin ná na cinn nua ar bhealach. Bhí rud éigin fúthu a bhí in easnamh sna cinn nua-aimseartha. Ní raibh a fhios aici céard é go díreach, neamhurchóideacht, b'fhéidir.

Bhí sí tuirseach traochta tar éis an lae ag siúl thart agus thit sí ina codladh chomh luath agus a leag sí a cloigeann ar an bpiliúr.

Ar an Domhnach tar éis am lóin thosaigh na cailíní eile ag teacht ar ais. Bhí Rachel ina seomra ag breathnú amach an fhuinneog agus chonaic sí carranna de gach saghas ag teacht aníos an ascaill. Bhí Jaguar ann, Mercedes, fiú Rolls Royce amháin, agus chomh maith le carranna móra bhí roinnt daoine a tháinig i mionbhus príobháideach as Gaillimh. Ach an t-am go léir bhí Rachel ag faire go bhfeicfeadh sí cén sórt cailín í Lillian Moore, an cailín a bheadh ag roinnt an tseomra léi.

Fad is a bhí cailíní ag teacht bhí gluaiseacht ar an staighre an t-am go léir. Chuala Rachel daoine ag dul isteach sa seomra in aice léi ach ní raibh aon tuairisc ar an gcailín a bheadh sa seomra léi. Faoi dheireadh bhí sí ina luí ar an leaba ag léamh roimh am tae nuair a bhuail duine cnag ar an doras.

'Tar isteach,' a dúirt sí.

Osclaíodh an doras agus tháinig cailín beag a raibh gruaig rua uirthi isteach.

'Ó, gabh mo leithscéal, bhí mé ag lorg Lillian.'

'Níl sí anseo fós.

'Ó, cé thusa?'

'Is mise Rachel, Rachel Sumner.'

'Ó is tusa an cailín nua, chualamar go raibh cailín nua ag teacht ach ní raibh a fhios againn cé hí féin. Is mise Orla Hurley; glaonn gach duine 'Scruff' orm. Níl a fhios agam cén fáth.' Bhí sé soiléir ón gcuma a bhí uirthi cén fáth ach ní dúirt Rachel é sin.

'Bhuel, feicfidh mé arís thú is dócha, a Rachel. Inis do Lillian gur tháinig mé ar cuairt nuair a thiocfaidh sí isteach. Tá mé i seomra a deich le Sabine.'

'Déanfaidh mé é sin.'

D'imigh 'Scruff' chomh tobann is a tháinig sí agus bhreathnaigh Rachel ar a huaireadóir. Bhí sé ag éirí déanach agus ní raibh Lillian tagtha fós. B'fhéidir nach raibh sí ag teacht ar ais ar chor ar bith. B'fhéidir go mbeadh sí léi féin sa seomra ar feadh na bliana. Thóg sí amach píosa páipéir agus peann agus thosaigh sí ag scríobh litir abhaile chuig Nóirín. Bhí a fhios aici go mbeadh Nóirín uaigneach sa teach mór sin léi féin. Dhéanfadh sé maith di litir a fháil chuile sheachtain ag insint di céard a bhí ag tarlú do Rachel sa Choill Mhór.

Níos déanaí chuaigh Rachel síos go dtí an seomra caitheamh aimsire agus chuir 'Scruff' roinnt mhaith de na cailíní eile in aithne di.

'An imríonn tú haca?' a d'fhiafraigh Emma Barry, captaen fhoireann haca sinsear na scoile, di.

'Ní imrím ar chor ar bith.'

'Bhuel b'fhéidir go mbeifeá in ann cabhrú linn sa Chumann Díospóireachta.' Chuala Rachel guth taobh thiar di. Chas sí timpeall. Bhí cailín mór ard dathúil ina seasamh taobh thiar di.

'Is mise Sabine, tá mé ag roinnt seomra le "Scruff".'

'Is mise Rachel.'

'Tá a fhios agam, tá tú sa seomra le Lillian, nach bhfuil?'

'Tá, tá.'

'An bhfuil sí ar ais fós?'

'*No*, níl.'

'Ó, bhuel, tiocfaidh sí isteach am éigin. Is bean fhiáin í, ar inis aon duine duit fúithi?'

'*No*, níor inis.'

'Bhuel, gheobhaidh tú amach duit féin é. Is í Lillian bean de na cailíní is anamúla sa scoil. Tá sí craiceáilte leath den am agus tá sí as a meabhair don leath eile.'

'Céard é an difríocht?' arsa Rachel.

'Tá sí craiceáilte má thaitníonn tú léi agus as a meabhair mura dtaitníonn tú léi,' a dúirt duine éigin sa slua. Thosaigh siad go léir ag gáire.

'Ná bíodh imní ar bith ort, a Rachel, tá mé cinnte go réiteoidh sibh go maith lena chéile,' a dúirt Sabine. Thug an ráiteas sin suaimhneas intinne do Rachel.

Nuair a chuaigh Rachel ar ais chuig a seomra chuir sé ionadh uirthi go raibh solas le feiceáil faoina doras fad is a bhí sí ag siúl síos an pasáiste.

'Tá sé sin ait,' a dúirt sí léi féin. 'Cheap mé gur mhúch mé an solas roimh dhul síos staighre.'

Nuair a tháinig sí gar don doras chuala sí torann ait ag teacht ón taobh istigh. D'oscail sí an doras agus bhí duine lena droim léi ag múisceadh isteach i gceann de na báisíní láimhe. Chas sí timpeall go tobann nuair a chuala sí an doras ag oscailt agus dhearg sí.

'An bhfuil tú ceart go leor?' a d'fhiafraigh Rachel.

'Tá, tá mé *alright*. Cé thusa? Cheap mé gur ceann de na piongainí thú.'

'Gabh mo leithscéal?'

'Piongainí, na rudaí dubha agus bána, mná rialta. An bhfuil aon duine díobh thart?'

'*No* ... níl, an bhfuil ceann ag teastáil uait?'

'*No, no*, níl, a mhalairt ar fad. Tá mé ag iarraidh coinneáil amach as a mbealach. Tháinig mé aníos an staighre éalaithe.'

'Cén fáth?'

'Bhuel, nach bhfeiceann tú cén fáth, tá mé chomh tinn le madra.'

'Ach ...'

'Ach, tada. Caithfear amach as an áit seo thú má fheiceann siad ag ól thú.'

Thuig Rachel ansin céard a bhí ar siúl. Bhí an cailín seo ar meisce.

Bhreathnaigh Rachel uirthi. Bhí gruaig fhionn uirthi agus súile donna aici. Ba léir go raibh sí tinn ach b'uirthi féin a bhí an locht. Ní raibh trua ar bith ag Rachel di ach ag breathnú uirthi chuir sé i gcuimhne di an méid a dúradh faoin gcailín níos luaithe sa seomra caitheamh aimsire. Is fíor dóibh go raibh an cailín seo as a meabhair. Thosaigh sí ag gáire.

'Cén fáth a bhfuil tú ag gáire?' a d'fhiafraigh an cailín eile.

'Fáth ar bith ach dúradh liom níos luaithe go raibh tú as do mheabhair agus sílim go raibh an ceart acu.'

'Is dócha go bhfuil an ceart acu. Chaill mé an bus príobháideach as Gaillimh agus bhí orm teacht amach ar síob.'

'Cén fhad a thóg sé sin ort?'

'Ceithre uair an chloig. Bhí mé fágtha ag an Teach Dóite ar feadh beagnach dhá uair an chloig.'

'An raibh tú ar an mbóthar an t-am go léir?'

'Ní raibh, chuaigh mé isteach Tigh Peacock i gcomhair ceann nó dhó.'

'Níos mó ná ceann nó dhó, déarfainn.'

'Ó, is cuma. Nach bhfuil mé anseo anois?'

'Cá bhfuil do chásanna, do chuid éadaigh, do stuif?'

'Ó labhair mé leo ag an stáisiún, cuirfidh siad ar an mbus go dtí an Clochán iad amárach agus tabharfaidh an tacsaí áitiúil amach tráthnóna amárach iad.'

Bhí ciúnas ansin ar feadh nóiméid fad is a bhí Rachel ag cur a pitseámaí uirthi. Bhí an cailín eile ag glanadh an bháisín agus ag ól uisce ón sconna ag an am céanna. Nuair a bhí a dóthain ólta aici chuir sí a cuid pitseámaí féin uirthi agus isteach sa leaba eile léi. Bhí Rachel díreach chun an solas a mhúchadh nuair a smaoinigh sí nár chuir sí í féin in aithne don chailín eile. D'iompaigh sí i dtreo an chailín eile.

'Is mise Rachel Sumner, beidh mé anseo ar feadh na bliana.'

'Is mise Lillian Moore agus tá tinneas cinn orm,' a tháinig mar fhreagra. Rinne Rachel meangadh gáire di féin agus mhúch sí an solas.

VI

Tar éis seachtaine mhothaigh Rachel mar chailín a bhí i Mainistir na Coille Móire ón tús leis an rang ina raibh sí. Ní fhéadfadh sí a chreidiúint cé chomh deas is a bhí gach duine léi. Níor airigh sí uaithi a seanscoil ná a seanchairde mar a shíl sí go n-aireodh. Ag breathnú siar di ar an tseanscoil i gCill Chuilinn anois smaoinigh sí nach raibh aon chairde speisialta aici ansin agus chuimhnigh sí gur choinnigh sí léi féin nuair a bhí sí ann. Ba é an t-aon duine a d'airigh sí uaithi anois ná Nóirín.

Fuair sí litir ó Nóirín tar éis cúpla lá agus d'aithin sí ón litir, ag léamh idir na línte, go raibh Nóirín uaigneach ina haonar sa teach. Nuair a bhí an litir léite aici smaoinigh sí go tobann gur beag machnamh a rinne sí le déanaí ar a máthair. Bhí sé beagnach ceithre mhí i ndiaidh na sochraide agus bhí sí ag tosú ar laethanta iomlána a chaitheamh gan smaoineamh uirthi ar chor ar bith. Scanraigh sé sin í ar bhealach mar thaispeáin sé di go mbíonn daoine ábalta leanúint ar aghaidh lena saol féin fiú nuair a chailleann siad duine éigin gar dóibh.

Bhí ranganna acu chuile lá óna naoi go dtí leathuair tar éis a trí. Bhí leathlá acu ar an gCéadaoin agus ar an

Satharn. Chuile oíche ansin bhí staidéar stiúrtha ag na daltaí ón gcéad bhliain go dtí an cúigiú bliain sa halla staidéir. Bhí cead ag na cailíní sa séú bliain staidéar leo féin sna seomraí ach dúradh leo dá mbeadh aon trioblóid ná torann uathu go gcuirfí aon duine a raibh baint acu leis ar ais sa halla.

Bhí na ranganna féin spéisiúil go leor ach bhí roinnt múinteoirí nár thaitin le Rachel. B'óinseach cheart í Miss Moylan a mhúin Stair dóibh. Ní raibh tuairim ar bith aici faoin ábhar agus d'úsáid sí an rang chun a tuairimí féin faoi rudaí cosúil le colscaradh agus ginmhilleadh a mhíniú don rang. Ní raibh mórán suime ag aon duine sa rang sin agus bhí sé soiléir don rang go mbeadh orthu gach rud a fhoghlaim dóibh féin taobh amuigh den seomra ranga. Chomh maith leis sin ní raibh mórán ama ag Rachel don mhúinteoir a mhúin Saoránacht dóibh ach ar a laghad bhí rogha ag an rang idir sin agus Ealaín. Roghnaigh beagnach chuile dhuine Ealaín ach faoi dheireadh tháinig Máistreás na Foirme isteach agus roinn sí an rang ina dhá leath agus bhí ar leath amháin fanacht agus Saoránacht a fhoghlaim leis an tSiúr Joss. D'éirigh le Rachel fanacht sa leath a bhí chun Ealaín a dhéanamh.

Ba é an rang Béarla ba mhó a thaitin le Rachel. Fear darbh ainm Mr Egan a mhúin é sin dóibh. Bhí na ranganna thar a bheith suimiúil agus ní raibh cailín ar bith sa rang nach raibh ag tabhairt aire i rith na léachta a thug sé. Bhí sé soiléir ón gcaoi a raibh sé ag múineadh go raibh an-suim aige féin san ábhar agus dá bhrí sin thug sé beocht do na téacsanna agus do na carachtair a bhí iontu. Bhí Rachel ag súil le honóir mhaith a fháil san ábhar san Ardteist agus bhí sí sásta go raibh seans maith aici é sin a dhéanamh leis an múinteoir a bhí aici.

Maidir leis na hábhair eile, shíl sí go raibh sé níos éasca iad a thuiscint sa Choill Mhór ná mar a bhí sa tseanscoil. B'fhéidir gurbh amhlaidh go raibh sé níos éasca staidéar a dhéanamh agus rudaí a thuiscint nuair a bhí tú i do chónaí le cailíní eile a bhí ag foghlaim an ruda chéanna. Ar aon nós bhí sí níos sona sásta anois ná mar a bhí sí le fada an lá.

Bhí meascán iontach daltaí sa scoil. Bhí cailíní ansin ó thíortha nár chuala sí trácht riamh orthu. Bhí Malainu ann a tháinig ó Brunei, Elsa Mapathe ó Lesotho agus cailín ón Afraic Theas a shuigh in aice léi sa rang Béarla ach nach raibh sí in ann a hainm sin a rá i gceart. Chomh maith leis sin, bhí cailíní eile ann ó áiteanna ar fud na hEorpa. De réir mar a chaith sí tamall leo chuala sí scéalta faoina dtíortha uathu agus bheartaigh sí taisteal a dhéanamh nuair a chríochnódh sí ag staidéar.

D'éirigh go maith léi féin agus na cailíní eile a bhí sa séú bliain. Bhí sé deacair i dtosach mar bhí an chuid is mó acu tar éis cúig bliana a chaitheamh le chéile agus dá bhrí sin bhí uirthi aithne a chur orthu go léir agus eolas a chur ar a bpearsantachtaí agus ar a nósanna. Chabhraigh Lillian go mór léi. D'inis sí do Rachel faoi na cailíní eile. Bhí tuairimí an-chinnte ag Lillian faoi gach duine, cailíní agus múinteoirí. Ní raibh ach dhá shaghas duine ina saol, daoine a thaitin léi agus daoine a raibh fuath aici dóibh. Ní raibh aon chatagóir idir eatarthu. Má thaitin tú léi bhí sí dílis duit go dtí an deireadh ach murar thaitin tú léi bhí ort coinneáil amach as a bealach murar theastaigh uait lascadh dá teanga ghéar a fhulaingt.

Chomh maith le seomra a roinnt léi, bhí Rachel sa rang céanna le Lillian i gcomhair chuile ábhar beagnach, ach amháin go raibh Lillian ag déanamh Matamaitic Ardleibhéal agus nach raibh sí ag déanamh Ealaíne. Chaith siad cuid mhaith ama le chéile mar sin agus d'éirigh siad an-ghar dá chéile. Den chéad uair riamh mhothaigh Rachel go raibh sárchara aici. Labhair siad le chéile faoi gach rud agus d'inis Rachel di faoi rudaí nár inis sí d'aon duine eile riamh. Ar bhealach bhí sé níos fearr ná dialann a choinneáil, a bheith in ann rudaí a insint do dhuine eile agus iad a phlé in ionad iad a scríobh síos agus iad a léamh arís. Ach ag an am céanna bhí an méid sin rudaí scríofa sa dialann a bhain lena máthair agus a laethanta deiridh, go raibh sé deacair do Rachel smaoineamh ar a máthair gan smaoineamh go raibh píosa den ghaol a bhí aici léi caillte leis an dialann sin. Dúirt Lillian léi go bhfaigheadh sí ar ais í uair éigin amach anseo ach shíl Rachel go ndúirt sí é sin léi chun misneach a thabhairt di.

Níor ghlaoigh a hathair arís ach scríobh sé chuici go minic. Bhí Rachel in ann a chuid scríbhneoireachta a aithint ó na clúdaigh litreach agus tar éis míosa nó mar sin níor oscail sí iad fiú ach strac sí iad agus chuir sí sa bhruscar iad gan iad a léamh ar chor ar bith.

Lá amháin, tar éis di bheith sa scoil ar feadh míosa nó mar sin, tháinig litir uaidh agus faoi mar ba ghnách léi faoin am seo, strac sí í. Chuir sí sa bhosca bruscair í taobh amuigh den phroinnteach. Chuala sí guth taobh thiar di.

'B'fhéidir go bhfuil airgead inti, ní bheadh a fhios agat.'

Chas sí timpeall agus bhí an tSiúr Michael ina seasamh taobh thiar di. Baineadh geit aisti.

'Céard?'

'B'fhéidir go bhfuil rud éigin spéisiúil sa litir.'

'Ní dóigh liom é.'

'Bhuel ní bheidh a fhios agat go deo mura n-osclaíonn tú í.'

'Tá a fhios agam nach bhfuil aon rud sa litir a mbeadh suim agam ann.'

'Cé uaidh an litir?'

Stad Rachel ar feadh nóiméid agus ansin dúirt sí léi féin cén dochar dá mbeadh a fhios ag an mbean rialta. D'fhreagair sí. 'Ó m'athair.'

Ba léir do Rachel nach raibh an bhean rialta ag súil leis an bhfreagra sin. Is dócha gur cheap sí gur litreacha ó *boyfriend* éigin nó duine éigin mar sin a bhí sí a stracadh.

'An bhfuil gach rud ceart go leor, a Rachel?'

'Tá chuile rud ceart, a Shiúr.'

'Bhuel má theastaíonn uait labhairt le duine éigin aon uair faoi aon rud tá a fhios agat cá bhfuilim.'

'Tá a fhios. Caithfidh mé imeacht anois. Tá rang ealaíne agam.'

Thosaigh an clog ag bualadh díreach ag an nóiméad sin agus bhí Rachel sásta go raibh deis faighte aici an comhrá a chríochnú. D'imigh sí léi féin síos an pasáiste agus mhothaigh sí súile na Siúrach ag breathnú uirthi go dtí gur imigh sí as radharc. Ní raibh a fhios aici céard a cheap an tSiúr Michael fúithi, ní raibh a fhios aici an ag iarraidh a bheith cairdiúil a bhí sí nó fiosrach.

Ó tháinig Rachel go dtí an Choill Mhór d'airigh sí roinnt mhaith athruithe ag tarlú di. I dtús báire, ba léir di nach mbeadh sí in ann an gheallúint a thug sí di féin a choinneáil, is é sin gan aon taitneamh a bhaint as an áit. Dá hainneoin féin bhí sí ag éirí ceangailte leis an scoil agus leis na daoine ann. Cé go raibh sí sásta leis sin, cuid mhaith, bhí sé deacair di an ceangal sin a dhéanamh gan smaoineamh go raibh sí mídhílis do chuimhne a máthar ar bhealach eile. Ba é a hathair a shocraigh an áit sa scoil di agus chuaigh sí ann faoi bhrú uaidh. B'fhéidir go raibh an ceart aige í a chur chun na scoile, cinnte bhí sí sásta san áit, ach, ag an am céanna, fonn díoltais a thug air í a chur ann sa chéad áit. An raibh sí ag géilleadh dó dá mbainfeadh sí taitneamh as a bheith ann, nó ar chuma cén fáth ar cuireadh ann í ach go ndéanfadh sí a dícheall luí isteach ar an áit ar feadh na bliana? Agus dá mbeadh sí sásta san áit b'fhéidir go raibh sí ródhian ar a hathair agus b'fhéidir gur chóir di teagmháil a dhéanamh leis. Bheartaigh sí an chéad litir eile uaidh a léamh cé nach raibh sí cinnte fós an bhfreagródh sí í.

Chomh maith leis an athrú a bhí tagtha uirthi faoina dearcadh féin ar an áit bhí Rachel ag smaoineamh níos mó agus níos mó faoi cheist a creidimh féin. Ní raibh tuairim dá laghad aici faoi Dhia ná aon rud mar sin ach ag an am céanna smaoinigh sí di féin go minic ar cheisteanna móra na beatha, ar cén fáth ar tharla na rudaí a tharla agus ar an mbealach ar tharla siad. Ní raibh mórán measa aici ar an reiligiún foirmiúil ach amháin gur cheap sí go raibh sé úsáideach chun míniú a thabhairt do shochraidí. Bhí sí bréan den teagasc a fuair sí sa scoil ina raibh sí roimhe sin faoin Eaglais agus faoi Dhia agus faoin gculaithirt a bhain leis an gCreideamh Caitliceach. Ar a laghad sa Choill Mhór níor chuir aon duine brú uirthi freastal ar an Aifreann. Níor dúradh riamh leo cén rogha a bhí acu faoi dhul ar Aifreann chuile sheachtain ach mar sin féin chuaigh Rachel ann gach Domhnach. Bhí sé éasca di dul ar Aifreann sa séipéal beag a d'aimsigh sí an chéad lá sa scoil di nuair a bhí sí ag siúl thart sular tháinig na cailíní eile ar ais. Cé nach raibh sí cinnte gur chreid sí in aon rud spioradálta mhothaigh sí slán sa séipéal sin chuile sheachtain agus an ghrian ag taitneamh isteach tríd an bhfuinneog dhaite nó an bháisteach ag portaireacht ar an gceann slinne.

An lá i ndiaidh na heachtra leis an litir agus an tSiúr Michael, Satharn a bhí ann agus bhí leathlá sa scoil mar ba ghnách. Bhí Lillian agus 'Scruff' agus cúpla cailín eile á n-eagrú féin chun dul ag siúl ar feadh an tráthnóna. Bhí Lillian ag cur geansaí trom uirthi nuair a tháinig Rachel ar ais go dtí an seomra tar éis an lóin. Bhí Lillian ag déanamh meangadh gáire agus bhí sé soiléir go raibh aoibh mhaith uirthi.

'An dtiocfaidh tú linn, a Rachel?'

'Cá bhfuil sibh ag dul?'

'Táimid ag dul ag siúl trasna an tsléibhe atá taobh thiar den scoil. Deirtear go bhfuil radharc álainn uaidh agus go bhfuil tú in ann Gaillimh a fheiceáil fiú.'

'An bhfuair sibh cead?'

'Sea, fuair. Dúirt an ardmháistreás linn go bhfuil cosán beag a thosaíonn taobh thiar den *gym* agus má leanaimid é sin go dtiocfaimid amach ar bharr an tsléibhe.'

Smaoinigh Rachel ar feadh soicind. Ní raibh aon rud leagtha amach aici di féin don tráthnóna, bhí aiste Bhéarla le déanamh aici don Luan ach d'fhéadfadh sí í sin a dhéanamh ar an Domhnach.

'Ceart go leor, tiocfaidh mé libh. Fan nóiméad go bhfaighe mé mo chuid *runners*.'

Leathuair an chloig níos déanaí bhí siad thart ar leath bealaigh suas an sliabh. Bhí cúigear acu ann san iomlán, Lillian, Scruff, Sabine, Elsa agus Rachel. Cosán cúng a bhí ann a bhí ag lúbadh a bhealaigh suas an sliabh agus bhí ar na cailíní siúl duine i ndiaidh a chéile i bpáirteanna éagsúla de. Ní raibh mórán aithne ag Rachel ar na cailíní eile, seachas Lillian agus Scruff, ach de réir mar a bhí siad ag siúl bhí siad ag caint lena chéile agus d'airigh sí go raibh Elsa agus Sabine go deas cairdiúil. Faoin am seo nuair a bhí siad thart ar leath bealaigh suas bhí a gcosa ag éirí tuirseach.

'An stopfaimid anseo ar feadh nóiméid?' a d'fhiafraigh Elsa.

'Níl mise tuirseach,' a dúirt Sabine.

'Ní haon ionadh nach bhfuil tusa tuirseach,' a dúirt Lillian, 'agus tú ag imirt haca chuile lá ar feadh dhá uair an chloig.'

'Tá toitín uaimse,' a dúirt Scruff.

'Ceart go leor tógfaimid sos,' a dúirt Sabine.

Bhí Rachel lánsásta sos a thógáil agus shuigh siad go léir síos ar charraig mhór a bhí ar thaobh amháin den chosán. Bhí crainn thíos fúthu, idir iad féin agus an scoil, agus dá bhrí sin ní raibh siad in ann í a fheiceáil. Bhí an talamh tirim agus bhí dath na nduilleog ag athrú. Bhí sé soiléir go raibh an samhradh thart agus go raibh an fómhar tagtha. Bhí an slua cailíní ciúin ar feadh tamaill, gach duine ag machnamh di féin nó ag fáil a n-anáil ar ais.

Tar éis tamaill labhair Scruff.

'Tá sé aisteach ar bhealach a bheith anseo linn féin gan bheith faoi chúram aon duine.'

'Cén chaoi a bhfuil sé aisteach?' a d'fhiafraigh Lillian.

'Bhuel, táimid saor thuas anseo. Ní féidir le haon duine muid a ordú thart. Is féidir linn toitín a chaitheamh gan bean rialta éigin ag seasamh taobh thiar dínn le staitisticí a thabhairt dúinn ón Roinn Sláinte faoi ailse bhrollaigh. Tá sé mar an gcéanna sa bhaile, ní ligeann aon duine duit am a bheith agat leat féin chun do rogha rud a dhéanamh.'

'Ní aontaím leat ansin,' arsa Sabine. 'Ceapaim féin go bhfuil na mná rialta ceart go leor. Ar a laghad ní chuireann siad brú orainn bheith mar seo nó mar siúd, ligeann siad dúinn ár rogha rud a dhéanamh formhór an ama agus má thugann siad íde béil dúinn ó am go chéile, is dócha gur ag iarraidh cabhrú linn a bhíonn siad.'

'Bhuel, níor thug siad aon chabhair domsa riamh,' a dúirt Scruff.

'Céard a cheapann tusa faoin scoil, a Rachel?' a d'fhiafraigh Elsa. 'Is tusa an duine is nua dínn go léir sa scoil. Céard é do thuairim faoin áit?'

'Bhuel, caithfidh mé a rá nár theastaigh uaim teacht anseo ar chor ar bith i dtosach ach tá mo thuairim faoin áit athraithe beagnach ón nóiméad a shroich mé an áit. Tá gach duine chomh deas liom, sibhse agus na mná rialta. Tá mé an-sásta bheith anseo anois. Ar bhealach is sibhse an t-aon teaghlach atá agam.'

'An bhfuil tú dáiríre faoi sin?' arsa Lillian.

'Tá, tá mé. Tá Nóirín sa bhaile léi féin i mBaile an Mhuilinn agus seachas ise níl aon fhíorchairde agam ach sibhse.'

Ba léir do Rachel go raibh tionchar an-mhór ag an méid a bhí ráite aici ar na cailíní eile. Ní raibh a fhios aici go dtí an nóiméad sin i gceart céard a cheap na cailíní eile fúithi ach bhí sé soiléir óna gcuid freagraí go raibh an-mheas acu uirthi.

'Níl mórán aithne agam ort,' arsa Scruff, 'ach ón am a tháinig tú anseo tá tú cosúil le duine a bhí sa rang ón tús linn.'

'Tá daoine sa rang fiú atá anseo ón tús nach bhfuil meas ar bith againn orthu, mar sin is mór an rud le rá é sin sa rang seo,' arsa Sabine.

Thug Elsa barróg di, bhreathnaigh Lillian uirthi agus cheap Rachel go bhfaca sí deora ina súile. Ní raibh gá le haon rud a rá.

'Bhuel,' labhair Scruff agus í ag críochnú a toitín, 'is dócha go gcaithfimid imeacht ón áit seo nó beidh sé dorcha nuair a bheimid ag dul ar ais.'

Sheas gach duine suas agus thug siad aghaidh ar an gcosán arís. Mhothaigh Rachel an-ghar do na cailíní seo, bhí áthas uirthi gur bhreathnaigh siad uirthi mar chara freisin. Smaoinigh sí nach raibh mórán difríochta eatarthu, ar bhealach amháin ar a laghad, is é sin gur cuireadh iad go léir anseo go dtí an Choill Mhór agus gurbh é an chaoi a réiteoidís lena chéile a shocródh an mbeidís sona nó míshona anseo.

Lean siad orthu go dtí gur shroich siad barr an chnoic. Bhí Crois Chéasta mhór ar a bharr agus cé go raibh sí feicthe acu go léir ón scoil na céadta uair ní raibh tuairim dá laghad acu riamh cé chomh mór is a bhí sí. Bhí sí ollmhór.

'Féach ar a aghaidh,' arsa Elsa. Bhreathnaigh siad go léir suas ar an gCrois agus ar aghaidh na deilbhe. Bhí an aghaidh lán d'fhulaingt agus de phian.

'Nach mbeadh sé go huafásach bheith céasta ar chrois?' a dúirt Sabine. 'Crochta in airde ansin le tairní i do lámha agus i do chosa.'

'D'fhéadfá a bheith céasta gan bheith crochta in airde ar chrois. Tá daoine ann a leanann ar aghaidh lena saol agus leis an bhfulaingt atá istigh iontu, tá sé cosúil le céasadh intinne. Ba mhór an sólás do na daoine sin é dá mbeidís in ann bás a fháil iad féin,' arsa Lillian.

'Cá bhfuair tú an sliocht sin, a Lillian?' a d'fhiafraigh Elsa.

'Ní sliocht é, is é sin a cheapaim féin.'

Bhí ciúnas iomlán ar feadh tamall maith fad is a bhí na cailíní eile ag déanamh a machnaimh ar an méid a bhí ráite ag Lillian.

Bhí aghaidh Lillian an-dáiríre ar feadh nóiméid, ansin phléasc sí amach ag gáire.

'Níl mé ach ag magadh. Féachaigí oraibh féin, tá sibh cosúil le dream a fuair pingin sa tsráid agus a chaill punt as bhur bpócaí ag cromadh síos chun é a phiocadh suas.'

'Cheapamar go raibh tú i ndáiríre, a Lillian,' arsa Sabine.

'Bhuel nach sibhse na hamadáin.' Bhí straois mhór ar aghaidh Lillian. Ní raibh Rachel róshásta go raibh Lillian tar éis cleas a imirt orthu.

Bhí radharc iontach ar an timpeallacht acu ón áit a raibh siad agus níor theastaigh ó aon duine acu filleadh ar ais ar an scoil ach níor theastaigh uathu bheith ag filleadh sa dorchadas ach an oiread. D'imigh siad leo ar ais síos an cosán cúng. Nuair a shroich siad an scoil scar siad óna chéile mar bhí rudaí éagsúla le déanamh acu. Bhuail Rachel leis an tSiúr Stephanie sa phasáiste agus dúradh léi go raibh litir di sa bhosca poist taobh amuigh den phroinnteach. D'aithin Rachel an scríbhneoireacht. Ba ó Nóirín í. Bhí nuacht ghinearálta ag tús na litreach. Ansin bhí alt ann a bhain geit as Rachel agus a chuir fearg uirthi.

'Bhí mé ag labhairt le Mrs O'Connor inné agus tá cailín acu a thagann isteach uair sa tseachtain chun an teach a ghlanadh dóibh. Ar feadh an tsamhraidh ghlan sí cúpla oifig sa sráidbhaile agus ba cheann acu oifig Vinnie Óig Mulcahy. Dar le Mrs O'Connor bhí sí ag labhairt leis an gcailín lá amháin faoi na rudaí a bhíonn fágtha thart in oifigí agus ag rá go gcaithfidh go mbíonn cáipéisí tábhachtacha in oifigí nuair a bhíonn sí ag glanadh suas. Bhuel dúirt an cailín (Aedhamar) go raibh sí ag glanadh amach na mboscaí bruscair in oifig Vinnie agus go bhfaca sí páipéar dóite ann. Bhí an chuid ba mhó de dóite amach, ach bhí sí in ann cúpla focal a léamh. Bhí an t-ainm Ailbhe Sumner air agus liosta de shaghas éigin agus bhí suim an-mhór airgid scríofa ar phíosaí eile nach raibh dóite ar fad ach an oiread. Cheap Aedhamar go raibh sé seo tábhachtach mar nach mbeadh páipéar dóite le fáil aici sna boscaí bruscair san oifig sin de ghnáth. D'fhág sí nóta do Vinnie ag insint dó ar fhaitíos gur fianaise de shaghas éigin i gcás éigin an páipéar dóite seo ach níor chuala sí aon rud eile faoi. Nuair a chuala mé é cheap mé i dtosach gurbh uacht Ailbhe a bhí ann ach dar ndóigh ní féidir linn aon rud a chruthú. Ar aon nós, tá sé ait go raibh sé dóite mura raibh tábhacht ar leith ag baint leis. Ní raibh aon mheas agam ar Vinnie ná ar dhlíodóir ar bith riamh agus cruthaíonn sé seo é.' Bhí fearg ar Rachel nuair a bhí an litir léite aici. Céard a bhí ar siúl ansin? Ar loit Vinnie Óg Mulcahy uacht a máthar? Agus má loit, cén fáth a ndearna sé é? Ar gheall a hathair airgead dó chun é a dhéanamh? Dúirt a máthair i gcónaí go bhfaigheadh Rachel gach rud. Ar scríobh sí uacht a bhí millte ag duine éigin chun an t-eastát a choinneáil uaithi? Bheadh uirthi a fháil amach céard a tharla. Nó, b'fhéidir gur bille a bhí ann a dhóigh an t-aturnae in ionad é a chur amach chucu agus airgead a iarraidh orthu. Ní raibh a fhios aici ó thalamh an domhain. Chuirfeadh sí glaoch ar Oisín, bheadh a fhios aige céard a bheadh le déanamh. Fuair sí peann agus páipéar agus chuaigh sí suas go dtí a seomra chun freagra a scríobh chuig Nóirín. Bhí sí tuirseach tar éis an tsiúil fhada ach cheap Rachel go raibh roinnt mhaith aithne faighte aici ar a cairde nua tar éis an iarnóin a chaitheamh leo. Ar a laghad bhí a fhios aici go raibh sí sona sásta ag freastal ar Mhainistir na Coille Móire.

Bhí Lillian sa seomra nuair a shroich sí é. Bhí sí ag staidéar agus ba rud aisteach é sin do Lillian. Bhreathnaigh sí suas nuair a d'oscail Rachel an doras.

'Ar chuala tú an nuacht?' ar sí.

'Níor chuala, cén nuacht?'

'Bhuel tá an chéad turas leathlae le bheith againn an tseachtain seo chugainn. Beidh an rang ag dul go dtí an Clochán ar an gCéadaoin.'

'An mbeimid i bhfad ann?'

'Beidh cúpla uair an chloig againn ann agus beimid ar ais anseo ag a seacht.'

Bhí a lán cloiste ag Rachel faoi na leathlaethanta seo ó na cailíní eile. De réir na scéalta a chuala sí bhí gach rud ó shiopadóireacht go rómánsaíocht agus ól ar an amchlár do na cailíní ar na laethanta seo. Toisc go raibh siad sa séú bliain ní bheadh riarthóir leo agus bheidís saor ar feadh an leathlae. Scríobh Rachel a cuid litreacha agus tar éis an tae rinne an bheirt acu roinnt mhaith staidéir.

D'airigh Rachel go raibh Lillian an-chiúin an oíche sin agus smaoinigh sí arís ar an méid a bhí ráite ag Lillian ar bharr an chnoic. Mheas sí go raibh i bhfad níos mó ag baint le Lillian ná mar a bhí le feiceáil. Bhí sé soiléir do Rachel gur smaoinigh Lillian faoi rudaí go domhain cé gur thug sí le fios go raibh sí aerach agus alluaiceach. Bhí sí cinnte go raibh i bhfad níos mó le fáil amach faoin gcailín seo a bhí anois ar an gcara ab fhearr a bhí aici.

VII

Bhí Frank Farrell beagnach mí go leith ina árasán nua i nGaillimh. Bhí an obair mall ag teacht isteach. Chuile mhaidin, nuair a chloiseadh sé torann an bhosca litreach ag oscailt agus rud éigin ag titim isteach ar an urlár, ritheadh sé amach go dtí an halla chun breathnú an raibh clúdach litreach fada donn ann. Le déanaí ní raibh sé chomh dona is a bhí i dtosach agus an Aoine roimhe sin fuair sé seic caoga punt ó dhlíodóir i bPort Omna i gcomhair píosa oibre a rinne sé an tseachtain roimhe sin. Níor mhór an tsuim airgid é ach bhí sé ní b'fhearr ná cic san aghaidh agus bheadh sé in ann siopadóireacht na seachtaine a dhéanamh leis agus b'fhéidir go mbeadh cúpla punt aige chun deoch a cheannach dó féin ag an deireadh seachtaine chomh maith.

An mhaidin Luain seo, chuala sé torann an bhosca litreach nuair a bhí sé á bhearradh féin. Níor stad sé fiú chun a aghaidh a ghlanadh ach amach leis go dtí an halla. Bhí dhá litir agus cárta poist ann dó. D'oscail sé an clúdach litreach ba mhó i dtosach agus lig sé béic bheag áthais as nuair a chonaic sé gur 'cás' a bhí ann. Bheadh sé ar siúl ar Chéadaoin na seachtaine sin sa Chúirt Chuarda ar an gClochán. Ba léir ó na páipéir go raibh sé mar abhcóide cosanta sa chás. Bean a bhí mar éilitheoir agus í ag rá gur gortaíodh í de bharr timpiste gluaisteáin a tharla idir í féin agus an cosantóir. Bheadh air na páipéir a léamh inniu agus nótaí a dhéanamh. Mar ba nós leis, scríobh sé an t-am, an chúirt agus ainm an chliaint ar an gclúdach litreach.

Óna thuismitheoirí a tháinig an litir eile ag rá go raibh chuile rud go maith sa Fhrainc agus go raibh siad ag súil lena fheiceáil faoi Nollaig.

Bhreathnaigh sé ar an bpictiúr a bhí ar an gcárta poist ach ní raibh sé in ann é a dhéanamh amach i gceart. Chas sé an cárta timpeall agus d'aithin sé an scríbhneoireacht. Shane Ó Laoghaire a sheol é mar go raibh sé ar saoire i Maidrid le Sorcha Conroy. Bhí ceannscríbhinn ar chúl an chárta a dúirt gur pictiúr é a bhí ar taispeáint i ndánlann ealaíne nua-aimseartha i Maidrid. Thosaigh sé ag gáire nuair a léigh sé an cárta, mar ba léir ón méid a bhí scríofa ag Ó Laoghaire gur chaith sé an tseachtain ar fad ag leanúint Shorcha ó thaispeántas amháin go taispeántas eile. Bhí a fhios ag Frank nach raibh suim dá laghad ag a chara i rudaí mar sin agus gurbh fhearr leis bheith ag ól agus ag crú na gréine. Ba é seo an praghas a bhí le híoc as dul amach leis an gcailín ba dhathúla sa Leabharlann Dlí.

Chuir an cárta i gcuimhne dó an chuairt a thug Ó Laoghaire air i nGaillimh cúpla lá tar éis dó teacht go dtí an t-árasán nua. Bhí sé an-bhuíoch de Ó Laoghaire mar thug sé leis sa charr na rudaí a d'fhág Frank i ngaráiste Uí Laoghaire tar éis dó an t-árasán i Sráid Heytesbury a fhágáil. Bhí gach rud pacáilte isteach i mboscaí móra cairtchláir. Thóg sé lá iomlán beagnach ar an mbeirt acu gach rud a bhaint as na boscaí agus caoi a chur ar an árasán nua. Tar éis dóibh gach rud a shocrú suas chuaigh siad amach ag ól agus chríochnaigh siad san Oasis i mBóthar na Trá ag damhsa go dtí thart ar a trí a chlog ar maidin. D'fhan Ó Laoghaire ar feadh an deireadh seachtaine agus bhí am maith acu le chéile. Bhí sé soiléir do Frank nach raibh sé chun teagmháil le Ó Laoghaire a chailliúint toisc go raibh sé ina chónaí ar an taobh eile den tír. Bhí sé an-sásta faoi sin mar gurbh shin ceann de na hábhair imní a bhí air faoin mbogadh i ndáiríre.

Ag labhairt le Ó Laoghaire an deireadh seachtaine sin thug sé faoi deara go raibh a chara an-dáiríre faoi Shorcha. Ní fhaca sé Ó Laoghaire riamh mar sin faoi aon chailín eile agus ba chuimhin leis gur smaoinigh sé ag an am go raibh an caidreamh seo ag déanamh maitheas dá chara mar bhí sé ag tosú ag socrú síos beagáinín. Ní raibh sé chomh fiáin anois is a bhí sé in Óstaí an Rí agus i rith na bliana ag diabhlaíocht.

Leag sé síos an cárta poist agus chríochnaigh sé á bhearradh féin. Ag breathnú air féin sa scáthán cheap sé ina intinn féin go raibh sé féin ciúnaithe freisin ón am a bhí sé ag staidéar. B'fhéidir go raibh sé ag fás suas i gcaoi amháin. Níor airigh sé uaidh na seanchairde ón gColáiste agus na hoícheanta amuigh ag ól agus an saol go léir a bhain leis an am sin. Mhothaigh sé go raibh rudaí difriúla ag teastáil uaidh anois seachas mar a bhí cúpla bliain roimhe sin. Bhí sé níos sásta lena chomhluadar féin ná mar a bhíodh uair amháin. Smaoinigh sé ar na daoine a bhí ann i mBaile Átha Cliath sa ghrúpa sóisialta a bhain leis an saol sa Leabharlann Dlí. Cinnte bhí daoine deasa ann ach bhí sé deacair briseadh isteach orthu ar bhealach agus ba é an nós sa ghairm gur choinnigh chuile dhuine a glaodh chun an Bharra ag an am céanna, le chéile. Chuir sé fonn múisce air smaoineamh ar na *bimbos* (fir agus mná) ag ól G'n'T sa Shelbourne agus ag meascadh leis na hiriseoirí meánaicmeacha a bhíodh ag ól ansin chomh maith, chuile Aoine.

Bhreathnaigh Frank amach trí fhuinneog an árasáin agus chonaic sé daltaí scoile gléasta i gcultacha liatha ag dul thart. Chuir siad an cailín lenar bhuail sé ar an traein i gcuimhne dó agus smaoinigh sé nár éirigh leis fós a fháil amach cár chónaigh sí. Ní raibh ach beirt nó triúr san eolaí teileafóin 09 a raibh Sumner mar shloinne orthu. Ghlaoigh sé orthu siúd i dtosach ach níor chuala ceachtar acu trácht ar Rachel Sumner riamh. Bhuail an smaoineamh é go ndúirt an cailín leis ar an traein nach raibh sí ar an scoil chéanna anuraidh. B'fhéidir nárbh as Gaillimh ar chor ar bith di agus go raibh sí ag fanacht le gaolta nó rud éigin. Mhíneodh sé sin cén fáth nach mbeadh a huimhir san eolaí teileafóin. Ag Dia amháin a bhí a fhios cén sloinne a bheadh ar a gaolta. Bheadh air a fháil amach cén scoil ar a raibh sí ag freastal. B'shin í an chéad chéim eile.

Rud nach raibh ar eolas ag Frank, fiú dá mbeadh eolaí teileafóin Chill Dara aige, nach mbeadh a huimhir le fáil ann. Ba mhór ag Ailbhe Sumner a cuid príobháideachais féin.

Rinne sé sáriarracht an scoil a aimsiú ach níor éirigh leis ansin ach an oiread. Chuir sé glaoch ar gach scoil i gContae na Gaillimhe. Chabhraigh roinnt de na scoileanna leis ach ní thabharfadh an chuid ba mhó díobh aon eolas dó faoi na daltaí a d'fhreastail orthu, fiú nuair a mhínigh sé go raibh sé ag iarraidh dialann a thabhairt ar ais do dhuine éigin. Dúirt duine éigin i gceann de na scoileanna go raibh eagla ar chuid mhaith scoileanna roimh fhuadach nó b'fhéidir rud éigin níos measa. Bhí sé in ann an eagla sin a thuiscint ach ag an am céanna níor chabhraigh sé sin leis ar chor ar bith. Ba thrua é nach raibh seoladh scríofa taobh istigh de chlúdach na dialainne. Ní raibh ach a hainm aige. Smaoinigh sé uair amháin ar an dialann a léamh féachaint an raibh aon eolas breise inti a d'fhéadfadh cabhrú leis chun an té ar leis í a aimsiú, ach níor léigh sé í mar cheap sé nach mbeadh sé sin ceart ar chor ar bith. Dá mbeadh sé chun an dialann a thabhairt ar ais ba chóir go mbeadh Rachel Sumner in ann a fhios a bheith aici nár léigh aon duine eile í. Mura mbeadh sin amhlaidh cén mhaith di an dialann a fháil ar ais ar chor ar bith?

Bhí sé socraithe síos go maith ina árasán nua. Cheap sé go mbeadh sé deacair ar bhealach cónaí i nGaillimh arís nuair a bhí trí bliana caite aige as an áit ach ní raibh, ní raibh. Bhí an chuid ba mhó de na daoine a bhí ag an gcoláiste leis imithe anois ach bhuail sé le roinnt mhaith daoine a raibh aithne aige orthu ó tháinig sé ar ais. Ba iad seo cairde a thuismitheoirí nó daoine a bhí cairdiúil leis ón scoil na blianta ó shin. Ach ar bhealach eile ba 'dhuine gan ainm é' mar nach raibh aon duine eile sa ghairm dlí sa timpeallacht a raibh aithne mhaith acu air. Ba mhíbhuntáiste é sin i slí amháin, ó thaobh oibre de, ach ag an am céanna b'fhearr le Frank aon obair a fuair sé a fháil mar gheall ar a chumas sa chúirt seachas mar ghar dó toisc go raibh aithne ag daoine ar a athair. Ar an lámh eile ní raibh aon eolas ag aon duine faoi agus dá bhrí sin ní bheadh a fhios acu céard leis a mbeifí ag súil uaidh sa chúirt.

Tháinig a chéad phíosa oibre chuige sular fhág sé Baile Átha Cliath. Thug abhcóide eile 'cás' dó a bhí ar siúl i nGaillimh an tseachtain roimhe sin ach ní dheachaigh an 'cás' os comhair na cúirte mar shocraigh Frank taobh amuigh den chúirt é. Bhí an t-aturnae an-sásta ar fad leis an socrú agus cheap Frank go raibh seans maith ann go dtabharfadh an t-aturnae sin obair dó arís. Bhí a lán cloiste ag Frank faoin mbreitheamh agus bhí brón air nach bhfuair sé seans 'cás' a rith os a chomhair ach gheobhadh sé an seans sin i gceann cúpla lá eile leis an gcás nua seo. Mar a dúirt a mháistir an bhliain roimhe sin: 'Ná bíodh aiféala ar bith ort faoi na cásanna a shocraíonn tú mar dá leanfá ar aghaidh bheadh an seans ann i gcónaí go gcaillfeá.'

Chomh maith le socrú síos san árasán agus roinnt oibre a fháil, diaidh ar ndiaidh, bhí Frank ag baint taitneamh as a bheith ina chónaí i nGaillimh arís. Chuile thráthnóna théadh sé amach ag siúl ar an *Promenade*, ón gCarraig Dhubh go dtí Trá Grattan agus ar ais. Bhí sé ag iarraidh meáchan a chailliúint agus éirí folláin don gheimhreadh. Bhí sé ar intinn aige an siúl a choinneáil suas ar feadh na bliana go léir. Thaitin sé go mór leis a bheith ina chónaí san árasán i mBóthar na Trá. Bhí sé ina shaoiste air féin agus bhí roinnt airgid ag teacht isteach. Bhreathnaigh sé ar chuile sheic mar mharc ina shaol agus b'fhéidir, tar éis tamaill eile, go mbeadh sé in ann roinnt airgid a íoc ar ais leis an mbanc. Anois is arís nuair a bhí cúpla punt le spáráil aige, chuaigh sé go dtí an teach ósta a bhí cúpla céad slat suas an bóthar chun pionta a ól go déanach san oíche thart ar am dúnta. Bhí beár deas san óstán agus bhí an lucht freastail cairdiúil gan bheith fiosrach. Bhí an Guinness go deas blasta agus nuair a bheadh pionta de ólta aige bheadh sé réidh don leaba. Níor ól sé mórán na laethanta seo ach amháin nuair a tháinig Ó Laoghaire ar cuairt chuige. Thaitin sé leis teach ósta a bheith go háitiúil aige mar gur léirigh sé dó go raibh sé ag déanamh saol dó féin ar a théarmaí féin.

Bhí sé ag léamh arís freisin, finscéalaíocht is mó agus beathaisnéis anois agus arís. Rinne sé iarracht cúpla leathanach a léamh chuile lá. Bhí sé beartaithe aige a intinn a choinneáil ag obair mar bheadh sé éasca mar abhcóide gan faic a dhéanamh ach amháin ar na laethanta a bheifeá os comhair na cúirte. Nuair a bheifeá ag tosú sa ghairm ní bheifeá os comhair na cúirte ach corruair agus dá bhrí sin bhí an chontúirt ann go gcaillfeá suim sa rud go léir fad is a bheifeá ag fanacht leis an obair teacht isteach. Chuir sé iontas air féin ar bhealach go raibh sé ag déanamh na hiarrachta seo chun socrú síos i nGaillimh agus a chuid laethanta a líonadh mar nuair a bhí sé sa phríomhchathair chaith sé a chuid saorama ag breathnú ar an teilifís nó ag déanamh faic. Bhí rud éigin faoi Bhaile Átha Cliath a mharaigh do dhíograis chun rudaí a dhéanamh. Ní hé nach raibh na mílte rudaí le déanamh i mBaile Átha Cliath, mar bhí, ach ag an am céanna bhí sé ró-éasca ansin gan tada a dhéanamh chuile thráthnóna tar éis lá a chaitheamh sa Leabharlann Dlí. Ní raibh an comhdhéanamh sin agat nuair a bhí tú ar an gCuaird agus dá bhrí sin bhí ort féin do lá a phleanáil agus thaitin sé sin le Frank.

Nuair a bhí a bhricfeasta ite aige chuaigh sé amach chun an nuachtán a cheannach. Bhí siopa beag suas an bóthar in aice leis an teach ósta agus is ansin a rinne sé a chuid siopadóireachta ó lá go lá. Ba le seanbhean darbh ainm Julia an siopa. Siopa den seansaol a bhí ann, agus prócaí gloine lán le milseáin ar na seilfeanna taobh thiar den chuntar mór adhmaid. Nuair a d'osclódh duine doras an tsiopa bhí clog beag a thug le fios do Julia go raibh custaiméir ann agus ansin thiocfadh sí amach as an seomra suí chuige. Bhí sé deacair a rá cén aois a bhí Julia, ach cheap Frank go raibh sí thart ar ochtó bliain d'aois. Bhí sí an-chairdiúil ar fad agus tar éis dó bheith ag ceannach an nuachtáin ansin ar feadh seachtaine nó mar sin thosaigh sí ag cur an *Irish Times* i leataobh dó agus a ainm scríofa i gcúinne de. An mhaidin seo bhí sí sona agus ag canadh di féin nuair a tháinig sí amach ón seomra suí.

'Cén chaoi a bhfuil tú inniu, a Frank?'

'Go maith, a Julia. Agus tú féin?'

'Tá mé go maith, buíochas le Dia. An bhfuil tú sa chúirt inniu?'

'*No*, níl, ach tá "cás" agam ar an gClochán ar an gCéadaoin.'

'Ó, nach bhfuil sé sin go hiontach.' D'ísligh sí a guth ansin go drámatúil cé nach raibh aon duine eile seachas an bheirt acu sa siopa. 'Drugaí, is dócha?'

Níor theastaigh ó Frank díomá a chur uirthi agus ag labhairt go híseal é féin: 'Ní féidir liom labhairt faoi, tá a fhios agat.' Agus chaoch sé súil uirthi.

'Ó, feicim! Cinnte. Tá an "cás" *Sub Jaundice* nach ea?'

'Sea. Tá sé *Sub Jaundice*, a Julia. Ó, an *Times*, le do thoil.'

Thug Julia an nuachtán dó go mall cúramach mar a bheadh teachtaireacht rúnda fillte ann agus ansin chaoch sí féin súil air.

D'fhág sé an siopa ansin.

Thaitin Julia go mór leis. Bhí sí cosúil le seanmháthair aige fiú nach raibh mórán aithne aige uirthi. Bhí sí an-aosta ach ag an am céanna rinne sí iarracht daoine óga a thuiscint agus bhí suim dáiríre aici i ndaoine eile. Ba shean-nath é, ach bhí sé fíor go raibh ré an tsiopa cúinne beagnach thart agus bhí neamhphearsantacht na sladmhargaí i réim sa domhan.

Chuir sé i gcuimhne dó na díospóireachtaí inar ghlac sé páirt ar scoil blianta roimhe sin. Ag breathnú siar air ba chosúil dó go raibh siad i gcónaí ag díospóireacht in aghaidh foirne cailíní agus bhíodh cruth na ndíospóireachtaí i gcónaí mar an gcéanna. Bhí cailín mór láidir mar chaptaen ar an bhfoireann eile i gcónaí darbh ainm Maebh. Thosódh sí ag rá go raibh sise agus a foireann chun a chruthú don lucht éisteachta go raibh an teilifís/an *media*/an ceol nua-aimseartha (nó rud éigin eile) ag lot an tsaoil thraidisiúnta in Éirinn. Chuir sé fonn múisce ar Frank, fiú amháin anois, smaoineamh ar dhuine den sórt sin a bhí chomh sásta, chomh dáiríre agus chomh dobhránta sin ag an am céanna.

Bhíodh na hóráidí lán de shean-nathanna faoin gcaoi ar mharaigh an teilifís an comhrá sa teaghlach. Ní raibh mórán éagsúlachta sa chineál moltóirí a bhíodh ag na díospóireachtaí ach oiread. Bhí dhá shaghas ann, ardmháistir nó ardmháistreás scoile a bhí chun an duais a thabhairt don taobh den argóint lenar aontaigh siad, fiú sular thosaigh an díospóireacht, nó fir óga ó Bhaile Átha Cliath le fáinne ina gcluas a bhí i ngrá leis an gcathaoirleach nó lena deirfiúr.

Shiúil Frank ar ais chuig an árasán agus léigh sé an nuachtán. Bhí cur síos ar chás tábhachtach ar a chúl agus léigh sé é sin. San Ardchúirt a bhí sé agus leag sé síos caighdeán nua do thiománaí a bheadh ag dul thar bhus scoile a bheadh ina stad ag ligean do pháistí tuirlingt. De réir an bhreithiúnais seo, mura séidfeadh an tiománaí an adharc ag dul thar an mbus, bheadh sé 100% freagrach dá leagfadh sé páiste a bhí ag trasnú an bhóthair os comhair an bhus. Toisc go raibh suim ag Frank i gcásanna a bhain le timpistí mar sin, ghearr sé an leathanach amach agus chuir sé isteach i bhfillteán é le cásanna eile a bhí gearrtha amach aige cheana féin ó thosaigh sé ag cleachtadh mar abhcóide.

D'oscail sé an clúdach litreach arís ina raibh an cás don Chéadaoin. Bhí na páipéir curtha le chéile go deas néata agus bhí leabhairín eile leis féin lán den chomhfhreagras idir na dlíodóirí ar an dá thaobh. Ó dhlíodóir a bhí ag cleachtadh i nGaillimh, Pat Sheehy, a fuair sé an cás. Bhí aithne shúl aige ar Phat, ó Choláiste na hOllscoile blianta roimhe sin, ach fuair Pat a chéim cúpla bliain roimh Frank. Bhuail sé leis i siopa leabhar Uí Chionnaith sa chathair cúpla seachtain roimhe sin agus is dócha gur de thoradh an chomhrá sin a sheol sé an obair chuige. Bheadh ar Frank iarracht speisialta a dhéanamh leis an gcás mar bheadh aon obair eile ó Phat ag brath ar an gcaoi a n-éireodh leis déileáil leis an gcás seo.

Léigh sé na páipéir go cúramach. Bhí an gearánaí ag rá go raibh sí stoptha ina carr ag an líne bhán ag crosbhóthar, ag fanacht le seans chun an príomhbhóthar a thrasnú. Dar lena ráiteas bhí an cosantóir ag taisteal róthapa ar fad ar an bpríomhbhóthar agus gan cúis ar bith thiomáin sé isteach faoi chlé thar ghualainn an bhóthair agus bhuail sé ise agus í fós stoptha ag an líne bhán.

Dúirt cliant Frank ina ráiteas go raibh sé ag déanamh thart ar sheasca míle san uair, gur thiomáin an gearánaí amach ar an mbóthar díreach ina threo, agus chun é féin a chosaint gur chas sé isteach i dtreo an bhóthair a bhí ar thaobh a láimhe clé agus gur theann sé ar na coscáin go tobann ach gur bhuail sé cúl an chairr a bhí stoptha ar an mbóthar.

Mar ba ghnách le cásanna mar seo, focal duine amháin a bhí ann in aghaidh focal duine eile é agus bhí sé an-deacair ó na páipéir a dhéanamh amach cé acu a bhí ag insint bréige. Ba léir ón dá ráiteas go raibh duine éigin ag insint bréige mar bhí an difríocht idir an dá chuntas chomh mór sin. Ón taithí a bhí ag Frank i gcásanna mar seo, bhí a fhios aige gur bhraith cuid mhaith ar an gcaoi ar thug na páirtithe a gcuid fianaise ar an lá. Chomh maith leis sin bhraith cuid mhaith ar an mbreitheamh féin agus an dearcadh a thóg seisean ar an gcás. Ón méid a bhí cloiste ag Frank faoin mbreitheamh sa Chlochán ní bheadh tuairim ar bith ag aon duine cén chaoi a rachadh an cás go dtí an nóiméad deireanach.

Chun cabhrú leis féin ag ullmhú an cháis, theastaigh ó Frank tuiscint níos fearr a fháil ar na tuairiscí leighis. Tar éis lóin an lá sin thóg sé an bus isteach go dtí an coláiste chun taighde a dhéanamh ar roinnt de na téarmaí. Chomh maith leis sin, theastaigh uaidh leabhair faoi dhlí an *Tort* a léamh chun cúpla rud faoin gcás a chinntiú.

Ba é seo a chéad chuairt ar an Ollscoil ó d'fhág sé an áit trí bliana roimhe sin. Bhí athrú mór tagtha ar an áit. Bhí níos mó foirgneamh ann anois ná mar a bhíodh. Bhí lárionad staidéir nua ann don Bhitheolaíocht Mara agus bhí méadú déanta ar an leabharlann. Bhí sé i bhfad níos mó ná mar a bhí nuair a rinne seisean staidéar ann. Ní raibh mórán daoine sa leabharlann mar bhí scrúdú an fhómhair críochnaithe cúpla seachtain roimhe sin. Chuaigh Frank suas staighre go dtí an dara hurlár, áit a raibh na leabhair dlí. Ba chuimhin leis an uair dheireanach a bhí sé ansin, an oíche roimh an scrúdú deireanach sa bhliain LLB. Bhí an-fhaitíos air ag an am sin nach bhfaigheadh sé na gráid a bhí ag teastáil uaidh chun áit a fháil in Óstaí an Rí. Ba é an marc a fuair sé san ábhar deireanach a ráthaigh an áit dó.

Fuair sé an leabhar a bhí ag teastáil uaidh agus shuigh sé síos chun é a léamh. Nuair a bhí sé críochnaithe chuaigh sé go dtí an treoirleabhar do na leabhair dlí agus bhain sé úsáid as chun leabhair le téarmaí leighis a fháil. Bhí leabhar mór ann *Legal Practitioners' Guide to Medical Terminology*, le Christopher Mullane. Bhí an leabhar seo iontach ag míniú na dtéarmaí a úsáidtear sna tuairiscí leighis. Bhí sé an-úsáideach d'abhcóidí mar gur thug sé deis dóibh tuiscint a fháil ar an dochar a rinneadh do dhaoine de thoradh timpistí bóthair – dar leo féin. Ar an gcaoi sin, bheadh deis ar fáil chun ceisteanna a chur ar na dochtúirí sa chúirt faoin seans a bhí ann gur de bharr eachtra nó timpiste éigin eile a bhí an gearánaí gortaithe. Nuair a bhí sé ag fágáil an leabhair ar ais ar an tseilf tháinig fear meánaosta chuige agus ba léir go raibh sé ag cuardach an leabhair chéanna.

'Ó, bhí sé agat, cheap mé go raibh sé caillte.'

'*No, no,* bhí mé ag lorg roinnt téarmaí ach tá mé críochnaithe leis anois.'

'Go raibh míle maith agat. An aturnae thú?'

'Ní hea, is abhcóide mé,' shín sé amach a lámh, 'Frank Farrell.' Chroith siad lámh lena chéile.

'Is mise Raghnall Ó Ríordáin. Is abhcóide mise freisin, ní dóigh liom go bhfaca mé thú cheana anseo, an bhfuil tú ag cleachtadh san Iarthar?'

'Tá. Tá mé anseo ar feadh na bliana agus tar éis sin feicfidh mé.'

D'fhéach an fear eile ar a uaireadóir.

'Tá sé beagnach a ceathair a chlog, ar mhaith leat cupán caife?'

'Ba mhaith, más é do thoil é.'

Chuaigh siad síos chuig an mbialann agus d'ordaigh Raghnall caife don bheirt acu. Bhí comhrá fada acu agus fuair Frank amach uaidh go raibh Raghnall ag cleachtadh i nGaillimh le beagnach tríocha bliain anuas.

'*So,* tá cás agat ar an gCéadaoin, a Frank?'

'Tá. Tá sé ar siúl ar an gClochán.'

'Os comhair McElroy?'

'Sea.'

'An ndearna tú cás ina chúirt cheana?'

'Ní dhearna, seo é mo chéad uair. Bhí cás le bheith agam os a chomhair cúpla seachtain ó shin i nGaillimh ach d'éirigh liom é a shocrú.'

'Bhí an t-ádh leat, a Frank.'

'Tá a lán cloiste agam faoi McElroy ach ní fhaca mé é ar chor ar bith an lá sin. Cén sórt duine é?'

'Níl breitheamh ar bith cosúil leis sa tír, sa domhan fiú, is dócha.'

'Bíonn chuile dhuine anseo ag caint faoi ach níor inis aon duine dom aon rud faoi i ndáiríre. An bhfuil sé aisteach?'

'Sin focal amháin air. Tá sé sin ar an gcur síos is deise a chuala mé riamh ar Bhaldric.'

'Baldric?'

'Sea "Baldric Cornelius McElroy". Sin an t-ainm atá air.'

'Cén fáth a bhfuil faitíos ar chuile dhuine roimhe, a Raghnaill?'

'An fáth is sine ar domhan, a Frank, níl a fhios ag aon daoine cá seasann siad leis.'

'Ní thuigim.'

'Bhuel, is é an sórt duine é Baldric, go bhféadfá dul isteach chuige leis an gcás is soiléire ar domhan, agus na fíorais, an fhianaise agus an dlí ar do thaobh agus chaillfeá an cás toisc gur cheap Baldric go raibh duine éigin ag insint bréige mar go ndúirt sé, "Gabh mo leithscéal?" sular fhreagair sé ceist.'

'Cén fáth?'

'Mar de réir dhearcadh Bhaldric, má chloiseann tú an cheist agus má deir tú "Gabh mo leithscéal?" sula bhfreagraíonn tú í, tá tú ag iarraidh am a thabhairt duit féin chun freagra a dhéanamh suas.'

'Níl tú i ndáiríre?'

'Ó, tá. Ach ag an am céanna d'fhéadfá dul isteach chuige gan cás ar bith agus an bua a fháil toisc go raibh cailín dathúil ag tabhairt fianaise duit.'

'Agus cén chaoi a n-éiríonn leis fanacht sa phost má leanann sé ar aghaidh mar sin?'

'Bhuel, is é an rud aisteach faoi ná go dtagann sé ar an gcinneadh ceart de ghnáth ar na cásanna ach amháin go n-úsáideann sé modh neamhghnách chun a intinn a dhéanamh suas. Ní bhíonn mórán achomharc óna chuid breithiúnas. Chomh maith leis sin cuireann sé brú ar dhaoine na cásanna a shocrú taobh amuigh den chúirt agus tá sé sin go maith don chóras freisin.'

'Bhuel feicfidh mé an fear mé féin ar an gCéadaoin.'

'Cén chaoi a bhfuil tú ag taisteal ann?'

'Ar an mbus is dócha.'

'Bhuel, tá mise ag dul amach go dtí an Clochán ar an gCéadaoin freisin. Is féidir liom síob a thabhairt duit ansin agus ar ais más mian leat?'

'Ó bheadh sé sin go hiontach. Bhí mé ag breathnú ar amchlár na mbusanna agus bheadh orm éirí thart ar a seacht chun dul ann.'

'Bhuel sin sin, piocfaidh mé suas thú maidin Dé Céadaoin. Tabhair dom do sheoladh.'

Thug Frank a sheoladh do Raghnall agus smaoinigh sé go raibh an t-ádh leis gur tháinig sé isteach chuig an gColáiste chun taighde a dhéanamh ar na téarmaí leighis. Bhí sé ag tnúth go mór leis an gCéadaoin mar ba é seo a chéad chás i ndáiríre san Iarthar agus bhí roinnt mhaith ag brath ar an gcaoi a n-éireodh leis sa Chlochán.

VIII

Maidin Dé Céadaoin phioc Raghnall suas é ar a hocht a chlog. Bhí Frank an-sásta síob a fháil mar bhí sé ag stealladh báistí i nGaillimh. Bhí na páipéir go léir aige don chás agus bhí sé an-sásta nach raibh sé ag taisteal go dtí an Clochán ar an mbus mar bheadh air siúl isteach go Gaillimh go dtí Stáisiún Ceannt chun é a fháil.

'Cén chaoi a bhfuil tú ar maidin?' arsa Raghnall agus é ag oscailt dhoras an phaisinéara dó.

'Tá mé go maith, go raibh maith agat. Tá mé an-bhuíoch díot as ucht an tsíob seo a thabhairt dom.'

'Ná habair é, a Frank. Taitníonn an comhluadar liom agus nach bhfuil an bheirt againn ag dul go dtí an Clochán ar aon nós, mar sin ní bheadh aon chiall leis go mbeadh ar dhuine againn taisteal ar an mbus.'

Ní raibh mórán carranna ar an mbóthar ach de réir mar a d'fhág siad an chathair bhí lucht na tuaithe ag dúiseacht agus chonaic siad feirmeoirí ag aoireacht na mbó.

'An bhfuil tú réidh Frank chun aghaidh a thabhairt ar an *rottweiler* inniu?'

'Céard? Ó, McElroy? Tá. Tá mé chomh réidh is a bheidh mé go deo is dócha.'

'Tá mé cinnte go mbeidh tú ceart go leor, a Frank. Cibé rud a dhéanann tú ná taispeáin dó go bhfuil eagla ort roimhe. Má sheasann tú an fód, beidh an bua agat ach má cheapann sé go bhfuil tú lag, íosfaidh sé thú.'

Bhí an bháisteach fós ag titim agus bhí na cuimilteoirí ag obair go dian ar an ngaothscáth. Seanghluaisteán Rover 1965 a bhí ann ach cheap Frank go raibh Raghnall agus an Rover oiriúnach dá chéile. Chuir siad *Inspector Morse* i gcuimhne dó. Labhair Raghnall.

'Is maith an rud é nach bhfuilimid ag dul amach go dtí na hoileáin inniu.'

'Na hoileáin?'

'Sea, Oileáin Árann. An raibh tú amuigh orthu go minic?'

'Leis an bhfírinne a insint, ní raibh mé amuigh orthu riamh cé gur fhás mé suas i nGaillimh.'

'Bhuel an chéad seans a gheobhaidh tú, tabhair cuairt orthu.'

Smaoinigh Frank go raibh sé ait nach dtugann daoine aon aird riamh ar na rudaí sin atá díreach in aice leo.

Faoin am seo bhí siad ag tiomáint trí Uachtar Ard. Cé go raibh Frank in Uachtar Ard na céadta uair nuair a bhí sé óg, ar na 'Turais Domhnaigh' leis an teaghlach, bhí sé mar a bheadh sé ag breathnú i gceart ar an sráidbhaile den chéad uair riamh. Bhí dearmad glan déanta aige go raibh droichead beag i lár na háite agus eas álainn le feiceáil uaidh.

'An airíonn tú Baile Átha Cliath uait, a Frank?'

'Ní airím. I ndáiríre bhí mé sásta go leor é a fhágáil. Thaitin an bhliain "diabhlaíochta" liom go mór ach bhí mé tuirseach den saol sóisialta.'

'Agus céard faoi Óstaí an Rí, céard a cheap tú faoin áit sin?'

'Má thosaím ar an ábhar sin ní bheidh tú in ann mé a stopadh.'

'Níl aon athrú tagtha ar an áit ó bhí mé féin ann, mar sin.'

'Níor thaitin sé leatsa ach oiread, a Raghnaill?'

'I mo thuairimse is cur amú ama, airgid agus iarrachta atá san áit.'

Bhí siad aontaithe ar an ábhar sin, ar aon nós agus go deimhin bhain an bheirt an-taitneamh as comhrá agus as comhluadar a chéile ar an aistear. D'inis Raghnall roinnt dó faoina shaol féin. Bhí sé beagnach tríocha bliain ag cleachtadh mar abhcóide san Iarthar agus cleachtadh ginearálta a bhí aige, roinnt Dochar Pearsanta, roinnt cásanna coiriúla agus roinnt Dlí Teaghlaigh. B'as Albain dá bhean chéile agus bhuail siad lena chéile den chéad uair ag Féile Cheilteach sa Fhrainc sna seascaidí. Bhí triúr páistí acu. Bhí an-taithí ag Raghnall ar an mBreitheamh McElroy.

'Is cuimhin liom uair amháin nuair a bhí mé ag déanamh cáis i gcúirt McElroy. Bhí mé ag croscheistiú finné agus bhí torann uafásach ar siúl taobh amuigh ar an mbóthar mar a raibh oibrithe na Comhairle Contae ag obair le druilire neomatach. Bhuel, chaill McElroy an ceann. Scread sé amach i lár mo cheistithe: "Stop, stop in ainm Dé. A Chláraitheoir, téigh síos agus abair leis an saoiste éirí as an obair sin láithreach." Tháinig an fear bocht aníos agus bhí sé scanraithe ceart. Dúirt McElroy leis go gcuirfeadh sé go Muinseo an oíche sin é mura stopfadh an torann láithreach.'

'Agus céard a tharla?'

'Stop an torann láithreach go dtí go raibh an chúirt críochnaithe don lá.'

'Ach níl an chumhacht sin aige. Cén fáth nár inis duine éigin é sin don saoiste bocht?'

'Bhí faitíos ar chuile dhuine, agus ar aon nós bhí an torann ag cur isteach orainn go léir.'

'Tá sé chomh fíochmhar is a deir formhór na ráflaí mar sin?'

'Tá, agus níos fíochmhaire fós.'

'Tá súil agam nach mbeidh aon trioblóid agamsa leis.'

'Bíonn trioblóid ag chuile dhuine leis, ar bhealach amháin nó ar bhealach eile. Seas an fód leis. Sin é an cleas.' Amach tríd an bhfuinneog chonaic Frank comhartha bóthair 'An Clochán 5km'. Bhí an bháisteach stoptha anois. Ar an taobh eile de Chonamara bhí lucht an séú bliain i gclochar na Coille Móire ag freastal ar ranganna Béarla. Bhí Rachel agus Sabine ina suí i gcúl an tseomra ranga agus bhí Mr Egan ag labhairt faoi Shakespeare. Bhí siad go léir cuibheasach meadhránach toisc gurbh é seo an lá a bhíodar le dul ar thuras leathlae go dtí an Clochán. Bhí leath den séú bliain ag dul ar an turas an lá sin agus an leath eile an tseachtain ina dhiaidh sin. Bhí roinnt mhaith scéalta cloiste ag Rachel faoin gClochán; an teach ósta i lár an bhaile a bhí sásta deochanna a dhíol leat fiú mura mbeifeá os cionn ocht mbliana déag d'aois; Scoil na mBráithre Críostaí a bhí lán de bhuachaillí dathúla agus na siopaí beaga inar chaith chuile dhuine i bhfad níos mó airgid ná mar a bhí ar intinn acu.

Bhí beagnach chuile rud ina saol ag dul go maith di anois. Bhí sé tamall ó chuala sí óna hathair agus bhraith sí go raibh a saol i bhfad ní b'fhearr nuair nach raibh aon bhaint aici leis. Thaitin an scoil seo go mór léi. Rinne sí gáire léi féin nuair a smaoinigh sí ar an lá a shroich sí an scoil. Ba chuimhin léi an t-aistear sa tacsaí amach ó Ghaillimh agus a haigne déanta suas aici gan taitneamh a bhaint fiú as an radharc. Bhí sé sin go léir athraithe anois. Ní raibh tuairim dá laghad aici céard a dhéanfadh sí tar éis na hArdteiste ach, cén dochar, ní raibh an Nollaig tagtha fós agus bhí dóthain ama aici chun a haigne a dhéanamh suas faoi rudaí mar sin.

Thaitin formhór na múinteoirí sa Choill Mhór léi. Ní raibh na ranganna leadránach mar a bhí sa tseanscoil. Fiú na mná rialta, bhí siadsan difriúil. Sa tseanscoil bhí siad i gcónaí taobh thiar díot ag tabhairt amach nó ag iarraidh comhairle neamhúsáideach a thabhairt duit. Anseo fágadh ar a conlán féin í. Cinnte bhí na mná rialta thart, ach níor chuir siad isteach ort agus aon chomhairle a fuair tú uathu, fuair tú í mar gur iarr tú í sa chéad áit. Ba leis an tSiúr Michael is mó a bhí teagmháil ag Rachel. Ba í an tSiúr Michael an duine a chuir fáilte roimpi nuair a shroich sí an scoil an chéad lá sin ag tús mhí Mheán Fómhair. Bhuaileadh sí léi anois is arís sa phroinnteach, nó sa phasáiste. Ó am go chéile bhuailidís lena chéile sna gairdíní freisin. Ní raibh sé soiléir an raibh dearmad glan déanta aici faoin eachtra leis an litir sa phroinnteach, ach, mura raibh, níor luaigh sí an eachtra riamh. Thaitin an tSiúr Michael go mór léi. Chuala Rachel guth Mr Egan ag cur ceiste uirthi.

'A Rachel, a Rachel, an bhfuil tú linn inniu nó in áit éigin eile?'

'Nílim in áit éigin eile, nó ní bheidh go dtí tar éis am lóin.'

Thosaigh an rang go léir ag gáire ach bhí eagla ar Rachel ar an bpointe go raibh sí imithe thar fóir lena freagra. Bhí ciúnas iomlán ar feadh nóiméid. Ansin thosaigh Mr Egan ag gáire.

'Tá a fhios agam go bhfuil sibh ag imeacht ar thuras inniu agus go bhfuil sibh go léir ag smaoineamh ar rudaí eile seachas *Hamlet*, ach déan iarracht a bheith ciúin idir seo agus deireadh an ranga agus ní bheidh aon obair bhaile i mBéarla agaibh anocht.'

Nuair a bhuail an clog ag cur deireadh le rang deireanach na maidine sin, rith na cailíní go léir go glórach trí phasáistí na scoile suas go dtí a seomraí chun iad féin a réiteach don turas go dtí an Clochán. Nuair a shroich Rachel an seomra bhí Lillian ann roimpi.

'An féidir liom do *jeans* dubha a chaitheamh, a Rachel?'

'Cinnte is féidir.'

Sheas an bheirt acu i lár an tseomra ag athrú a gcuid éadaigh agus ag roinnt an scátháin. Smaoinigh Rachel go raibh sé ait go raibh an bheirt acu chomh gar dá chéile le deirfiúracha agus nach raibh aithne ar bith acu ar a chéile cúpla mí roimhe sin. Cheap sí go raibh aithne mhaith aici ar Lillian, cé go raibh amanna ann a raibh rudaí ar siúl in intinn Lillian nár roinn sí léi.

'Cé mhéad airgid atá agat don turas?' a d'fhiafraigh Lillian di.

'Deich bpunt.'

'An é sin an méid?'

'Sin an méid atá agam. Seo an t-airgead póca atá agam le coicís anuas.'

'Seo dhuit.' Shín Lillian a lámh amach chuici. 'Seo deich bpunt eile.'

'Go raibh maith agat, ach tá mé ceart go leor.'

'Tóg é, is féidir leat é a thabhairt ar ais dom mura mbíonn sé ag teastáil uait. Chuir m'athair caoga punt chugam sa phost inné.'

'Caoga punt?'

'Sea, sin an t-aon bhealach atá aige chun a ghrá a thaispeáint dom, an créatúr. Ní féidir leis mé a sheasamh nuair a bhím sa bhaile agus mothaíonn sé go dona faoi nuair nach mbím ansin. Tóg é.'

Chuir Rachel ina póca é ach bheartaigh sí gan é a chaitheamh. Chuaigh siad síos go dtí an proinnteach chun bualadh leis na cailíní eile i gcomhair an lóin.

'Cathain a bheimid ar ais anocht?' a d'fhiafraigh Sabine.

'Fágann an bus an Chearnóg ar a sé; mar sin beimid ar ais anseo thart ar a ceathrú chun a seacht,' arsa Scruff.

'Tá súil agam go mbeidh turas deas againn,' a dúirt Elsa.

'Braitheann sé orainn féin,' a dúirt Lillian.

Ag an nóiméad sin rith duine de na cailíní eile isteach sa phroinnteach chun a insint dóibh go raibh an bus sa chlós agus go raibh chuile dhuine ag fanacht leo.

Bhí cuma thuirseach ar Theach na Cúirte sa Chlochán, dar le Frank. Bhí péinteáil cheart ag teastáil uaidh go géar. Thiomáin Raghnall thart go dtí an carrchlós ar chúl an fhoirgnimh agus fuair sé áit pháirceála ansin. Bhí an áit lán le seancharranna, Anglia, Morris Minor agus Wolsey fiú. Ní raibh carr Raghnaill as áit ar chor ar bith. Smaoinigh Frank go raibh sé cosúil le dul siar go dtí na caogaidí nó mar sin.

Taobh istigh de Theach na Cúirte bhí an halla plódaithe le Gardaí.

'An bhfuil liosta coiriúil anseo inniu?' a d'fhiafraigh Frank de Raghnall.

'Níl, ach tá liosta cúrsaí pósta ar siúl.'

Ag bun an staighre bhí seomra an Bharra agus chuaigh Frank isteach ann chun a fheisteas cúirte a chur air. Ní raibh aithne aige ar aon duine sa seomra ach bhí sé in ann a gcuid súl a mhothú ag breathnú air fad is a bhí sé ag athrú a chuid éadaigh. Thóg sé an pheiriúic agus na róbaí eile amach as a mhála.

Bhí sé ait i dtosach, nuair a bhí sé ag diabhlaíocht an bhliain roimhe sin, a theacht isteach ar an bpeiriúic agus na róbaí eile a chaitheamh. Bhí a lán cainte sna páipéir faoi na hargóintí i bhfabhar agus i gcoinne an fheistis thraidisiúnta. Bhí roinnt mhaith daoine taobh amuigh den ghairm go fíochmhar i gcoinne na bpeiriúicí agus na róbaí. Bhí Teachta Dála áirithe a bhí i gcónaí ag rá ar an raidió agus sna nuachtáin gur chóir fáil réidh leo. Dúirt roinnt mhaith daoine go raibh an ghráin ag an TD seo ar an ngairm toisc gur theip air féin bheith ina aturnae ceart. Bhí sé saghas cosúil le Edgar J. Hoover ar bhealach. Tháinig Raghnall isteach sa seomra Barra. Labhair sé go hard.

'A chairde, tá fear nua ag tosú ar Chuaird an Iarthair linn inniu. Tá súil agam go gcuirfidh sibh fáilte mhór roimhe,' agus, ag síneadh a láimhe amach i dtreo Frank, dúirt sé, 'Frank Farrell.'

Bhí toradh iontach ar an gcur in aithne seo. Ar an bpointe thug na habhcóidí eile bualadh bos do Frank agus chroith chuile dhuine lámh leis i ndiaidh a chéile. Tháinig seanfhear a raibh féasóg mhór liath air chuige.

'Fáilte romhat go dtí an tIarthar, a Frank. Is mise Anthony Whelan. Ná creid aon rud a chloiseann tú fúm. An bhfuil cás agat inniu os comhair an Alsatian?'

'An Rottweiler, a Anthony,' cheartaigh duine éigin eile é.

'Ó, an Breitheamh McElroy? Sea chuala mé roinnt mhaith faoi. Tá cás agam os a chomhair inniu.'

'Bhuel, go n-éirí an t-ádh leat, a chréatúir.'

'Go raibh maith agat, a Anthony.'

Thosaigh chuile dhuine ag gáire. Chuir Frank a bhóna air agus ghléas sé é féin don chúirt.

Chuaigh sé amach ansin go dtí an chúirt. Bhí sé plódaithe le daoine agus ní raibh sé in ann an t-aturnae, Pat Sheehy, a fheiceáil in aon áit. Chuala sé guth taobh thiar de agus chonaic sé Pat. Chroith siad lámh lena chéile.

'Cén chaoi a bhfuil tú, a Phat?'

'Tá mé go maith. Tá an cliant amuigh sa halla. Cheap mé go mbeimis in ann labhairt leis ar feadh tamaill amuigh ansin.'

'Ceart go leor, a Phat. Cá bhfuilimid sa liosta?'

Ní raibh seans ag Pat freagra a thabhairt air mar osclaíodh an doras ag cúl bhinse an Bhreithimh agus tháinig an Cláraitheoir amach.

'Seasaigí,' a dúirt sé. Sheas chuile dhuine agus chonaic Frank den chéad uair é. An Rottweiler.

Bhí Baldric Cornelius McElroy thart ar chúig troithe ocht n-orlach ar airde. Bhí a aghaidh caol agus a shúile glas. Bhí béal daingean air agus ba dheacair é a shamhlú ag déanamh meangadh gáire. Bhí peiriúic liath air agus bhí sé gléasta i gculaith dhubh. Ba é an t-aon rud daite faoi ná a lúibíní cufa dearga ó chlub rugbaí, Corinthians.

Labhair an Breitheamh fad is a bhí chuile dhuine ag suí síos arís.

'Tá súil agam nach bhfuil aon duine anseo ar maidin chun mo chuid ama a chur amú!'

Bhí an bus stoptha i gCearnóg an Chlocháin. Sheas an tSiúr Joss ag barr an bhus in aice leis an tiománaí. Bhí fonn imeachta ar na cailíní agus chomh maith leis sin ní raibh siad in ann an tSiúr Joss a sheasamh ar aon nós. Rinne duine éigin torann lena cosa agus labhair an tSiúr.

'Éistigí, a chailíní. Éistigí. Cé a rinne an torann sin?' Níor labhair aon duine.

'Ceart go leor, a chailíní, an bhfuilimid réidh? Beidh an bus ag fágáil ón áit chéanna ar a sé a chlog. Mar sin bígí anseo roimh a sé. An bhfuil aon cheisteanna ag aon duine?'

Chuir cailín amháin a lámh in airde.

'Sea, an bhfuil ceist agat?'

'Tá ceist agam, an féidir linn imeacht anois?'

Phléasc chuile dhuine amach ag gáire. Bhí fearg ar an tSiúr Joss.

'Ó, an freagra glic i gcónaí, a Helen O'Mara. Ceapann tú go bhfuil tú greannmhar ach níl, níl na cailíní eile ag gáire leat ...' Ní raibh seans aici an abairt a chríochnú mar chríochnaigh na cailíní go léir í.

'TÁ SIAD AG GÁIRE FÚT.'

Bhí aghaidh na Siúrach dearg le fearg agus thug sí comhartha do na cailíní go raibh cead acu an bus a fhágáil. Rith siad go léir amach thairsti. Fiú nuair a bhí siad céad slat nó mar sin ón mbus bhí siad in ann a guth ard a chloisteáil ag screadaíl: 'A sé a chlog, bígí ar ais anseo roimh a sé.'

Faoin am seo bhí an cúigear cara ina seasamh le chéile taobh amuigh den halla áitiúil.

'Bhuel, céard a dhéanfaimid, a chailíní?' arsa Elsa.

'Teastaíonn uaimse dul go dtí an phictiúrlann.' arsa Scruff. 'Tá scannán nua le Liam Neeson ar siúl san Estoria.'

Tiocfaidh mise leat,' a dúirt Elsa, 'agus céard atá ar siúl ag an gcuid eile agaibh? A Sabine?'

'Bhuel is é seo an t-aon seans atá agam chun roinnt siopadóireachta a dhéanamh. Tá mé chun an tráthnóna a chaitheamh ag dul go dtí siopaí leabhar agus siopaí éadaigh.'

'Céard fútsa, a Lillian?' arsa Rachel, 'an bhfuil plean ar bith agat?'

'Chuala mé go raibh cluiche mór peile ar siúl sa CBS. Bhí mé ag smaoineamh ar dhul suas chun breathnú air.'

Chuir sé seo iontas ar Rachel.

'Ní raibh a fhios agam go raibh suim agat sa pheil, a Lillian?'

Thosaigh Scruff ag gáire. 'Níl aon spéis aici sa pheil féin ach sna himreoirí. An bhfuil Malachai ar an bhfoireann arís i mbliana, a Lillian?'

Dheargaigh Lillian. 'Is cuma liom cé atá ag imirt, nó fiú an bhfuil cluiche ar siúl ar chor ar bith.' Níor chreid aon duine í. Bhreathnaigh Lillian go díreach ar Rachel. 'Bhuel, an bhfuil aon duine ag teacht liom?'

Smaoinigh Rachel faoi ar feadh nóiméid. Bhí a fhios aici go raibh Lillian ag dul amach le buachaill éigin anuraidh ach ní dúirt Lillian aon rud léi faoin leathlá a chaitheamh ar thóir buachaillí nó ag breathnú ar chluiche peile. Cén fáth nár dhúirt sí aon rud léi faoi roimhe seo?

Níor theastaigh uaithi an cúpla uair an chloig a bhí acu a chur amú ag cabhrú le Lillian sean-*boyfriend* a fheiceáil ag imirt peile.

'Rachaidh mise leatsa, a Sabine, ba mhaith liom cúpla rud a cheannach.'

'Rachaidh mé chuig an CBS liom féin mar sin.'

Chas Lillian go feargach agus thosaigh sí ag siúl i dtreo scoil na mbuachaillí. Ar feadh soicind smaoinigh Rachel ar rith ina diaidh agus a rá léi go raibh brón uirthi agus go ngabhfadh sí in éineacht léi ach stop focal ó Sabine í.

'Lig di imeacht, a Rachel. Tá Lillian in ann aire a thabhairt di féin. Ar aghaidh linn nó beidh an lá caite againn gan aon rud déanta. Feicfimid ar ais anseo sibh ar a ceathrú chun a sé mar sin. Slán.'

'Slán.'

Ar ais i dteach na Cúirte, bhí an lá ag dul go mall do Frank Farrell. Bhí an liosta gearr go leor ach thóg an cás a bhí díreach rompu sa liosta i bhfad níos faide ná mar a bhí ceaptha. Ba chás uafásach é, aturnae leisciúil ar thaobh amháin agus seanabhcóide ar an taobh eile. Ceart slí a bhí mar phríomhábhar sa chás ach lean sé ar aghaidh agus ar aghaidh go dtí am lóin agus fós ní raibh sé críochnaithe. Cheannaigh Pat Sheehy lón dó féin agus do Frank san óstán in aice na cúirte.

Tar éis an lóin tháinig siad ar ais agus bhí an Breitheamh McElroy ar buile. Ba léir go raibh roinnt smaoinimh déanta aige faoin gcás i rith a lóin féin agus chuir sé siar go dtí deireadh an liosta é chun seans a thabhairt do na páirtithe an cás a shocrú. Bhí a fhios ag chuile dhlíodóir agus abhcóide céard a bhí ar siúl ag an Rottweiler. Ba shean-nós aige é seo a dhéanamh. Séard a bhí á rá aige go hindíreach leis na páirtithe ná mura mbeidís féin in ann an cás a shocrú go ndéanfadh seisean ordú a bheadh chomh casta agus chomh mícheart is go gcosnódh sé na mílte punt ar na páirtithe é a cheartú san Ardchúirt. Bheidís ní b'fhearr as é a shocrú chomh sciobtha agus ab fhéidir. Anois bhí sé in am do Frank a chéad chás a rith os comhair an Rottweiler. Ghlaoigh an Cláraitheoir ainm an cháis amach. D'éirigh Frank ina sheasamh.

'A Thiarna, tá mise ag pléadáil ar son an chosantóra.'

Thosaigh an cás.

Bhí an gearánaí féin gléasta go deas, béaldath geal dearg agus sciorta gearr uirthi. Chuir a habhcóide féin ceisteanna agus d'inis sí don chúirt céard a tharla di sa timpiste. Ba léir gur thaitin sí leis an mbreitheamh agus thóg sé nóta gearr de chuile rud a dúirt sí. Ó am go chéile rinne sé meangadh gáire léi agus anois agus arís chlaon sé a cheann agus dúirt sé, 'Tuigim, tuigim.'

Bhí a fhios ag Frank go mbeadh sé deacair aon cheist a chur uirthi a chuirfeadh ina luí ar an mbreitheamh nach raibh sí ag insint na fírinne. D'éirigh sé chun í a chroscheistiú.

'A Bhean Mhic an Bhaird,' thosaigh sé.

'Iníon Nic an Bhaird.' Cheartaigh an breitheamh é.

'Gabh mo leithscéal, a Thiarna, a Iníon Nic an Bhaird, dúirt tú i do chuid fianaise go raibh tú stoptha ag an líne bhán ag an gcrosbhóthar nuair a thiomáin an cosantóir isteach ón bpríomhbhóthar agus isteach i dtaobh do ghluaisteáin?'

'Dúirt.'

'Caithfidh mé an cheist a chur chugat go bhfuil seans go bhfuil dul amú ort agus go raibh tú stoptha amuigh i lár a bhóthair ag iarraidh é a thrasnú nuair a thiomáin an cosantóir isteach i dtaobh do chairr toisc nach raibh aon rogha eile aige. Bhí tú go díreach sa bhealach air?'

'Níl sé sin fíor.'

'A Iníon Nic an Bhaird, dúirt tú i do chuid fianaise go raibh an cosantóir ag tiomáint thart ar 'ochtó, nó b'fhéidir céad míle san uair', an bhfuil tú cinnte faoi sin?'

'Tá. Tá mé cinnte.'

'Bhuel, an féidir leat a insint dom cén fáth a ndúirt tú i do ráiteas do na Gardaí ag an am go raibh sé ag taisteal thart ar "caoga nó seasca míle san uair?" Sin difríocht an-mhór, nach ea?'

'Bhuel, bhuel.'

Léim Baldric Cornelius McElroy isteach chun í a shábháil.

'Is dócha go bhfuil sé beagnach dodhéanta cuimhneamh go cruinn ar mhionrudaí anois, bliain go leith ina dhiaidh sin.'

'Tá. Tá. Sin é.'

Bhí a fhios ag Frank nárbh fhiú í a cheistiú a thuilleadh mar go mba léir nach raibh McElroy chun cead a thabhairt dó aon damáiste a dhéanamh dá cuid fianaise. Bhí sé ar tí a rá léi nach raibh aon cheisteanna eile aige ach níor theastaigh uaidh críochnú díreach i ndiaidh do McElroy cur isteach air, mar go mbeadh sé ag géilleadh don bhreitheamh. Chuir sé ceist neamhurchóideach uirthi faoin damáiste speisialta a bhí á iarraidh aici sa chás. 'Deir tú gur chaill tú trí mhí oibre de bharr na timpiste seo, an bhfuil sé sin ceart?'

'Bhuel, a abhcóide' – faoin am seo bhí sí ag éirí cuiditheach – 'le bheith níos cruinne faoi, chaill mé ceithre seachtaine déag de bharr na timpiste seo. Ní raibh mé in ann filleadh ar an tseanobair mar go raibh mo mhuineál gortaithe. Bhí orm post a fháil i monarcha eile ag déanamh obair dhifriúil.'

'Go raibh míle maith agat, níl aon cheist eile agam.'

Labhair abhcóide an ghearánaí, 'Sin é ár gcás a Thiarna.'

Ní raibh Frank róshásta ag an bpointe seo mar bhí sé soiléir go raibh an breitheamh ar son an taoibh eile. Bheadh sé an-deacair an cás a chasadh timpeall anois. Ach bhí sé anseo chun jab a dhéanamh agus bhí dualgas air i leith an chliaint a jab a dhéanamh chomh maith agus ab fhéidir. D'éirigh sé ina sheasamh.

'Ba mhaith liom glaoch ar an gcosantóir féin.'

Cheistigh sé go mall cúramach é. Gach rud a bhí scríofa síos sa ráiteas a thug sé do na Gardaí, dúirt sé arís faoi mhionn é. Bhí sé deacair a rá cé a bhí ag insint na fírinne agus dá mbeadh aon bhreitheamh eile acu gach seans go mbeadh an bua acu. Ach bhí a fhios ag Frank go raibh an cás caillte sular thosaigh an cosantóir ar a chuid fianaise a thabhairt ar chor ar bith. Bhí a intinn déanta suas ag McElroy. Fiú sa chroscheistiú ní dhearna an t-abhcóide eile mórán iarrachta mar bhí a fhios aige go raibh an cluiche thart.

Nuair a bhí an croscheistiú críochnaithe bhreathnaigh McElroy síos ar Frank agus ba léir go raibh fonn air deireadh a chur leis an gcás go sciobtha.

'An é sin do chás?'

'Tá finné amháin eile agam, a Thiarna. Tá fear anseo ón ngaráiste chun an damáiste do ghluaisteán an chosantóra a chruthú.'

Phléasc an breitheamh.

'Tá mise tuirseach traochta den nós seo atá ag dlíodóirí áirithe. Níl aon ghá don fhear seo bheith anseo ar chor ar bith. Ba chóir go mbeadh aontú faoin tuairisc seo roimh ré mar a bhíonn leis na tuairiscí leighis. Beidh an fear seo ag iarraidh costais finné is dócha. Níl aon ghá dó bheith anseo. Taispeáin an tuairisc sin don taobh eile agus tá mé cinnte nach mbeidh aon argóint faoi.'

Thug Frank an tuairisc do dhlíodóir an ghearánaí. Bhí a fhios aige nach mbeadh aon argóint faoin tuairisc anois mar bhí a fhios ag an taobh eile go raibh an bua acu agus ba chuma leo faoin bhfritheileamh anois. Shín sé amach a lámh chun an tuairisc a fháil ar ais ón aturnae eile agus ansin thug sé faoi deara go raibh píosa páipéir greamaithe de chúl na tuairisce trí thimpiste. Scar sé óna chéile iad agus bhí sé ar tí é a thabhairt ar ais don aturnae eile nuair a léigh sé go sciobtha é. D'éirigh sé ina sheasamh ar an bpointe.

'A Thiarna, tá a fhios agam go bhfuil sé seo neamhchoitianta ach ba mhaith liom finné eile a ghlaoch. Ba mhaith liom an gearánaí féin a ghlaoch ar ais chun í a chroscheistiú arís.'

'Ní féidir liom glacadh leis sin. Bhí seans aige cheana an gearánaí a chroscheistiú,' arsa abhcóide an ghearánaí.

Bhí cuma fhiosrach ar aghaidh an bhreithimh. Bhí a fhios aige nach raibh aon riail fhianaise ann a thabharfadh cead do thaobh amháin finné an taoibh eile a ghlaoch ar ais. Ach níor dhiúltaigh sé do Frank láithreach agus dá bhrí sin lean Frank air.

'Is féidir linn í a cheistiú arís anseo nó is féidir linn dul go dtí an Ardchúirt agus beidh sé sin an-chostasach ar fad. Bhí tú féin, a Thiarna, ag rá tamall ó shin go raibh dualgais orainn go léir na costais a choinneáil íseal i gcásanna mar seo.'

Bhí ciúnas ar feadh tamall beag fad is a bhí an breitheamh ag smaoineamh. Ansin labhair sé go mall.

'Tabharfaidh mé an seans duit an gearánaí a ghlaoch ar ais ach déarfaidh mé leat go mbeidh an-bhrón ort mura bhfuil cúis mhaith agat é seo a dhéanamh. An dtuigeann tú mé?'

'Sea, tuigim, a Thiarna. A Iníon Nic an Bhaird, más é do thoil é.'

Tháinig an bhean suas go dtí clár na mionn arís. Bhí Pat Sheehy, aturnae Frank, ag tarraingt ar a mhuinchille, ní raibh a fhios aige céard a bhí ar siúl ach ní raibh aon am chun rudaí a mhíniú dó ag an bpointe sin.

'A Iníon Mhic an Bhaird, tá tú fós faoi mhionn, an dtuigeann tú é sin?'

'Sea, tuigim.'

'Ba mhaith liom cúpla ceist a chur ort faoin tionchar a bhí ag an timpiste seo ort. An dtuigeann tú é sin?'

'Tuigim.'

'Ceart go leor mar sin. Nuair a chuir mé ceist ort níos luaithe dúirt tú go raibh tú ceithre seachtaine déag as obair de bharr na timpiste seo. An bhfuil sé sin fíor?'

D'fhéach an gearánaí síos ar a haturnae féin ach ní dhearna seisean ach a ghuaillí a chroitheadh. Ní raibh a fhios aige céard a bhí ag tarlú.

'Tá, tá sé sin fíor.'

'B'fhéidir go mbreathnaíonn sé ait duit go bhfuil mé ag cur na ceiste céanna ort faoi dhó ach is é an fáth atá leis sin ná go bhfuil deacracht agam le do fhreagra.' Thóg sé amach an píosa páipéir a thug an t-aturnae eile dó de thimpiste.

'An féidir leat a mhíniú don chúirt mar sin cén fáth a ndeirtear sa litir seo – ón bhfostóir a bhí agat sa 'seanjab' a d'fhág tú, mar gheall ar do mhuineál; sin a dúirt tú féin:

We acknowledge final agreement on the terms of your voluntary redundancy. The commencement date is from Friday next, the 3rd of February.

Scríobhadh an litir seo beagnach mí roimh an timpiste seo. An féidir leat a mhíniú dúinn cén fáth go bhfuil tusa ag éileamh caillteanas pá ceithre seachtaine déag mar sin?'

Dheargaigh aghaidh an fhinné. Bhreathnaigh Frank sall ar dhlíodóir an ghearánaí. Bhí a fhios aige go maith anois céard a bhí ag tarlú agus bhí sé tar éis a bhotún féin a aimsiú. Ag an am céanna ní dúirt sé aon rud. Labhair Frank: 'Tá mé ag fanacht ar fhreagra uait.'

'Níl ... níl a fhios agam.'

Faoin am seo bhí Baldric McElroy cinnte céard a bhí ag tarlú agus bhéic sé ar an bhfinné.

'Bhuel, tá a fhios agamsa. Bhí tú féin agus do dhlíodóir ag iarraidh dallamullóg a chur ar an gcúirt seo agus bhí tusa sásta bréaga a insint faoi mhionn chun an cás seo a bhuachan. Níl dabht ar bith agam faoin gcás seo, tá sé soiléir go raibh tusa, a Iníon Mhic an Bhaird, ag tiomáint go míchúramach ar an lá atá i gceist. Sheol tú amach ar an bpríomhbhóthar agus is cuma cé acu a bhí an cosantóir bocht ag taisteal ag seasca míle nó céad seasca míle bhí tú sa bhealach air agus is míorúilt é nár maraíodh aon duine.'

Bhreathnaigh sé síos ar Frank.

'Má tá aon cheist eile agat, is féidir leat an croscheistiú a chríochnú i do shuí má éiríonn na bréaga iomarcach duit.'

'Go raibh maith agat, a Thiarna, ach tá mé críochnaithe anois.'

'Ceart go leor, tabharfaidh mé mo bhreithiúnas ar an gcás anois. Glacaim leis an bhfrithéileamh sa chás seo. Bhí an gearánaí céad faoin gcéad ciontach sa timpiste seo, níl dabht ar bith faoi sin. Beidh ar an ngearánaí costais an chosantóra a íoc agus mar pháirt de na costais sin íocfaidh an gearánaí dhá chéad punt leis an bhfear a tháinig ón ngaráiste chun fianaise a thabhairt mar gheall ar a thuairisc. Beidh mé ag seoladh an chomhaid go dtí an DPP agus ní theastaíonn uaim an gearánaí ná a haturnae a fheiceáil go deo arís sa chúirt seo.'

Bhí áthas an domhain ar chliant Frank agus ar Pat Sheehy chomh maith. Ní fhéadfaidís é a chreidiúint.

'An cás a bhí caillte, tá sé buaite againn,' arsa Pat.

'An bhfuil deoch uaibh?' a dúirt an cliant. 'Tá sé tuillte go maith agaibh. Sall go dtí an t-óstán linn agus ceannóidh mise na deochanna.'

Bhí Frank an-sásta leis féin agus nuair a shroich sé seomra an Bharra bhuail sé le Raghnall.

'Chuala mé an scéal,' arsa Raghnall. 'Comhghairdeas leat, rinne tú jab iontach.'

'Go raibh míle maith agat, a Raghnaill.'

'Anois céard faoin tsíob ar ais, an bhfuil tú ag teacht liom, a Frank?'

'Tá, más féidir. Cén t-am a bhfuil tú ag filleadh ar chathair na Gaillimhe?'

'Tá cruinniú agam le haturnae anseo sa Chlochán ar a cúig, mar sin ní bheidh mé ag fágáil roimh a sé. An bhfuil sé sin ceart go leor?'

'Tá sé sin ar fheabhas, a Raghnaill. Táimidne ag dul sall go dtí an t-óstán i gcomhair deoch nó dhó anois.'

'Ceart go leor, feicfidh mé ag an gcarr thú ar a sé.'

'Go hiontach.'

Chaith Rachel agus Sabine an tráthnóna ag dul ó shiopa go siopa ag breathnú ar rudaí. Ba iad na siopaí leabhar is mó a thaitin leo agus cheannaigh an bheirt acu roinnt mhaith leabhar ar athdhíol. Thaitin Sabine go mór léi. Bhí sé an-éasca labhairt léi. Chuaigh siad isteach i gcaife beag thart ar a ceathair a chlog agus d'ordaigh siad pláta mór borróg agus d'ól siad *cappuccino*. Bhí sé blasta. Bhreathnaigh siad ar na leabhair a bhí ceannaithe acu. Bhí meascán mór acu ó thaobh údair de, Saul Bellow, Hemingway, D.R. Draper, George Allen agus J.D Salinger.

'Chuala mé scéal faoi Salinger uair amháin. Deirtear nach bhfuil fonn air bualadh le haon duine ar chor ar bith agus go gcaitheann sé a chuid ama ag scríobh leabhar ach nach dteastaíonn uaidh iad a fhoilsiú riamh,' a dúirt Sabine.

'Níor chuala mé é sin cheana faoi. Léigh mé cúpla leabhar leis le déanaí agus cheap mé go raibh siad iontach ar fad. Bheadh sé náireach mura bhfoilseodh sé go deo arís.'

Lean siad orthu ag labhairt agus ag gáire agus ag ól *cappuccino* go dtí gur fhéach Sabine ar a huaireadóir.

'Ó, a Dhia, tá sé beagnach a cúig a chlog, caithfidh mé stampaí a fháil in oifig an phoist, beidh orm rith. Éist, an dtógfaidh tú mo chuid leabhar leat, a Rachel, agus feicfidh mé ag an gcúinne thú leis na cailíní eile ag ceathrú chun?'

'Ceart go leor, imigh nó beidh oifig an phoist dúnta.' D'íoc siad an bille agus ansin d'imigh Sabine léi.

Chuimhnigh Rachel go raibh siopa beag in aice leis an gcearnóg a dhíol cártaí. Bheadh sé go deas cárta a cheannach agus é a sheoladh chuig Nóirín. Bhí sé beagnach coicís ó scríobh sí chuici. Ní raibh a fhios aici go díreach cá raibh an siopa ach bhí tuairim aici go raibh sé in aice na cearnóige. Nuair a d'fhág sí an caife chas sí ar chlé agus thosaigh sí ag siúl i dtreo na cearnóige. Ní raibh an siopa san áit inar cheap sí ach bhí tuairim aici go raibh sé ar an taobh eile den chearnóg. Bhí sí ag trasnú os comhair an óstáin nuair a chuala sí duine éigin ag glaoch a hainm.

'A Rachel, a Rachel?'

Chas sí timpeall. Bhí fear óg ina sheasamh ag doras an óstáin. Cheap sí gur aithin sí é. Bhí sé an-chosúil le duine éigin ach ní raibh sí cinnte. Rith sé síos na céimeanna go dtí an cosán.

'Rachel, nach ea?'

'Sea?'

'Rachel Sumner?'

'Sea, cé thusa?'

'Tá mé cinnte nach gcuimhníonn tú orm ach bhuaileamar le chéile ar an traein thart ar dhá mhí ó shin.'

Anois bhí a fhios aici cérbh é. An fear óg a bhí ag léamh McGahern ar an traein. Cinnte chuimhnigh sí air mar ba mhinic ó shin a smaoinigh sí air, ach bhí rud éigin difriúil faoi.

'Tá mé ag obair anseo inniu. Bhí cás agam sa chúirt.'

Ó anois bhí a fhios aici céard a bhí difriúil faoi, bhí sé gléasta i gculaith agus nach iontach maith a bhí sé ag breathnú. Ní fhéadfadh Frank a shúile a chreidiúint. Ba mhinic a smaoinigh sé agus a raibh brionglóidí aige faoin gcailín seo ó shin. Bhí sí fiú níos dathúla ná mar a shamhlaigh sé. Níor cheap sé i ndáiríre go bhfeicfeadh sé arís í ach anois bhí siad anseo le chéile sa Chlochán.

'An bhfuil ...?' Thosaigh siad le chéile. Thosaigh an bheirt acu ag gáire. Ansin smaoinigh Frank ar an dialann.

'Tá do dhialann agam.'

Bhí sé cosúil le buille trasna an bhéil uirthi. Anois bhí a fhios aici cé hé. Seo an duine a ghoid a dialann uaithi. Ba léir go raibh sé léite aige, sin é an fáth go raibh a hainm ar eolas aige.

'Ar bhain tú taitneamh as mo dhialann phearsanta a léamh? Tá daoine cosúil leatsa tinn. Bhuel, má tá múineadh ar bith ort tabharfaidh tú ar ais dom í. Tá mé ar scoil i Mainistir na Coille Móire.'

Rinne Frank iarracht an scéal a mhíniú di ach níor éist sí leis.

'Éist, níor léigh mé ar chor ar bith í, rinne mé gach iarracht teacht ort ach ...'

'Éist, ní theastaíonn uaim do chuid leithscéalta laga a chloisteáil, ach cuir sa phost chugam í, sin an méid.'

Ach, ach ...'

Ní raibh seans aige a thuilleadh a rá mar d'iompaigh sí a droim leis agus d'imigh sí léi.

IX

Nuair a d'fhill an bus ar ais chun na scoile bhí sé deich tar
éis a seacht. Bhí siad cuibheasach mall ag teacht ar ais toisc
go raibh orthu fanacht le Lillian. Bhí sí beagnach fiche
nóiméad déanach agus bhí an tSiúr Joss ar tí fágáil gan í
nuair a chonaic siad í ag rith trasna na cearnóige. Bhí an t-
ádh léi, bhí an bhean rialta réasúnta sásta léi féin mar gur
chaith sí féin an tráthnóna ag tabhairt cuairt ar sheanchara
sa Chlochán agus ba léir go raibh cúpla *sherrys* ólta aici. Dá
bhrí sin ghlac sí le leithscéal Lillian agus bhí an tae réidh
dóibh sa phroinnteach nuair a shroich siad an scoil.

Ní raibh seans ag Rachel labhairt le Lillian sa bhus ar an
mbealach ar ais agus tar éis an tae ní fhaca sí í go dtí thart
ar a deich nuair a bhí an bheirt acu sa seomra ag staidéar.
Bhí ciúnas míchompordach eatarthu ar feadh tuairim is
leathuair an chloig. Ansin labhair Rachel.

'Éist, a Lillian, tá sé seo amaideach. Tá brón orm faoi
inniu ach ní raibh a fhios agam go raibh sé beartaithe agat
dul go dtí an CBS.'

Bhí ceann Lillian sáite i leabhar éigin. D'fhéach sí suas
agus chas sí timpeall chun aghaidh a thabhairt ar Rachel.

'Tá brón ormsa freisin, bhí mé cosúil le páiste inniu. Is orm atá an locht, níor inis mé duit céard a bhí ar intinn agam a dhéanamh agus ansin bhí mé ar buile leat toisc nach raibh tú sásta teacht liom.'

'Ceart go leor, an bhfuilimid inár gcairde arís?'

Rinne Lillian meangadh gáire. 'Cinnte, tá.'

'An bhfuil caife uait?'

'Ó, tá, ba mhaith liom caife.'

Bhí citeal acu sa seomra agus d'fhiuch Rachel an t-uisce. Ní raibh fonn staidéir orthu ar chor ar bith agus mar sin dhún siad a gcuid leabhar, d'ól siad caife agus d'inis siad dá chéile céard a rinne siad i rith an tráthnóna sa Chlochán.

D'inis Lillian di go ndeachaigh sí chun breathnú ar an gcluiche agus gur chas sí le Malachai tar éis an chluiche. Bhí an bua ag an CBS agus dar le Malachai ba chluiche an-tábhachtach é agus bhí seans maith ag an scoil anois corn éigin a bhuachan i mbliana. Chuaigh siad ar siúlóid ansin síos go dtí an abhainn agus ina dhiaidh sin thug siad cuairt ar theach sheanmháthair Mhalachai. Bhí a sheanmháthair san ospidéal i nGaillimh agus bhí eochracha ag Malachai don teach mar bhí air solas a chur ar lasadh chuile oíche sa teach ar fhaitíos go mbrisfí isteach ann fad is a bhí sé folamh.

'Bhí an teach againn dúinn féin agus d'ólamar leathbhuidéal fuisce a bhí sa chófra. Ansin chuamar suas staighre agus tá a fhios agat féin.'

'Tá a fhios agam céard?'

'Bhuel, céard a rinneamar.'

'Níl a fhios agam. Inis dom. Ar phóg sé thú nó rud éigin?'

'Sea, phógamar.' Bhí Lillian ag gáire. 'Cinnte phógamar.'

'Ach cheap mise nach raibh tú ag dul amach leis anois, cheap mé go ndúirt tú go raibh sé sin críochnaithe?'

'Tá! Tá sé críochnaithe, ach anois agus arís casaimid ar a chéile agus bíonn spraoi agus spórt againn.'

'Ní thuigim cén fáth. Níl sibh ag dul amach le chéile a thuilleadh, mar sin, cén fáth a ndéanann sibh é?'

'Ó, a Rachel, níl tú i ndáiríre, an bhfuil? Nach bhfuair tusa *shift* riamh ó leaid nach raibh tú ag dul amach leis?'

'Cinnte, ní bhfuair mé.'

'Bhuel, céard faoi na buachaillí lena ndeachaigh tú amach nuair a bhuail tú leo i ndiaidh briseadh suas?'

Labhair Rachel faoina hanáil.

'Ní dheachaigh mé amach le haon duine riamh.'

'Céard?'

'Ní dheachaigh mé amach le haon duine riamh.'

Chuaigh Lillian trasna an tseomra chuici agus thug sí barróg di.

'Na bíodh aon imní ort, tarlóidh sé lá éigin go luath.'

Bhí saghas náire ar Rachel. Níor inis sí é sin d'aon duine eile riamh. Cinnte bheadh na cailíní ag labhairt le chéile faoi bhuachaillí, cé a bhí dathúil – aisteoirí, amhránaithe agus a leithéid, ach bhí sé sin difriúil. Cinnte thaitin roinnt buachaillí léi ó am go chéile ach níor tharla aon rud faoi. Ag smaoineamh siar air anois bhí sí róghnóthach ag staidéar agus ag baint taitneamh as a saol chun titim i ngrá le haon duine riamh. Is dócha freisin, ag breathnú siar air, nach raibh mórán teagmhála aici le buachaillí fad is a bhí sí ina cónaí sa bhaile. Ní raibh aithne aici ach ar chúpla buachaill a chónaigh sa sráidbhaile agus níor chaith sí mórán ama leo. Ní raibh sí in ann smaoineamh ar aon duine fiú a raibh spéis aici ann ach amháin b'fhéidir an fear óg sin a bhí ar an traein cúpla mí ó shin. Ansin chuimhnigh sí ar an scéal a bhí aici do Lillian.

'Bhuail mé leis arís, inniu, sa Chlochán.'

'Cé?'

'Mo dhuine ón traein.'

'An leaid a casadh ort ar an traein go Gaillimh cúpla mí ó shin?'

'Sea, eisean.'

'Is cuimhin liom gur inis tú dom rud éigin faoi nuair a casadh ar a chéile muid i dtosach ach cheap mé nach raibh a ainm ar eolas agat fiú.'

'Ní raibh agus níl fós.'

'Bhuel cén chaoi ar bhuail sibh le chéile inniu mar sin?'

D'inis Rachel di faoin teagmháil os comhair an óstáin. Nuair a bhí sí críochnaithe labhair siad faoin eachtra.

'Rachel tá sé sin go hiontach. Gheobhaidh tú do dhialann ar ais faoi dheireadh.'

'Bhuel tá sé sin go maith ceart go leor, má sheolann sé chugam í ar chor ar bith.'

'Agus cén fáth nach seolfadh?'

'Bhuel, ghoid sé sa chéad áit í. Ní bheadh a fhios agat.'

'An bhfuil tú cinnte faoi sin? B'fhéidir gur fhág tú i do dhiaidh ar an traein í?'

'Bhuel, b'fhéidir é, ach ar aon nós tá mé cinnte gur léigh sé í, cén fáth eile a gcoinneodh sé í?'

'Níl a fhios agam, a Rachel, ach cuimhnigh gur eisean a labhair faoin dialann i dtosach, ghlaoigh sé ort agus ansin d'inis sé duit go raibh sí aige. Dá mba rud é gur ghoid sé í, nó, fiú má chaill tú í, cén fáth ar labhair sé leat ar chor ar bith inniu? Gan an t-eolas a fháil uaidh ní bheadh a fhios agatsa fós cá raibh an dialann.'

'Tá an dialann sin chomh lán de mo smaointe pearsanta gurbh fhearr liom ar bhealach gan í a fháil ar ais agus a fhios agam gur léigh duine eile, strainséir, í.'

'Níl a fhios agat ar bhealach amháin nó ar bhealach eile ar léigh sé í. Fan go bhfaighe tú ar ais í. Nach mbeidh tú níos fearr as ná mar atá anois?'

'Níl a fhios agam, a Lillian, níl a fhios agam.'

Bhí cnag ar an doras ansin. 'Tar isteach' arsa Lillian. D'oscail an doras. Scruff, Sabine agus Elsa a bhí ann ina n-éide seomra.

'Chonaiceamar an solas agus cheapamar go mbeadh cupán caife ar fáil.'

'Cinnte tá, suígí ar mo leaba agus ná doirtigí aon rud uirthi,' arsa Rachel.

Bhí paicéad brioscaí ag Scruff agus d'fhan an cúigear cairde ansin go dtí tar éis meán oíche ag comhrá agus ag gáire faoin turas go dtí an Clochán.

Ar an Aoine, dhá lá i ndiaidh an turais go dtí an Clochán, tháinig paicéad sa phost do Rachel. Ba í an tSiúr Michael a bhí ag tabhairt amach an phoist agus bhí meangadh mór gáire uirthi nuair a thug sí di é.

'An é inniu do bhreithlá, a Rachel?'

'Ní hea.'

'Bhuel ar aon nós tá duine éigin ag smaoineamh ort in áit éigin.'

Thóg Rachel an paicéad síos go dtí an seanchrúca báid in aice leis an loch agus rinne sí cinnte de nach raibh aon duine eile thart sular oscail sí é. Ba í a dialann í ceart go leor agus bhí litir sa phaicéad freisin. Smaoinigh sí ar feadh nóiméid ar í a stracadh suas ach bhí sí ar bís le teann fiosrachta agus d'oscail sí an clúdach litreach. Bhí an litir scríofa i scríbhneoireacht bhreá le peann dúigh. Bhí seoladh an scríbhneora scríofa go néata i gcúinne na láimhe deise ag barr an leathanaigh. Bhí dáta an lae roimhe sin ar an litir. Bhí dath bog buí ar an bpáipéar agus bhí an litir go léir scríofa ar leathanach amháin.

A Rachel,

Caithfidh mé an litir seo a scríobh chugat mar níor thug tú seans dom gach rud a mhíniú duit inné nuair a bhuaileamar le chéile sa Chlochán. Nuair a d'fhágamar an traein an lá sin agus scaramar óna chéile, tháinig an bhean mhór sin a bhí sa charráiste linn suas chugam agus dúirt sí liom gur fhág tú an dialann seo i do dhiaidh ar an suíochán. Is cosúil gur cheap sí go rabhamar ag taisteal le chéile (agus níor mhínigh mise di nach raibh) agus ghlac mise leis an dialann uaithi. Leis an bhfírinne a rá bhí mé thar a bheith sásta leithscéal a bheith agam tú a fheiceáil arís. Cheap mé go mbeadh seoladh nó rud éigin scríofa taobh istigh den chlúdach ach ní raibh ann ach d'ainm.

Cé gur chuir mé glaoch gutháin ar chuile 'Sumner' i nGaillimh agus ar beagnach gach scoil san eolaí teileafóin, ní raibh mé in ann do sheoladh a fháil. Ansin nuair a chonaic mé sa Chlochán thú bhí an-áthas orm mar cheap mé nach bhfeicfinn go deo arís thú agus theastaigh uaim an dialann a thabhairt ar ais duit. Níor léigh mé oiread is líne de do dhialann, creid nó ná creid é, ach tá m'fhocal agat air sin. Ba mhaith liom go mór tú a fheiceáil arís ach is dócha nach bhfuil mórán seans air sin.

Le gach dea-ghuí,

Frank Farrell.

Nuair a bhí an litir léite aici léigh sí arís go mall í. Ní raibh a fhios aici ar chóir di áthas nó brón a bheith uirthi. Ar bhealach bhí sí thar a bheith sásta an dialann a fháil ar ais ach ar an lámh eile bhí sí cinnte nach raibh sé ag insint na fírinne nuair a dúirt sé nach raibh an dialann léite aige ach ag an am céanna ní raibh a fhios aici céard a cheap sí fiú má bhí sí léite aige mar bhí an dialann aici arís agus b'shin an rud ba thábhachtaí di.

Tar éis an tsuipéir an oíche sin d'imigh sí suas staighre go dtí a seomra léi féin nuair a bhí na cailíní eile thíos sa seomra teilifíse ag breathnú ar scannán éigin. Nuair a shroich sí an seomra luigh sí síos ar a leaba agus thosaigh sí isteach ar an dialann a léamh ó chlúdach go clúdach. Tháinig na mothúcháin go léir ar ais di ón samhradh roimhe sin, na laethanta sa Fhrainc, an glaoch gutháin ó Nóirín, laethanta deireanacha a máthar, an tsochraid agus an turas go dtí oifig an dlíodóra. Bhí an scéal go léir ansin. Chaoin sí arís faoina máthair ach ba dheora difriúla iad an uair seo, deora mná óige in áit deora cailín. Bhí sí ag caoineadh dá máthair agus ní di féin, mar a chaoin sí i ndáiríre sé mhí roimhe sin. Bhí a fhios aici go raibh sí tar éis glacadh le bás a máthar ar bhealach.

Léigh sí gach focal den dialann an oíche sin agus bhí sí á léamh fós nuair a tháinig Lillian isteach thart ar leathuair tar éis a haon déag. Las Lillian an solas mór i lár shíleáil an tseomra mar nach raibh ach lampa beag taobh le leaba Rachel ar lasadh. 'Céard atá á léamh ansin agat, a Rachel?'

'Mo dhialann, a Lillian, tháinig sí sa phost inniu.'

'Anois nach raibh mo dhuine ag insint na fírinne?'

'Céard?'

'Níor léigh sé í?'

'Cá bhfios duit é sin, a Lillian?'

'Bhuel nár sheol sé chugat í mar a gheall sé?'

'Ní chruthaíonn sé sin aon rud.'

'An í an dialann an méid a sheol sé chugat?'

'Ní hea. Bhí litir léi.'

Thaispeáin Rachel an litir di. Léigh Lillian go mall é.

'Bhuel nach bhfuil sé ráite anseo aige go ndearna sé gach iarracht teacht ort ach nár éirigh leis.'

'Caithfidh nach ndearna sé dóthain iarrachta.'

'Cén fáth a bhfuil tú chomh ciniciúil sin faoin bhfear bocht?'

'Ó, níl a fhios agam, b'fhéidir go bhfuil mé róchrua air.'

'Ar aon nós,' arsa Lillian, 'scríobh do sheoladh taobh istigh den chlúdach láithreach ar fhaitíos go gcaillfeá arís í. Agus inis domsa é agus d'uimhir theileafóin freisin. B'fhéidir go scríobhfainn chugat i rith na Nollag.'

Thóg Lillian leabhar beag a bhí aici sa tarraiceán in aice lena leaba agus bhreac sí síos an seoladh agus an uimhir di.

'Bhí mé go dona ag coinneáil seoltaí daoine scríofa san áit chéanna ar feadh i bhfad agus ansin thug duine éigin leabhar seoltaí dom mar bhronntanas anuraidh agus ó shin tá mé ag déanamh sáriarrachta iad go léir a choimeád le chéile. Ach tá mé i gcónaí ag fáil seoltaí agus uimhreacha teileafóin scríofa ar phíosaí páipéir i bpócaí nó sáite istigh idir leathanaigh téacsleabhair. An bhfuil leabhar seoltaí agatsa, a Rachel?'

'Níl. Níl mórán seoltaí agam ar aon nós ach aon cheann atá agam tá sé scríofa síos agam in áit éigin sa dialann nó tá sé caillte agam.'

Ansin go díreach bhuail smaoineamh í. Léim sí amach as an leaba go tobann agus thóg sí an dialann arís ón áit ina raibh sí curtha aici nóiméad roimhe sin.

'Céard? Céard é, a Rachel?'

'An seoladh, an seoladh.'

'Cén seoladh?'

'Seoladh na háite seo, a Lillian.'

'Seoladh na Coille Móire? Céard atá ort? Cén fáth a bhfuil seoladh na háite seo uait? Nach bhfuilimid anseo cheana féin?'

'Ní domsa, ach do Nóirín.'

'Do Nóirín, an bhean a chónaigh libh sa bhaile? Nach bhfuil a fhios aici cá bhfuil tú?'

Faoin am seo bhí Rachel ag léamh go fíochmhar trína dialann agus bhí sé soiléir go raibh sí ag cuardach rud éigin. Faoi dheireadh d'ardaigh sí an dialann go buach san aer agus í oscailte ag leathanach áirithe.

'Seo é!'

'Céard é?' a d'fhiafraigh Lillian.

'Seoladh na háite seo.'

'Céard a chiallaíonn sé sin?'

'Ciallaíonn sé nach raibh mo dhuine ag insint bréige ar chor ar bith. Ó, tá sé go léir soiléir anois.'

'Éist, a Agatha Christie, céard atá á rá agat? Ní thuigim focal dá laghad de.'

Mhínigh Rachel di.

'An lá sin nuair a bhí mé san óstán le m'uncail agus le m'athair, an lá a dúradh liom go mbeadh orm teacht anseo nó go ndíolfadh sé an teach.'

'Sea, bhuel céard faoi?'

'Bhuel, bhreac mé síos seoladh na háite seo ó bhróisiúr a bhí aige. Bhí a fhios agam go mbeadh sé ag teastáil uaim chun é a thabhairt do Nóirín má bhí sise chun scríobh chugam.'

'Agus?'

'Scríobh mé síos sa dialann é go néata i mbloclitreacha ar leathanach leis féin.'

Thaispeáin Rachel an leathanach do Lillian.

'Nach dtuigeann tú, a Lillian? Dá mba rud é gur léigh sé an dialann bheadh an seoladh feicthe aige. Tá sé soiléir gur theastaigh uaidh an dialann a thabhairt ar ais dom mar is eisean a tháinig suas chugam sa Chlochán agus is eisean a luaigh an dialann i dtosach. Níor léigh sé an dialann, a Lillian, níor léigh sé an dialann!'

'Nach ndúirt mise é sin leat cúpla lá ó shin?'

'B'fhéidir go ndúirt ach ní raibh a fhios agam i gceart go dtí anois, go dtí an nóiméad seo. Ó nach mise an t-amadán? Caithfidh mé scríobh chuige.'

'Bhuel, fág é sin go dtí maidin amárach, a Rachel, tá sé ródhéanach anocht chun aon rud seachas codladh a dhéanamh.'

Chuir na cailíní a gcuid pitseámaí orthu agus fad is a bhí siad á ngléasadh féin chuala siad guth ard an tSiúr Stephanie sa phasáiste, 'Múchaigí na soilse, a chailíní, múchaigí na soilse le bhur dtoil.'

Nuair a bhí Rachel sa leaba, fiú go raibh na cuirtíní tarraingthe, bhí sí in ann solas bog na gealaí a fheiceáil. D'airigh sí tuirseach ach sásta. Scríobhfadh sí chuige amárach. Chuaigh sí a chodladh go luath ina dhiaidh sin.

Satharn a bhí sa lá dár gcionn. Bhí rang saor acu idir a haon déag agus fiche chun a dó dhéag. Mar ba ghnách leo nuair a bhí rang saor acu chuaigh siad go léir suas go dtí an leabharlann. Cé go raibh roinnt mhaith de na cailíní meadhránach agus ag déanamh torainn lena gcuid cainte níor lig Rachel don ghlór cur isteach uirthi agus scríobh sí chuige.

A Frank,

Go raibh míle maith agat as ucht an litir a scríobh tú chugam agus as ucht an dialann a sheoladh chugam. Caithfidh mé a rá go bhfuil náire an domhain orm tar éis an méid a dúirt mé leat sa Chlochán an lá cheana. Níl a fhios agam cén fáth a raibh mé mar sin leat, mar níl sé sin fíor, tá a fhios agam agus tá brón orm. Bhí mé cinnte go raibh an dialann léite agat agus chuir sé sin as go mór dom. Tá a fhios agam anois go raibh mé mícheart ó thaobh mo bhreithiúnais ort agus ba mhaith liom é sin a chur in iúl duit.

Le gach dea-ghuí,

Rachel Sumner.

PS Tá Díolachán Cácaí ar siúl sa scoil ar an Domhnach seo chugainn agus sórt ceolchoirme sa halla mór. Is féidir linn cuairteoirí a bheith againn an lá sin ach má thagann tú abair leo gur col ceathar liom thú.

Chuir sí stampa tríocha a dó pingin ar an gclúdach litreach agus tar éis an lóin chuir sí sa bhosca poist ag deireadh ascaill na scoile é. Ar a bealach ar ais bhuail sí le Sabine.

'Cá raibh tusa, ar imigh tú síos go dtí an siopa?'

'Níor imigh. Ní raibh mé ach ag cur litir sa phost. Céard fútsa, cad atá ar siúl agat ar feadh an tráthnóna?'

'Níl a fhios agam ach chuala mé go bhfuil siad ag úsáid na páirce imeartha anseo chun an cluiche a imirt le foireann haca Chonnacht a roghnú.'

'Cén t-am a bhfuil sé sin ar siúl, a Sabine?'

'Thart ar a dó.'

'An bhfuil aon duine as an gCoill Mhór ag imirt? Ní dócha go bhfuil?'

'Níl a fhios agam. Ó, sea, chuala mé ag am lóin, tá Emma Barry ag imirt.'

'Ó. Caithfimid dul síos chun tacaíocht a thabhairt di.'

Bhreathnaigh Sabine ar a huaireadóir.

'Beidh an cluiche ag tosú go luath, ar aghaidh linn.'

Ba í Emma Barry a bhí ina captaen ar fhoireann na scoile. Ní raibh foireann na scoile go dona i mbliana agus bhí ráflaí thart go raibh seans acu corn éigin a bhuachan den chéad uair le fiche bliain anuas. Bhí aithne mhaith ag chuile dhuine ar Emma agus thaitin sí leis na cailíní eile go léir. Ní raibh mórán cailíní sa scoil a d'imir haca agus mar sin bhí sé deacair foireann láidir a chur le chéile. B'eisceacht amach is amach é don Choill Mhór cailín a bheith acu sa triail cheannais agus dá bhrí sin bhí slua mór imithe síos go dtí an pháirc chun tacaíocht a thabhairt di. Nuair a shroich Rachel agus Sabine an pháirc bhí an cluiche díreach tosaithe.

Sheas siad taobh thiar de chúl amháin agus thóg sé nóiméad nó dhó orthu Emma a aithint. Bhí foireann amháin ag caitheamh geansaithe dearga agus bhí an fhoireann eile gléasta i ngorm. Bhí gach cailín in ann stocaí a scoile féin a chaitheamh agus b'as sin a d'aithin siad Emma. Bhí sí ar an bhfoireann ghorm. Bhí roinnt mhaith cailíní ar an bhfoireann dhearg a tháinig ón scoil chéanna, An Bóthar Ard, i gcathair na Gaillimhe agus bhí sé soiléir gur imir siad le chéile go minic cheana. Bhí sé deacair do Emma imirt in aghaidh na gcailíní sin mar nach raibh aithne aici ar aon duine ar a foireann féin agus ba dhream measctha iad an fhoireann ghorm. De réir mar a dhruid an cluiche i dtreo leathama thosaigh siad ag teacht isteach ar imirt a chéile agus thosaigh an cailín as an gCoill Mhór í féin ag imirt go maith.

Ag leatham tháinig cailín amach ar an bpáirc le pláta lán d'oráistí do na foirne. Shiúil Rachel agus Sabine timpeall ar imeall na páirce chun seasamh taobh thiar den chúl eile don dara leath. Bheadh Emma ag imirt síos an treo sin don chuid eile den chluiche. Ag breathnú thart roimh thús an dara leath chonaic Rachel Lillian ag teacht ina dtreo.

Tháinig Lillian chucu agus bheannaigh sí dóibh.

'Cén chaoi a bhfuil Emma ag imirt?'

'Níl sí ag déanamh ródhona ar chor ar bith,' a d'fhreagair Rachel.

'An bhfuil aon scór ann?'

'Níl,' arsa Sabine.

'An bhfuil seans ar bith aici áit a fháil ar an bhfoireann?' a d'fhiafraigh Lillian den bheirt acu.

'Braitheann sé ar an gcaoi a n-imríonn sí sa dara leath. Tá an fhoireann eile go maith.'

Sheas na cailíní le chéile agus scread siad chuile uair a fuair Emma an liathróid. Ba léir go raibh sí ag déanamh a díchíll ach mar sin féin bhí sé deacair di mórán a dhéanamh mar bhí sé soiléir go raibh sí ar an bhfoireann ba laige. Thart ar leath bealaigh tríd an leath fuair an fhoireann dearg scór.

'Bhuel, sin sin,' arsa Lillian.

'Ná bí chomh cinnte de,' a dúirt Rachel, ach ag an am céanna níor chreid sí féin go raibh mórán seans anois ag Emma.

Bhí an cluiche beagnach críochnaithe nuair a fuair Emma an liathróid taobh istigh dá leath féin den pháirc. Ar aghaidh léi go tréan, tríd an lárchiorcal, timpeall ar chosantóir amháin, cosantóir eile agus faoi dheireadh ní raibh ach an cúl báire idir í féin agus an cúl. Bhí na cailíní go léir a bhí timpeall ar an bpáirc ag screadaíl agus ag béicíl: 'Ar aghaidh leat, a Emma, ar aghaidh leat!' Isteach léi sa bhosca agus tháinig an cúl báire amach chun dul sa bhealach uirthi. Cheap chuile dhuine go raibh sí chun cúl a aimsiú í féin ach ag an soicind deireanach chuir sí an liathróid chuig imreoir eile a bhí tar éis rith suas in éineacht léi cúpla slat uaithi ar thaobh a láimhe deise. Ba é an cúl ab éasca é a gheobhadh an cailín sin go deo. Ní raibh uirthi ach an liathróid a bhualadh go bog agus rith sé isteach sa chúl go mall réidh. Bhí chuile dhuine in ann é a fheiceáil mar a bheadh sé ag tarlú ar luas moillithe ach ní raibh an fhoireann eile in ann aon rud a dhéanamh faoi.

Nuair a bhuail an liathróid an clár sa chúl shéid an réiteoir a feadóg agus bhí an cluiche thart.

Bhí aoibhneas ar chuile dhuine. Léim an triúr acu suas agus síos agus thosaigh siad ag bualadh bos. I gceann tamall gearr bhí na daltaí go léir thart ar imeall na páirce ag bualadh bos. Ba leo go léir an nóiméad seo. Fiú na mná rialta a bhí ag breathnú ar an gcluiche bhí roinnt acu siúd ag léim suas agus síos ag bualadh bos. Smaoinigh Rachel go raibh an t-ádh léi bheith anseo ag an nóiméad sin i gcomhluadar cairde agus sásta léi féin agus leis an domhan uilig. Fiú go raibh an dorchadas ag teacht agus an lá Samhna beagnach caite níor mhothaigh sí an fuacht ar chor ar bith.

Bhí *Inspector Morse* ar an teilifís an oíche sin agus ina dhiaidh sin chuaigh lucht an séú bliain suas go dtí a seomraí ar an tríú hurlár. Bhí Rachel agus Lillian ag caint go híseal lena chéile tar éis na soilse a mhúchadh nuair a chuala siad cnag bog ar an doras.

'Cé atá ansin?' labhair Lillian.

'Mise,' a dúirt Sabine ag oscailt an dorais go mall ciúin.

'An bhfuil tú ceart go leor, a Sabine?' arsa Rachel.

Ó, tá, tá. Tháinig mé isteach chun a rá libh go bhfuil féasta meán oíche inár seomra anocht. Tugaigí brioscaí nó aon rud mar sin libh.'

'Cé eile a bheas ann?' Bhí tuirse ar Rachel agus ní raibh mórán fonn uirthi freastal ar chóisir ar chor ar bith.

'Beidh gach duine ann. Fuair an ardmháistreás glaoch teileafóin fiche nóiméad ó shin. Tá Emma Barry ar fhoireann Chonnacht.'

Bhéic an bheirt le chéile: 'Ó, tá sé sin go hiontach.'

'Bígí ansin i gceann cúpla nóiméad agus ná déanaigí aon torann.' D'imigh Sabine.

Ní raibh tuirse ar Rachel a thuilleadh, léim sí amach as an leaba agus chuardaigh sí ina cófra sa dorchadas chun paicéad brioscaí agus bosca seacláidí Leonidas a chuir

Nóirín chuici le déanaí a fháil. Bhí cáis agus brioscaí ag Lillian. Chuir an bheirt acu a slipéirí agus a n-éide seomra orthu agus síos an pasáiste leo go dtí seomra Sabine. Bhí an ceart aici, bhí an bhliain go léir ann agus cailíní ina suí ar leapacha agus ar an urlár agus ar leac na fuinneoige. Bhí chuile dhuine ag caint le chéile i gcogar ach mar sin féin bhí an torann an-ard. Sheas Sabine ar chathaoir agus d'ardaigh sí a lámh.

'Shhshh. Tá duine amháin eile le teacht agus nuair a thiocfaidh sí isteach ba mhaith liom go ligfeadh sibh trí gháir mholta di. Seo anois í, Emma Barry!'

Tháinig an t-imreoir haca isteach sa seomra agus phléasc an seomra leis an torann.

'Shhshh, Shhshh, a chailíní,' a dúirt Sabine. 'Shhshh nó tiocfaidh an tSiúr Joss.'

'Níl siad ag gáire leat, a Sabine!' labhair Helen O'Mara go híseal ag déanamh aithris ar ghuth na mná rialta. Phléasc an slua le gáire agus chríochnaigh siad an ráiteas le chéile 'TÁ SIAD AG GÁIRE FÚT.'

Bhí Rachel cinnte go gcloisfeadh duine éigin an torann agus go mbeidís go léir gafa le chéile agus deireadh curtha leis an bhféasta meán oíche ach níor tháinig aon duine aníos staighre chun tabhairt amach dóibh. Dá gcloisfidís an torann bheadh a fhios acu go raibh cúis cheiliúrtha ag an scoil an oíche sin. Ba í Emma Barry an chéad chailín as an gCoill Mhór a roghnaíodh d'fhoireann Chonnacht ó roghnaíodh an ardmháistreás féin nuair a bhí sise ag freastal ar an scoil mar dhalta sa bhliain míle naoi gcéad caoga dó.

Chaith Rachel an Domhnach le Lillian. Shiúil siad síos go dtí an seanchrúca báid in aice leis an loch agus d'inis Rachel di faoin litir a scríobh sí chuig Frank Farrell.

'Meas tú an dtiocfaidh sé an Domhnach seo chugainn, a Lillian?'

'Níl a fhios agam, b'fhéidir é. Tá sé deacair a rá cén chaoi a n-oibríonn an intinn fhirinscneach, a Rachel.'

'Gabh mo leithscéal?'

'Fir, buachaillí, cibé rud a ghlaonn tú orthu, tá sé dodhéanta a rá cén rud a dhéanfaidh siad ó lá go lá.'

'Nach bhfuilimid go léir mar sin, a Lillian?'

'Tá, ar bhealach, ach fir, tá siadsan difriúil.'

'An é d'athair atá i gceist agat, a Lillian, nó an buachaill sin sa Chlochán?'

'Iad go léir, a Rachel, iad go léir.'

Shuigh an bheirt acu ag deireadh na cé ar feadh tamaill, a gcuid cos ag luascadh gar don uisce agus an bheirt acu ina dtost. D'aimsigh Rachel cian éigin i súile Lillian. Ansin thóg Lillian dhá phíosa bheaga airgid as póca a cuid *jeans*. Thug sí ceann díobh do Rachel.

'Caithfimid isteach sa loch iad agus an té is faide a chaitheann is túisce a thitfidh i ngrá.'

'Ceart go leor.'

Chaith siad amach sa loch iad ach ní raibh siad in ann a dhéanamh amach cé acu duine díobh a thitfeadh i ngrá i dtosach.

X

Bhí Frank ar ais ina árasán i mBóthar na Trá thart ar a seacht a chlog tráthnóna Dé Céadaoin. Fuair sé síob abhaile le Raghnall agus bhí sé sásta an Clochán a fhágáil ina dhiaidh. Cinnte bhuaigh sé an cás os comhair an Rottweiler agus bhí chuile sheans go bhfaigheadh sé breis oibre dá thoradh sin ach ba bheag nár mhill a chomhrá le Rachel an lá ar fad air. Ní raibh sé in ann míbhuíochas an chailín a thuiscint ar chor ar bith. Bhí sé féin tar éis dul as a bhealach chun a fháil amach cá raibh sí ag freastal ar scoil agus fiú nuair nach raibh sé in ann an t-eolas sin a fháil amach níor smaoinigh sé riamh ar an dialann a léamh. Nach ndúirt sé leis féin dhá mhí ó shin nach mbeadh mórán maitheasa í a thabhairt ar ais di mura mbeadh sise in ann bheith cinnte nár léigh aon duine í sa chéad áit? Ó, mná.

Chuaigh sé sall go dtí an teach ósta agus d'ordaigh sé pionta Guinness dó féin. Thaitin an pórtar a bhí acu anseo leis agus chomh maith leis sin ní raibh an áit plódaithe riamh. B'áit iontach é chun cúpla pionta a bheith agat ar do shuaimhneas. Smaoinigh sé ar ais ar an lá sa Chlochán. Bhí sé an-sásta leis féin tar éis an cháis sin. Cinnte bhí Pat

Sheehy sásta leis chomh maith agus gheall sé dó go dtabharfadh sé tuilleadh oibre dó nuair a bheadh sí aige.

Cé go ndearna Frank iarracht dearmad a dhéanamh ar an gcailín sin Rachel, ní raibh sé in ann. Tháinig a chuid smaointe ar ais chuici arís agus arís eile. Bhí rud éigin fúithi a thaitin go mór leis. Ní raibh sé cinnte céard é ach bhí rud éigin fúithi. Nuair a smaoinigh sé faoin eachtra léi i lár an Chlocháin bhuail an smaoineamh é go raibh sé gortaithe de bharr an méid a dúradh leis. Rinne sé iarracht rudaí a mhíniú di ach níor theastaigh uaithi a chuid 'leithscéalta laga' a chloisteáil. Bhuel scríobhfadh sé chuici agus dhéanfadh sé iarracht amháin eile gach rud a mhíniú di. Ní raibh a fhios aige cén fáth a raibh sé seo go léir chomh tábhachtach sin dó ach bhí. Chríochnaigh sé a phionta agus d'fhill sé ar an árasán chun an dialann a sheoladh chuici agus chun litir a scríobh chomh maith.

Chuir sé an litir sa phost maidin Déardaoin agus chuaigh sé suas go dtí siopa Julia chun an nuachtán a cheannach. Bhí Julia ag cniotáil sa seomra suí agus tháinig sí amach chuige nuair a bhuail an cloigín beag a bhí ar an doras.

'Dia dhuit, a Frank, cén chaoi a ndeachaigh sé.'

'Cén chaoi a ndeachaigh cén rud?'

'An cás mór sa Chlochán, nach inné a bhí tú ann?'

'Ó, sea, chuaigh sé go maith, bhí mé an-sásta leis.'

'Tá sé sin go hiontach ar fad. Cén sórt cáis a bhí ann, drugaí nach ea?'

'Drugaí?' Bhí iontas ar Frank.

Chaoch an tseanbhean súil air. 'Ní gá duit aon fhaitíos a bheith ort, ní inseoidh mé d'aon duine faoi.'

Chuimhnigh Frank ar an gcomhrá a bhí acu cúpla lá roimhe sin. 'Go raibh míle maith agat, a Julia. An *Times*, más é do thoil é.'

Thug Julia an páipéar dó agus d'íoc sé as. Nuair a d'fhág sé an siopa shiúil sé ar an *promenade* ar feadh tamaill agus ansin thug sé cuairt ar an *Warwick Hotel* ar Bhóthar na Trá. Bhí cupán caife aige agus léigh sé a pháipéar. Ba chuimhin leis na hoícheanta a chaith sé ag freastal ar dhamhsaí agus ar cheolchoirmeacha san óstán céanna nuair a bhí sé ag staidéar i gColáiste na hOllscoile i nGaillimh. Ba mhinic a bhí sé ólta san áit seo. Bhí na laethanta sin i bhfad uaidh anois. Smaoinigh sé ar Ó Laoghaire. Bhí sé tamall maith ó chonaic siad a chéile. Ba mhaith leis é a fheiceáil arís, leis an bhfírinne a insint ba mhaith leis labhairt leis faoin gcailín seo, Rachel.

Bhí cárta teileafóin ina vallait aige agus chuaigh sé amach go dtí an oifig fháiltithe san óstán agus chuir sé ceist ar an gcailín ag an deasc an raibh teileafón poiblí acu.

Thaispeáin sí dó cá raibh sé. Chuir sé glaoch gutháin ar an Leabharlann Dlí.

'An bhféadfainn labhairt le Shane Ó Laoghaire?'

'Nóiméad amháin, le do thoil.'

Thosódh an ceol uafásach ag seinm i do chluas nuair a bheifeá ag feitheamh le duine éigin. *Greensleeves* nó rud éigin. Ansin bhris guth isteach. D'aithin sé an glór.

'*Hello?*'

'Shane Ó Laoghaire, abhcóide sa Leabharlann Dlí ag caint.'

'Ó Laoghaire, is mise Frank, ní gá duit do ghuth oifigiúil a úsáid liomsa, ní aturnae mé.'

'Ó, a Frank, cén chaoi a bhfuil tú, an bhfuil tú i mBaile Átha Cliath?'

'Níl, tá mé i nGaillimh, ní raibh mé i dteagmháil leat le fada agus cheap mé go gcuirfinn glaoch ort.'

'Is deas an rud cloisteáil uait. Cén chaoi a bhfuil an obair ag dul?'

'Níl sé go ródhona faoi láthair, bhí mé sa Chlochán inné.'

'Os comhair an Rottweiler?'

'Sea.'

'Conas a d'éirigh leat?'

'Go maith, bhí an t-ádh liom, inseoidh mé duit faoi nuair a fheicfidh mé thú.'

'Sin é an rud, a Frank, bhíomar ag smaoineamh ar chuairt a thabhairt ort an tseachtain seo chugainn. Teastaíonn ó Shorcha dul go dtí Oileáin Árann agus cheapamar go gcaithfimis oíche i nGaillimh ... b'fhéidir oíche Dé hAoine, seachtain ó amárach.'

'Bheadh sé sin go hiontach, beidh fáilte roimh an mbeirt agaibh. Cén chaoi a bhfuil ag éirí libh le chéile?'

'Go han-mhaith ar fad, tá gach rud go hiontach.'

'Bhuel, feicfidh mé sibh Dé hAoine mar sin.'

'Thart ar a sé nó mar sin. Fágfaimid an Leabharlann go luath tar éis am lóin.'

'Feicfidh mé sibh Dé hAoine mar sin. Caithfidh mé imeacht anois. Níl ach aonad amháin fágtha ar an gcárta. Slán.'

Bhí sé an-sásta gur chuir sé glaoch ar Ó Laoghaire. Bheadh sé go maith é féin agus Sorcha a fheiceáil. Dhéanfadh sé iarracht ticéid a fháil dóibh don dráma a bhí ar siúl faoi láthair in Amharclann an Druid.

I rith an deireadh seachtaine sin scríobh sé litir chuig a thuismitheoirí i bPáras. An uair dheireanach a bhí sé i dteagmháil leo chuir siad ceist air céard a bheadh á dhéanamh aige don Nollaig. Bhí thart ar chúig seachtaine fágtha go dtí an Nollaig agus ní raibh aon phlean dearfach déanta aige. An Nollaig roimhe sin, chaith sé í le muintir Uí Laoghaire. Cinnte bhain sé taitneamh as ach ag an am céanna níor cheap sé go raibh sé ceart bheith ag cur isteach ar theaghlach eile don Nollaig. B'am é do theaghlach a bheith leo féin. Bhí sé beartaithe aige an Nollaig seo a chaitheamh lena mhuintir féin sa Fhrainc.

Tráthnóna Dé Sathairn chuaigh sé isteach ar an mbus go dtí an chathair. Bhí lár na cathrach plódaithe le daoine. Bhí féile filíochta ar siúl agus bhí cuairteoirí agus filí ar fud na háite. Bhí fear óg i Sráid na Siopaí ag tabhairt amach bileoga de shaghas éigin agus thóg Frank ceann uaidh. Bhí fógra ar an mbileog faoi léamh filíochta a bhí ar siúl i Lárionad na nEalaíon in Oileán Ealtanach an oíche sin ar a naoi a chlog. Chuaigh sé isteach go dtí teach ósta Tigh Neachtain i Sráid na Céibhe. Bhí slua mór san áit agus rinne sé a bhealach go dtí an beár agus d'ordaigh sé pionta. Bhí sé in ann suíochán a fháil sa seomra cúil agus shuigh sé síos leis féin. Ní raibh sé ansin ach nóiméad nó dhó nuair a tháinig Pat Sheehy isteach.

Tháinig sé anall chuige.

'An bhfuil tú leat féin, a Frank?'

'Tá, tá.'

'An bhféadfainn suí síos leat?'

'Cinnte.'

'Cé chaoi a bhfuil tú ó chonaiceamar a chéile ar an gCéadaoin?'

'Go hiontach, a Phat. Bhí lá maith againn, nach raibh?'

'Bhuel, bhí póit ormsa maidin Déardaoin. Cheannaigh an cliant deochanna dom ar feadh na hoíche san óstán sa Chlochán.'

'Tá súil agam nár thiomáin tú abhaile?'

'Ó, níor thiomáin, ní raibh mé in ann seasamh fiú. Chaith mé an oíche san óstán agus thiomáin mé ar ais ar an Déardaoin.'

Chaith siad leathuair an chloig nó mar sin ag comhrá lena chéile agus ansin dúirt Pat go raibh air imeacht chun bualadh le cairde mar go raibh siad ag dul chuig scannán sa *Claddagh Palace*. Bhreathnaigh Frank arís ar an mbileog leis an bhfógra faoin léamh filíochta. Ní raibh mórán eile le déanamh aige seachas ól agus níorbh aon mhaith é sin a dhéanamh ina aonar. Rachadh sé go dtí an léamh filíochta. D'íoc sé dhá phunt ag doras an Lárionaid Ealaíon agus isteach leis. Bhí an léamh díreach ag tosú nuair a shroich sé a shuíochán. Bean mheánaosta a bhí sa bhfile. Ón gclár a fuair sé ar an mbealach isteach chonaic sé gur bean í a raibh aithne mhaith uirthi sa chomharsanacht, Suibhne de Búrca, agus ba raiméis den chéad scoth a cuid saothar, dar le Frank, tar éis leathuair an chloig a chaitheamh ag éisteacht léi. Bhí na dánta go léir mar an gcéanna dar leis, claonaigeanta, áitiúil agus simplí. I mbeagnach gach ceann bhí beirt bhan ag caint le chéile thar chlaí éigin:

'Ó, a Mháire, chuala mé gur bhuaigh Seán an *Lotto*,' nó línte mar: 'Bhí an bus déanach inné, bhí timpiste i Muirbheach.'

Ba mheascán í an fhilíocht seo de shonraí páistiúla agus mí-úsáid an chóras deontas ealaíon.

D'fhág roinnt mhaith daoine tar éis tamaill, agus Frank ina measc.

Bhí cás amháin ag Frank sa Chúirt Dúiche i nGaillimh Dé Máirt na seachtaine ina dhiaidh sin. Rud beag a bhí sa chás agus d'oibrigh sé amach go maith. Nuair a d'fhill Frank ar a árasán i mBóthar na Trá tar éis an cháis bhí litir dó ar an urlár taobh istigh den doras tosaigh. Bhreathnaigh sé ar an bpostmharc. B'as an gClochán é. D'oscail sé an clúdach go sciobtha agus bhí áthas an domhain air nuair a chonaic sé gurbh ó Rachel Sumner í. Bhí a lámha ag crith agus é á léamh agus léigh sé thart ar dheich n-uaire í. Bhí sceitimíní áthais air. Ní fhéadfadh sé é a chreidiúint; scríobh sí ar ais chuige. Ba léir go raibh brón uirthi faoin gcaoi ar labhair sí leis sa Chlochán ach ba chuma faoi sin go léir anois, theastaigh uaithi é a fheiceáil arís. Bhí Díolachán Cácaí ar siúl ar an Domhnach seo chugainn sa scoil, ligfeadh sé air gurbh é a col ceathar é, ghléasfadh sé mar fhear grinn dá mba mhian léi, ach í a fheiceáil arís. Bhí léarscáil aige de Chonamara taobh istigh de chlúdach amchláir Bhus Éireann a phioc sé suas nuair a cheap sé go mbeadh air dul go dtí an Clochán ar bhus an tseachtain roimhe sin.

Cár chuir sé an t-amchlár sin?

Tháinig sé ar an amchlár agus fuair sé amach ar an léarscáil cá raibh an scoil. Ba é An Caoláire Rua an áit ba ghaire don scoil ar thaistil an bus tríd ach ní raibh aon bhus ar an Domhnach. Rachadh sé amach ar an ordóg mar sin. Ba chuma leis. Ansin bhuail an smaoineamh é gur meánscoil chónaithe í Mainistir na Coille Móire! Ní raibh a fhios aige fiú cén aois í an cailín seo. Leis an bhfírinne a rá, ní raibh eolas ar bith aige fúithi ach amháin gur bhuail siad le chéile ar thraein, gur choinnigh sise dialann agus gur theastaigh uaidh, thar aon rud eile, bualadh léi arís. Nár chuma cén aois í?

D'imigh an chuid eile den tseachtain go tapa agus tráthnóna Dé hAoine, thart ar a ceathrú tar éis a sé, bhí cnag ar dhoras tosaigh an árasáin. Bhí Ó Laoghaire agus Sorcha tagtha ar cuairt. Chroith sé lámh le Shane agus rug sé barróg ar Shorcha. Thug sise póg ar a leiceann dó.

'Bhuel,' arsa Ó Laoghaire ag gáire, 'táimid anseo faoi dheireadh. Bhíomar ag caint ar chuairt a thabhairt ort le cúpla seachtain anois. Cén chaoi a bhfuil tú?'

'Go maith, slán a bheas tú. Agus sibhse, tá sibh ag breathnú go maith freisin.'

'Tá árasán deas agat,' a dúirt Sorcha ag breathnú thart.

'Sea, tá sé ceart go leor, tá mé sásta go leor leis.'

'Right,' arsa Ó Laoghaire, 'tá an t-árasán go deas, táimid go léir sásta a chéile a fheiceáil arís agus rud eile, ach an rud is tábhachtaí, cá bhfuil an teach ósta áitiúil?'

'Ceart go leor, tá sé soiléir nach bhfuil tusa athraithe ar chor ar bith, Ó Laoghaire. Ar aghaidh linn.'

Bhí cuma sórt scanraithe ar aghaidh Shorcha.

'Nílimid chun an oíche go léir a chaitheamh ag ól, an bhfuil, a Shane, a stór?'

Bhreathnaigh Ó Laoghaire sall go ceisteach ar Frank. Labhair Frank.

'Ó cinnte, níl, ní bheidh ach deoch amháin againn agus ansin rachaimid isteach go dtí lár na cathrach. Tá ticéid agam do dhráma in Amharclann an Druid.'

'Ó, tá sé sin ar fheabhas, a Frank, taitníonn drámaí go mór le Shane, nach dtaitníonn, a Shane, a stór?'

'Ó sea, taitníonn.'

Thosaigh Frank ag gáire leis féin. Bhí a fhios aige nach raibh mórán suime ag Ó Laoghaire i gcúrsaí cultúrtha ach ní dhéanfadh sé aon dochar dó dráma a fheiceáil anois is arís. Chaoch sé súil ar Ó Laoghaire.

'Ar aghaidh linn mar sin nó beimid mall don dráma. Faigh na málaí ón gcarr, a Shane, a stór,' arsa Frank ag gáire.

D'ainneoin a chuid drochamhrais, thaitin an dráma le Ó Laoghaire agus chaith an triúr acu tráthnóna deas i dteannta a chéile. Ní bhfuair Frank mórán seans labhairt le Ó Laoghaire ina aonar agus dá bhrí sin níor inis sé dó faoi Rachel ná faoi mhórán eile a tharla dó le déanaí ach sula ndeachaigh siad a chodladh an oíche sin d'ól an triúr acu cupán caife sa chistin agus d'inis Frank dóibh faoin gcás os comhair an Rottweiler sa Chlochán an tseachtain roimhe sin. Bhí ionadh ar an mbeirt, mar ba é Frank an chéad duine den triúr acu a throid cás leis féin sa Chúirt Chuarda.

'Dá bhrí sin, tá tú sásta go leor gur tháinig tú go dtí an tIarthar, a Frank?' arsa Sorcha.

'Tá, tá mé. Tá rudaí ag piocadh suas agus tá an obair ag teacht isteach anois, píosa ar phíosa.'

'Éist, a Frank,' arsa Ó Laoghaire, 'táimidne ag dul go dtí Oileáin Árann maidin amárach. Bhíomar le dul ó Ros a' Mhíl ach is cosúil go bhfuil seirbhís dhíreach ó chaladh na Gaillimhe. An féidir linn an carr a fhágáil leatsa ar feadh an deireadh seachtaine? Má theastaíonn uait é a úsáid ansin beidh sé agat. Beimid ar ais thart ar a deich oíche Dé

Domhnaigh agus fillfimid ar Bhaile Átha Cliath maidin Dé Luain.'

'Bheadh sé sin go hiontach, Ó Laoghaire. An bhfuil tú cinnte faoi sin, gur féidir liom é a úsáid?'

'Cinnte, ní bheidh sé ag teastáil uainne ar aon nós.'

'Go raibh míle maith agat.'

'Ná habair é.'

Maidin Dé Sathairn bhí Frank ina leathdhúiseacht nuair a d'fhág an bheirt an t-árasán. Bhreathnaigh sé ar an gclog ar an mballa, bhí sé leathuair tar éis a seacht.

'Tá eochracha an chairr ar an mbord sa chistin,' arsa Ó Laoghaire ar a bhealach amach.

'Feicfimid thú oíche Dé Domhnaigh.'

Ní raibh am ar bith luaite ag Rachel ina litir agus ní raibh a fhios ag Frank cén t-am a raibh an Díolachán Cácaí le tosú. Chuir sé glaoch gutháin ar an scoil agus nuair a d'fhreagair bean rialta éigin an fón lig sé air gur báicéir ón gClochán a bhí ann a bhí ag iarraidh roinnt cácaí a bhronnadh. Bhí an rud go léir ag tarlú i ngiomnáisiam na scoile ag meán lae. D'fhág sé Bóthar na Trá i *Volkswagen* Uí Laoghaire ag leathuair tar éis a deich maidin Dé Domhnaigh. Líon sé le peitreal é ag garáiste Uí Riagáin i Maigh Cuilinn agus ar aghaidh leis amach bóthar an Chlocháin. Thiomáin sé trí Uachtar Ard agus thar óstán darbh ainm 'The Connemara Gateway'. Óstán cáiliúil go leor é seo a tógadh sna seascaidí. Ba chuimhin leis go raibh dath glas air blianta ó shin. Cibé ailtire a cheap é sin, rinne sé jab iontach maith de.

Chas sé ar dheis ag an Teach Dóite. Ní raibh an bóthar rómhaith as sin go dtí An Caoláire Rua ach bhí sé i bhfad níos giorra ná an treo eile tríd an gClochán. Bhí lochanna agus sléibhte ar gach taobh de. Caithfidh gurb é seo an áit is deise ar domhan. Chuala sé guth a sheanmháthar ag rá: 'Seo í an tír is fearr ar domhan má fhaigheann tú an aimsir.' Bhí sé réasúnta scamallach anois ach bhí seans maith ann nach ndéanfadh sé aon bháisteach. Ní bheadh a fhios agat go deo i gConamara cén sórt aimsire a bheadh agat ó nóiméad amháin go nóiméad eile. Lean sé air. Thaitin an *Volks* leis; bhí sé éasca é a thiomáint. Ní raibh mórán carranna eile ar an mbóthar ach chuaigh *Dormobile* a raibh uimhirchlár Gearmánach air thairis ag dul sa treo eile. Bhí sé an-déanach sa bhliain do thurasóirí.

Timpeall dhá mhíle nó mar sin ón scoil thug sé faoi deara go raibh roinnt mhaith carranna ar an mbóthar. Ba charranna móra costasacha iad den chuid is mó, BMW, Mercedes, agus mar sin de. Díreach roimh dhroichead beag bhí comhartha crochta don scoil. Ón droichead féin bhí radharc álainn ar an scoil thall ar an taobh eile de loch mór. Theastaigh ó Frank an carr a stopadh chun breathnú i gceart ar an radharc ach bhí carr mór millteach taobh thiar de agus níor stop sé ar fhaitíos go mbeadh timpiste ann. Cúpla céad slat eile síos an bóthar chas sé ar dheis suas ascaill na scoile agus isteach sa charrchlós leis.

Fuair sé áit pháirceála idir *Rolls Royce* agus *Mercedes*. B'shin rud amháin faoin *Volks*, ní raibh sé deacair áit pháirceála a fháil dó. Chuir sé glas ar dhoras an chairr agus thug sé aghaidh ar an scoil féin. Bhí chuile dhuine gléasta suas go galánta agus bhí díomá air nach raibh seaicéad agus carbhat á chaitheamh aige féin. Ar aon nós bhí sé ródhéanach anois chun aon rud a dhéanamh faoi. Lean sé na daoine eile mar ba chosúil go raibh a fhios acu cá raibh siad ag dul. Shiúil siad isteach trí phríomhdhoras na scoile féin, síos pasáiste agus ansin amach trí dhoras ar chúl na scoile agus isteach sa ghiomnáisiam.

Bhí Rachel ina seasamh taobh thiar de bhord in aice le bean rialta ag díol cácaí. Ba iad lucht an séú bliain is mó a d'eagraigh an Díolachán Cácaí agus cé nach raibh baint dhíreach ag Rachel leis an eagrúchán dúirt sí go mbeadh sí sásta uair an chloig nó mar sin a chaitheamh taobh thiar den bhord ag díol. Bhí an giomnáisiam lán le daoine, tuismitheoirí, gaolta, daoine ón gceantar agus na daltaí féin. Bhí Rachel ag súil go mór leis an lá seo ach b'fhéidir go raibh sí amaideach bheith ag ceapadh go dtiocfadh Frank Farrell chun í a fheiceáil ar chor ar bith. Cén fáth nár scríobh sé ar ais chuici? B'fhéidir nach bhfuair sé an litir ar chor ar bith, b'fhéidir go raibh sé imithe ar saoire. B'fhéidir go raibh cailín aige in áit éigin agus gur chaith sé an Domhnach léi. B'fhéidir ... Ansin chonaic sí é. Ní raibh sí cinnte faoi i dtosach ach ansin bhí a fhios aici. Bhí sé tagtha.

Sheas Frank ag doras an ghiomnáisiam ag breathnú thart. D'fhéadfadh sí bheith in aon áit, ní raibh a fhios aige an aithneodh sé arís í. Ansin mhothaigh sé go raibh duine éigin ag breathnú air. Bhreathnaigh sé ar chlé agus tríd an slua daoine, ar an taobh eile den ghiomnáisiam chonaic sé í. Bhí sí ina seasamh taobh thiar de bhord. Bhí sí go hálainn. Rinne sé iarracht a bhealach a bhrú tríd an slua sall chuici. Bhí gach duine sa bhealach air. Faoi dheireadh shroich sé an bord. Bhreathnaigh siad ar a chéile ar feadh tamaill gan tada a rá. Ansin labhair an bhean rialta.

'Sea, an bhfuil rud éigin uait?'

'Gabh mo leithscéal?'

'An bhfuil rud éigin uait, cáca, brioscaí?'

'Ó sea, sea, tógfaidh mé na brioscaí sin.'

Shín sé amach méar i dtreo brioscaí a bhí ar an mbord.

Labhair an bhean rialta le Rachel.

'Dúisigh, a Rachel, tá brioscaí ag teastáil ón bhfear seo.'

Chuir Rachel roinnt brioscaí i mála dó. Bhreathnaigh sé uirthi, a méara beaga ag cur na mbrioscaí sa mhála. Faoi dheireadh labhair sé.

'*Hello*, a Rachel.'

'*Hello*, a Frank.'

Bhreathnaigh an bhean rialta go hamhrasach orthu.

'An bhfuil aithne agaibh ar a chéile?'

Labhair an bheirt le chéile. 'Tá, is col ceathracha muid.'

Phléasc an bheirt acu amach ag gáire. Ansin tháinig Scruff anall go dtí an bord.

'A Rachel, tá uair an chloig déanta agatsa, tógfaidh mise d'áit.'

Bhí Rachel fíorbhuíoch di. Bhain sí an naprún di agus thug sí do Scruff é.

'Ar mhaith leat dul amach ag siúl?' arsa Rachel.

Shiúil siad síos go dtí imeall an locha. Bhí daoine fós ag siúl isteach sa scoil ach ní raibh aon duine thíos in aice leis an loch. Bhí Rachel an-neirbhíseach. Ní raibh a fhios aici céard ba cheart di a rá. Thosaigh sí. 'Breathnaigh, tá brón orm faoin méid a dúirt mé leat sa Chlochán an lá cheana agus ...' Níor lig Frank di an abairt a chríochnú.

'Tá sé sin go léir críochnaithe. Níl aon ghá dúinn labhairt faoi ar chor ar bith. Níl sé tábhachtach. Chomh fada is a bhaineann sé liomsa bhuail mé leat ar thraein, theastaigh uaim bualadh leat arís agus anois tá mé anseo i gcomhair Díolachán Cácaí ag ligean orm gur col ceathar liom thú. Ní fhéadfadh sé bheith níos simplí.'

Thosaigh Rachel ag gáire.

'Ceart go leor.'

'Ceart mar sin! An bhfuil briosca uait?'

Shiúil siad timpeall ar imeall an locha. Labhair siad le chéile cosúil le daoine a raibh aithne acu ar a chéile le fada. Bhí sé chomh héasca labhairt leis go ndearna Rachel dearmad ar an bpointe go raibh sí neirbhíseach ag tús an lae. D'inis sí dó faoina clann, faoin gcaoi a dtáinig sí go dtí An Choill Mhór sa chéad áit, faoi Lillian, fiú faoi Emma Barry ag fáil áite ar fhoireann Chonnacht. Nuair nach raibh siad ag caint bhí siad ag gáire agus anois agus arís nuair a bhí ciúnas eatarthu, ní ciúnas míchompordach a bhí ann ar chor ar bith.

D'inis Frank di faoin gcás sa Chlochán. Bhí suim aici sa scéal agus chuir sí ceisteanna air faoin dlí agus faoin am a chaith sé i mBaile Átha Cliath. Ag breathnú siar air anois ní raibh sé riamh compordach i ndáiríre le hAoife. Bhíodh sise i gcónaí ag tabhairt amach faoi rud amháin nó rud eile agus ní raibh suim aici in aon rud seachas airgead agus éadaí. Bhí Rachel Sumner an-difriúil ar fad. Bhí rud éigin bríomhar fúithi ach ag an am céanna bhí sé soiléir gur smaoinigh sí faoi rudaí agus gur cheistigh sí cúrsaí an tsaoil. Rinne Frank iarracht gan labhairt an iomarca faoi féin ná a chuid oibre ach ba chosúil go raibh suim aici ann agus labhair sé go héasca léi. Bhí sé deacair a chreidiúint go raibh difríocht aoise eatarthu.

Shiúil siad timpeall go dtí an séipéal beag a bhí i lár coille in aice an locha. Bhí an doras faoi ghlas.

'Seo é an áit ar tháinig mé an chéad lá a bhí mé sa scoil. Ó, bhí sé go haoibhinn, bhí an solas go hálainn ag teacht isteach trí na fuinneoga daite. An gcreideann tú i nDia, a Frank?'

'Creidim i rud éigin ach níl a fhios agam go cruinn céard é féin. Ní théim ar Aifreann a thuilleadh, ach ceapaim nach bhfuil sé sin chomh tábhachtach ar chor ar bith a thuilleadh, an reiligiún foirmiúil. Agus tusa?'

'Bhuel nuair a fuair Mam bás chuir mé an milleán ar Dhia, nó cibé rud a thóg uaim í, ach anois níl a fhios agam. Bheadh sé iontach dá mbeadh rud éigin amuigh ansin nuair a gheobhaimis go léir bás ach níl mé cinnte faoi ar chor ar bith.'

'Cibé bealach a mbreathnaímse air tá sé an-tábhachtach gan am a chur amú i rith do shaoil. Tá an t-uafás daoine a chuireann a saol amú ag déanamh rudaí gan mhaith agus ag díriú a n-intinne ar mhionrudaí a bhaineann leo féin.'

'Ní dóigh liom go bhfuilimidne mar sin, an bhfuil, a Frank?'

'Tá súil agam nach bhfuil.'

Faoin seo bhí an ghrian ag scalladh go lag trí na scamaill. Shiúil siad ar ais i dtreo na scoile.

'Cén chaoi ar tháinig tú amach anseo ó Ghaillimh?'

'Thiomáin mé.'

'Ní raibh a fhios agam go raibh carr agat.'

'Ó ní liomsa é ar chor ar bith, is le Ó Laoghaire é. Tá sé féin agus Sorcha imithe go hÁrainn ar feadh an deireadh seachtaine.'

'Cé hí Sorcha?'

'Ó, bhí sise in Óstaí an Rí linn. Tá sí féin agus Ó Laoghaire ag dul amach lena chéile.'

Bhreathnaigh sí go ceisteach air.

'Agus céard fútsa, an bhfuil tusa ag dul amach le haon duine?'

'Níl. Bhuel bhí duine éigin i mBaile Átha Cliath suas go dtí cúpla mí ó shin, roimh an Samhradh, ach níl aon duine ann anois.'

'An é sin an fáth ar fhág tú Baile Átha Cliath?'

Smaoinigh sé ar feadh soicind.

'B'fhéidir ar bhealach go raibh mé ag éalú uaithi ach bhí níos mó ná ise i gceist. Bhí an ghráin agam ar an sórt saoil a bhí agam i mBaile Átha Cliath. Níor fhéad mé an Leabharlann Dlí a sheasamh a thuilleadh i ndáiríre, cheap mé go gcaithfeadh go raibh níos mó i ndán dom sa saol ná a bheith ag ól *Gin & Tonics* i gcuideachta *bimbos* agus ag triail m'ainm a chur ar phainéal árachais. Mar sin, bhí i bhfad níos mó ná ise i gceist chun mé a thabhairt go dtí an tIarthar.'

'Tá áthas orm é sin a chloisteáil.'

'Cén fáth?'

'Ó fáth ar bith, ach tá áthas orm.'

'Ar mhaith leat turas a dhéanamh sa charr?'

'Cinnte, ach caithfidh mé bheith ar ais anseo ar a trí don cheolchoirm.'

'Beimid ar ais roimh a trí.'

Bhí claí beag idir an tslí timpeall an locha agus an carrchlós. Chuaigh Frank ag dreapadóireacht thar an mballa i dtosach. Rug sé ar lámh uirthi chun cabhrú léi agus bhí greim láimhe acu ar a chéile chomh fada leis an ngluaisteán. Shuigh siad isteach sa charr.

'Ní Rolls Royce é, is eagal liom,' a dúirt Frank ag gáire.

'Is cuma liomsa, tá sé níos deise ná aon charr eile sa charrchlós, ar aghaidh linn.'

Thiomáin siad go dtí Loch Eidhneach. Ní raibh sé rófhada ón scoil agus bhí radharcanna áille le feiceáil ann. Bhí Óstán beag in aice leis an loch agus cheannaigh Frank lón don bheirt acu.

'Tá an áit seo daor,' arsa Rachel ag breathnú ar an mbiachlár.

'Is cuma faoi sin,' arsa Frank. 'Fuair mé seic ó aturnae ar an Aoine agus tá dóthain airgid agam chun íoc as.'

'Mothaím uafásach faoi seo, a Frank, ba chóir dom leath an bhille a íoc.'

'Ná bac leis sin ar chor ar bith. Is ormsa atá an béile seo agus sin sin.'

Labhair siad le chéile i rith an bhéile agus mhothaigh Frank an-ghar do Rachel. Chuir sé i gcuimhne dó féin gurbh é seo an chéad uair i ndáiríre a labhair siad lena chéile. Ní raibh mórán aithne aige uirthi ar chor ar bith. Ach ag an am céanna bhí sé ag baint taitneamh as an lá agus ba léir go raibh sise freisin.

Bhí siad ar ais sa scoil roimh a trí agus bhreathnaigh siad ar an gceolchoirm le chéile. Bhí ar Rachel ticéid a dhíol don raifil agus chomh maith leis sin bhí sí ag canadh leis an gcór ag deireadh na ceolchoirme. Shuigh siad le chéile don chuid eile den cheolchoirm agus mhothaigh Rachel go deas sábháilte le Frank ina shuí lena taobh. Ag leatham tháinig Sabine agus Lillian anall chucu agus chuir siad iad féin in aithne do Frank. Nuair a bhí siad ag dul ar ais go dtí a n-áiteanna féin chaoch siad súil ar Rachel.

'Tá siadsan go deas,' arsa Frank.

'Ó tá siad ceart go leor,' a d'fhreagair Rachel.

Leathuair an chloig nó mar sin roimh dheireadh na ceolchoirme bhí ar Rachel imeacht chun páirt a ghlacadh leis an gcór. Nuair a bhí siad críochnaithe bhí sé leathuair tar éis a cúig. Shiúil Rachel síos go dtí an carrchlós le Frank. Níor theastaigh uaidh bheith ag tiomáint abhaile ródhéanach sa dorchadas agus ar aon nós ní fhéadfadh sise bheith as láthair a thuilleadh.

'Ceapfaidh siad gur mó ná col ceathracha muid mura mbímid cúramach, a Frank,' a dúirt sí ag gáire.

'Is cuma liom céard a cheapann siad, a Rachel, bhain mise an-taitneamh as an lá inniu. Ní cuimhin liom lá chomh haoibhinn leis le fada an lá.'

'Mise freisin. Thug tú an-sonas dom inniu, a Frank. Go raibh maith agat as ucht teacht amach chun mé a fheiceáil. Is fada an t-aistear é.'

'Ná habair é. Tá mé anseo toisc go dteastaíonn uaim a bheith anseo. An bhfeicfidh mé arís thú?'

'Cinnte. Má theastaíonn uait?'

'Go maith. Scríobhfadh mé chugat i rith na seachtaine mar sin agus socróimid rud éigin. An bhfuil uimhir ghutháin agat anseo?'

'Tá, ach b'fhearr dá scríobhfá chugam. Tá an guthán poiblí sa phasáiste taobh amuigh de sheomra suí na mban rialta agus ní bhíonn mórán príobháideachais agat.'

'Slán, a Rachel.'

'Slán, a Frank.'

Bhí Frank ar tí doras an chairr a oscailt nuair a chas sé chuici go tobann, thug sé póg di ar a leiceann. Thiomáin Frank síos an ascaill agus d'eitil Rachel suas go dtí a seomra.

XI

Seachtain roimh an Nollaig bhí Rachel agus na cailíní eile sa scoil á n-ullmhú féin do na laethanta saoire. Bheadh briseadh coicíse acu agus bheidís ar ais ar scoil sa bhliain nua ar an tríú lá de mhí Eanáir. Bhí atmaisféar deas sa scoil i rith na seachtaine sin roimh na laethanta saoire.

Ag breathnú siar ar an téarma bhí sé deacair ag Rachel a chreidiúint go raibh sí beagnach ceithre mhí sa scoil faoi seo. Bhí an méid sin tarlaithe di in achar réasúnta gearr.

Chuimhnigh sí ar an gcéad lá a shroich sí an scoil. Bhí sé beartaithe aici gan taitneamh a bhaint as an áit agus beartaithe aici freisin gan socrú síos ann ach ba é a mhalairt a tharla di. Bhí cairde aici, Lillian, Scruff agus Sabine agus bhí sí ag tarraingt go maith leis na mná rialta freisin, go háirithe an tSiúr Michael. Cinnte bhí múinteoirí agus daltaí sa scoil nár thaitin léi ach den chuid is mó bhí sí sona sásta sa Choill Mhór. Ach thar aon rud eile ba é Frank an rud ba thábhachtaí a tharla di ó tháinig sí go dtí An Choill Mhór.

Ní hé go raibh siad ag dul amach lena chéile ná aon rud mar sin ... Bhuel, ní raibh sé sin fíor ach an oiread mar bhí ceangal eatarthu a bhí difriúil ó aon ghaol a bhí aici le haon duine riamh. Scríobh siad litreacha chuig a chéile dhá uair nó trí sa tseachtain agus tháinig sé amach arís chun í a fheiceáil an Satharn roimhe sin ar an mbus. Ní raibh mórán ama acu le chéile an lá sin ach ba chuma, bhí siad le chéile agus b'shin an rud ba thábhachtaí. Nuair a bhí siad le chéile labhair siad faoi gach rud agus nuair a fuair sí litir uaidh léigh sí arís agus arís eile í. Ba chairde iad ach bhí níos mó ná sin ann freisin. Bhí sé deacair é a mhíniú do dhaoine eile.

'Bhuel an bhfuil sibh ag dul amach le chéile nó nach bhfuil?' a d'fhiafraigh Lillian di oíche amháin.

'Céard is brí le "dul amach le chéile"?' a d'fhreagair Rachel. 'Scríobhaimid litreacha chuig a chéile agus mar sin de.'

'Agus mar sin de? Céard a chiallaíonn sé sin, a Rachel?'

'Agus mar sin de, sin é.'

'Sin é?'

'Sea, sin an méid.'

'Ar phóg sé thú riamh?'

'Phóg go minic, pógaimid an t-am go léir, bhuel uair amháin ar aon nós. Éist, ní mar a cheapann tú atá sé.'

'Céard is brí leis sin?'

'Tá sé difriúil, tá sé go deas agus sin é an méid atá uaimse. Caithimid a lán ama ag comhrá.'

'Ag comhrá, nach féidir leat é sin a dhéanamh liomsa?'

'Ó, a Lillian, ní thuigeann tú ar chor ar bith.'

'Tá an ceart agat ansin, a Rachel, tá an ceart agat ansin.'

Taobh amuigh den chomhrá sin níor labhair Rachel mórán le Lillian faoi Frank. Ní raibh aon mhaith ann mar níor thuig Lillian conas caidreamh a bheith aici le buachaillí ach ar a téarmaí féin agus, chomh maith leis sin, anois agus arís, cheap Rachel gur aithin sí éad i nguth Lillian cúpla uair nuair a labhair siad faoi. B'fhéidir go raibh dul amú uirthi ach cheap sí é sin uair nó dhó. Cinnte ní raibh sí féin agus Lillian ag caitheamh an méid céanna ama le chéile is a bhíodh go luath sa téarma ach níor chuir sé sin iontas ar bith ar Rachel. Fiú sula raibh sí féin tógtha suas le Frank bhí Lillian ag caitheamh níos mó agus níos mó ama léi féin. Uaireanta bhí chuile rud eatarthu mar a bhí sé i gcónaí ach cinnte bhí athrú éigin tagtha ar Lillian i rith an téarma agus ní raibh Rachel sásta an milleán a chur uirthi féin faoi sin.

Bhí Rachel an-sásta leis an gcaidreamh idir í féin agus Frank. B'fhéidir go raibh siad ag dul amach le chéile ar bhealach. Chuaigh siad amach ag siúl nuair a bhuail siad le chéile, scríobh siad litreacha chuig a chéile agus bhí siad compordach i dteannta a chéile. Ba chuma léi céard a thug aon duine mar theideal air sin, bhí sise sásta leis. Ar an dá ócáid a bhí siad le chéile thug Frank póg di ar a leiceann, níor tharla níos mó ná sin agus dar léi bhí an bheirt acu sásta leis an gcaidreamh. Ba é seo an chéad uair di buachaill speisialta a bheith aici mar chara. Cairde, sin a bhí iontu. Ní raibh aon rud cearr leis sin, an raibh? Ar aon nós bhí sí ag dul abhaile don Nollaig, agus bheadh sí sona sásta Nóirín a fheiceáil arís. Nuair a bhí sí ag labhairt léi ar an bhfón cúpla lá roimhe sin dúirt Nóirín léi go mbeadh Mr O'Connor sásta tiomáint trasna na tíre chun í a thabhairt abhaile don Nollaig. Níor chuala Rachel aon rud óna hathair le fada agus bhí sí lánsásta lena saol ag an bpointe sin. Ní raibh aon ábhar imní aici den chéad uair le fada.

Bhí Frank réasúnta gnóthach faoin am seo. Fuair sé roinnt mhaith oibre cúpla seachtain roimh an Nollaig, obair choiriúil sa Chúirt Dúiche den chuid is mó. Níor thuig sé cén fáth a raibh obair choiriúil á tabhairt dó ach mar a dúirt Raghnall leis, 'Ná cuir ceist cén fáth ach déan é agus bain airgead amach as.' Bhí an ceart aige, is dócha. Chuaigh sé amach uair amháin eile chun Rachel a fheiceáil Satharn amháin agus bhí sé i gcónaí ag scríobh chuici. Ní raibh a fhios aige céard a tharlódh eatarthu ach cibé rud a bhí acu anois bhí sé go deas, gan bhrú, agus leis an bhfírinne a insint, ba í Rachel an cara ab fhearr a bhí aige san Iarthar. Nuair nach raibh siad le chéile d'airigh sé go mór uaidh í. B'shin an méid eolais a bhí aige faoin gcaidreamh a bhí eatarthu.

An oíche ar thiomáin sé carr Uí Laoghaire ar ais go Gaillimh mhothaigh sé go mbeadh an cailín seo antábhachtach ina shaol ar bhealach éigin. Mar chara nó níos mó ná sin? Ní raibh a fhios aige fós agus chomh maith leis sin ní raibh a fhios aige céard a bhí ag teastáil uaithi ón gcaidreamh ach oiread. Ar aon nós bhí sé sona sásta leis an gcaidreamh agus lena chara nua.

Cé go raibh sé sách gnóthach sna cúirteanna seachtain nó dhó roimh an Nollaig ní raibh mórán airgid aige. Cinnte bhí a lán oibre déanta aige le déanaí ach mar is gnách bhí na haturnaetha an-mhall ar fad ag íoc as an obair sin. Bhí sé mar an gcéanna riamh, bheidís ag súil go scríobhfá litreacha dóibh láithreach baill nó go ndéanfá cás ar an lá céanna a dtabharfaidís treoir duit, ach nuair a bhí airgead i gceist bhí siad féin mall go leor. Níor theastaigh uaidh dul isteach go dtí an banc chun iasacht a fháil ach b'fhéidir nach mbeadh aon leigheas air sin anois. Bhí sé cúramach go leor lena chuid airgid ach faoi Nollaig bheadh roinnt mhaith airgid ag teastáil uaidh chun eitilt go dtí an Fhrainc. Chomh maith leis sin bheadh air an cíos a íoc ar an árasán ag tús mhí Eanáir agus dar ndóigh theastaigh uaidh bronntanas deas a cheannach do Rachel.

Fuair Frank píosa beag eile oibre le déanamh roimh sheachtain na Nollag. Ní raibh sé ag súil leis an obair seo ar chor ar bith ach maidin amháin tháinig Julia síos chuig an árasán á rá go raibh glaoch gutháin dó ina siopa. Ghléas sé é féin go sciobtha agus i gceann nóiméid nó dhó lean sé í suas an bóthar. Ba é Raghnall a bhí ann.

'A Frank, ar mhaith leat cúpla punt a shaothrú?'

'Cinnte ba mhaith, tá airgead gann faoi láthair, a Raghnaill.'

'Ceart go leor mar sin, a Frank. Fuair mé glaoch ó chomhlacht aturnaetha i mBaile Átha Cliath darb ainm Gavin Burke. Tá cás ar siúl acu san Ardchúirt ach tá siad ag iarraidh é a shocrú trí dhul i gcomhairle maidin amárach sna Ceithre Cúirteanna. Tá fadhb amháin acu agus is é sin go bhfuil bean ar Inis Meáin a bhí chun fianaise a thabhairt ach tá sí sách sean agus ní bheidh sí in ann taisteal go Baile Átha Cliath. Dá bhrí sin teastaíonn uathu a cuid fianaise a fháil ar choimisiún. An mbeifeá sásta é sin a dhéanamh?'

'Cinnte, bheadh.'

'Go maith, ach beidh ort imeacht go hÁrainn inniu. Tá eitilt ag fágáil Aerfort Indreabháin ar a haon déag. Tiocfaidh mé soir go dtí an t-árasán taobh istigh de leathuair agus tabharfaidh mé páipéir an cháis duit.'

Bhí Frank thar a bheith sásta an obair a fháil agus bhí sé sona sásta seans a fháil faoi dheireadh dul go dtí na hoileáin. Mar a dúirt sé le Raghnall cheana, ní raibh sé ar na hoileáin riamh roimhe sin.

Ba rud ait go leor é fianaise a thógáil ar choimisiún agus cé gur chuala Frank faoi sa Leabharlann Dlí ní raibh aithne aige ar aon duine ina rang in Óstaí an Rí a rinne fós é. De ghnáth bheadh fianaise ar choimisiún ag teastáil nuair a bheadh duine éigin tinn nó róshean chun taisteal chuig an gcúirt. Bhí finscéalta sa Leabharlann Dlí faoi dhaoine a chuaigh go dtí an Astráil chun fianaise a thógáil ach mar sin féin níor bhuail sé le haon duine riamh a chuaigh aon áit chomh fada leis sin chun é a dhéanamh. Dúradh leis am éigin gur iondúil go roghnaíonn an chúirt an t-abhcóide is óige a bhíonn i láthair nuair a dhéantar an t-ordú.

'Is tusa an duine is óige ar an gCuaird, a Frank,' a dúirt Raghnall nuair a thug sé na páipéir dó.

'Go raibh míle maith agat, a Raghnaill, as an obair seo a thabhairt dom.'

'Ná habair é, a Frank. Tá áthas orm lámh chúnta a thabhairt duit. Íocann na haturnaetha seo gan mhoill agus tá an fhianaise seo ag teastáil go géar uathu. Beidh abhcóidí agus aturnaetha ón dá thaobh ag dul amach ar an eitilt chéanna leat agus beidh luathscríobhaí leo freisin chun nóta cruinn a thógáil. Beidh ortsa an finné a chur faoi mhionn. An bhfuil Bíobla agat?'

'Níl. Níl ceann ar bith agam.'

'Cheap mé nach mbeadh agus thug mé ceann liom le tabhairt duit. Seo dhuit. Caithfimid imeacht nó beimid déanach don eitilt.'

Thiomáin Raghnall réasúnta tapa amach bóthar an chósta go dtí an tAerfort beag. Nuair a shroich Frank a shuíochán san eitleán ní raibh mórán ama le spáráil aige. Bhí aithne shúl aige ar na habhcóidí eile. Ba chuimhin leis ón Leabharlann Dlí iad. Léigh sé trí na páipéir fad agus a bhí siad ag eitilt agus chonaic sé gur cás mór a bhí i gceist. Bhí conspóid idir an gearánaí agus an cúisitheoir faoi úinéireacht foirgnimh i Sráid Grafton sa phríomhchathair. Bhí fianaise na mná ar Inis Meáin riachtanach don chás mar gur chónaigh sise ar urlár íochtair san fhoirgneamh sna caogaidí agus bhí an dá thaobh ag rá gur bhailigh siad an cíos uaithi agus dá bhrí sin gur comhartha dearfach é sin ó thaobh úinéireachta de.

Nuair a shroich siad an t-oileán bhí mionbhus ann chun bualadh leo agus tiomáineadh suas go dtí an t-óstán iad chun a gcuid oibre a dhéanamh. Bríd Ní Fhearraigh an t-ainm a bhí ar an tseanbhean. Bhí Garda ann a tháinig as Inis Mór don ócáid agus nuair a bhí na haturnaetha, na habhcóidí, an luathscríobhaí agus an tseanbhean imithe isteach san óstán sheas an Garda taobh amuigh den doras.

'Má bhím ag teastáil uaibh tá a fhios agaibh cá bhfuil mé,' a dúirt sé, agus é ag dúnadh an dorais.

Smaoinigh Frank nach raibh aon ghá i ndáiríre go mbeadh Garda ansin ar chor ar bith. Ar cheap sé go raibh contúirt éigin i ndán don tseanbhean nó céard? Ar aon nós, is dócha nach ndéanfadh sé aon dochar é a bheith ansin.

Chuir Frank an tseanbhean faoi mhionn agus thug sise a cuid fianaise. Níor cheap sé go mbeadh mórán trioblóide aige léi agus leis an bhfírinne a rá ní raibh, go dtí go raibh sé soiléir cén fhianaise a bhí le tabhairt aici. Ar an bpointe thosaigh an t-abhcóide ar an taobh eile ag argóint agus ag gearán faoin gcaoi ina raibh siad ag tógáil na fianaise. Chroscheistigh sé an luathscríobhaí fiú agus d'éiligh sé a cuid nótaí a fheiceáil. Bhí sé truamhéalach éisteacht leis an abhcóide sin. Ar aon nós chríochnaigh siad tar éis dhá uair an chloig.

Nuair a bhí siad ag fágáil an tí ósta bhí roinnt mhaith daoine bailithe taobh amuigh den doras tosaigh. Cheap Frank go raibh siad fiosrach faoina raibh ar siúl ag na strainséirí seo ach níorbh é sin ar chor ar bith é.

'Tá siad ag fanacht go n-osclóidh an teach ósta,' a dúirt an Garda leis. 'Fuair siad an *dole* inniu.'

Smaoinigh Frank go mba thrua é nach raibh mórán fostaíochta ar an oileán do na daoine a rugadh agus a tógadh ansin. Ag breathnú siar air ní raibh sé in ann cuimhneamh ar aon bholscaireacht turasóireachta d'Inis Meáin a fheiceáil i nGaillimh riamh. Bhí an bhéim go léir ar Inis Mór agus ar Inis Oírr agus ba chosúil go raibh dearmad glan déanta ag chuile dhuine ar an oileán sa lár. Nach anseo a bhí Cathaoir Synge agus Dún Chonchúir agus a leithéidí? Chomh maith leis sin, nárbh é seo an áit ar chónaigh scríbhneoir cáiliúil eile cúpla bliain ó shin? B'fhéidir go raibh an Standúnach imithe as an áit le déanaí ach bhí oidhreacht shaibhir litríochta fágtha ina dhiaidh aige. Bhí sé ina sheasamh i lár chontae Mhaigh Eo ach bheadh sé ar ais. Ba chóir go mbeadh náire an domhain ar cibé dream a raibh cumhacht acu rud éigin a dhéanamh don oileán seo agus nár bhain úsáid as an gcumhacht sin.

Nuair a tháinig siad chun talún in Aerfort Indreabháin ar an aistear ar ais bhí sé beagnach a trí a chlog. Fuair Frank síob ar ais go dtí Bóthar na Trá leis an aturnae ó oifig

Gavin Burke agus ghabh sé buíochas léi as ucht an obair a thabhairt dó.

'Bhuel, bhí duine éigin ag teastáil go géar uainn agus rinne tú an jab go maith. Go raibh míle maith agat féin. Anois sula ndéanfaidh mé dearmad air tá seic agam anseo duit. An bhfuil tú sásta go leor leis an ngnáthráta?' arsa an t-aturnae.

'Ó tá. Tá sé sin ar fheabhas,' a d'fhreagair Frank.

Ní raibh a fhios aige ar chor ar bith cé mhéad a bhí i gceist leis an 'ngnáthráta'. Thug sise clúdach litreach dó nuair a stop sí an carr ag bun Bhóthar na Mine chun é a ligean amach.

Nuair a shroich Frank an t-árasán chaith sé a chóta ar dhroim cathaoireach agus strac sé an clúdach litreach chun é a oscailt. Bhí air a shúile a chuimilt agus bhreathnaigh sé ar an seic ar feadh cúpla nóiméad sular thuig sé i gceart cé mhéad a bhí íoctha leis as a chuid seirbhísí mar choimisinéir fianaise, seacht gcéad punt!! Chroith sé an seic san aer agus sheas sé os comhair an scátháin ag breathnú air féin, ag caochadh súile air féin agus ag rá arís agus arís eile mar amhrán beag dó féin, 'Is abhcóide mé, is abhcóide mé, is abhcóide mé.'

An tráthnóna sin chuaigh sé isteach go dtí an chathair agus cheannaigh sé an ticéad fillte don turas go Páras le haghaidh na Nollag. Bhí sé thar a bheith sásta leis féin mar bheadh dóthain airgid aige anois chun Nollaig mhaith a chaitheamh. Bheadh sé ag fágáil Aerfort Bhaile Átha Cliath oíche Dé Sathairn agus bheadh sé lena mhuintir i bPáras Oíche Nollag. Bheadh sé ansin ar feadh beagnach seachtaine agus bheadh sé ar ais in Éirinn Oíche Chinn Bhliana in am chun an bhliain nua a cheiliúradh i dteach Uí Laoghaire. D'iarr sé ar Rachel bualadh leis i mBaile Átha Cliath an oíche sin ach dúirt sise leis go mbeadh a huncail Oisín ag teacht go Baile an Mhuilinn an oíche sin agus go mbeadh sí ag fanacht sa bhaile leis siúd agus le Nóirín. Thug sise cuireadh do Frank teacht go dtí Baile an

Mhuilinn Lá Coille agus d'aontaigh siad bualadh le chéile an lá sin. Ní raibh a fhios ag Rachel céard a cheapfadh Nóirín, ach níor cheap sí go mbeadh aon fhadhb mhór aici leis an réiteach sin.

Ar maidin Dé hAoine, an lá sula raibh Frank le heitilt go dtí an Fhrainc, bhí an scoil ag dúnadh do na laethanta saoire. Tháinig Mr O'Connor go dtí An Choill Mhór chun Rachel a thiomáint abhaile. Bhí an-áthas ar Rachel é a fheiceáil arís. Chuaigh sé suas léi go dtí a seomra agus d'iompair sé a cás síos staighre go dtí an carr di. Nuair a bhí beagnach chuile phíosa dá cuid bagáiste sa charr d'imigh Rachel suas staighre go dtí an seomra uair amháin eile.

'Ní bheidh mé i bhfad, Mr O'Connor, teastaíonn uaim a chinntiú nár fhág mé aon rud i mo dhiaidh.'

'Ceart go leor, a Rachel, níl aon deifir orainn.'

Sa phasáiste taobh amuigh den seomra bhí cailíní agus tuismitheoirí ar fud na háite ag iompar maidí haca, cásanna agus málaí de chuile shórt. Nuair a shroich sí an seomra bhí Lillian ann. Bhí a droim léi agus bhí sí ag breathnú amach an fhuinneog. Ba chosúil nár chuala sí Rachel ag teacht isteach. Labhair Rachel.

'*Hello*, a strainséir, cá raibh tusa ar maidin? Cheap mé nach raibh mé chun seans a fháil slán a rá leat.'

Chas Lillian timpeall, labhair sí i nguth tuirseach.

'Ó, bhí mé thart, anseo agus ansiúd, ag smaoineamh.'

'Ag smaoineamh? Céard faoi?'

'Faoi gach rud agus faoi thada.'

Bhí imní ar Rachel faoina cara. Ba léir di go raibh rud éigin ag cur as di.

'An bhfuil tú ceart go leor, a Lillian? An bhfuil rud éigin cearr? An féidir liomsa aon rud a dhéanamh duit?'

Bhreathnaigh Lillian uirthi go cneasta.

'Ní féidir. Ní féidir leat aon rud a dhéanamh faoi. Beidh mé ceart go leor, a Rachel. I ndáiríre beidh.'

'Éist,' arsa Rachel, 'tá a fhios agam nár chaitheamar mórán ama le chéile le déanaí. Tá an bheirt againn ag imeacht inár dtreo féin le mí anuas nó mar sin, ach mar sin féin tá a fhios agat gur cairde muid, agus má theastaíonn uait labhairt faoi aon rud, am ar bith, tá mé anseo duit, tá a fhios agat faoi sin nach bhfuil?'

Cheap Rachel go raibh Lillian ar tí caoineadh. Shiúil sí sall chuici agus rug sí barróg dhaingean uirthi. Nuair a scar siad óna chéile labhair Lillian.

'Go raibh míle maith agat, a Rachel, is tú an cara is fearr atá agam sa scoil seo, tá a fhios agat sin. Beidh mé ceart go leor. Éist, imigh nó caillfidh tú do shíob abhaile. Feicfidh mé sa bhliain nua thú.'

Níor theastaigh ó Rachel í a fhágáil ach ón méid eolais a bhí aici faoin gcailín eile ní bheadh Lillian sásta cibé rud a bhí mícheart nó ag déanamh buartha di a roinnt léi. Choinnigh Lillian a cuid smaointe chuici féin formhór an ama. Má theastaigh uaithi labhairt faoi rud éigin a bhí ag cur isteach uirthi dhéanfadh Lillian é ina ham féin agus ina bealach féin. 'Tá m'uimhir ghutháin agat nach bhfuil?'

'Tá.'

'Bhuel ná bíodh aon fhaitíos ort é a úsáid, *ok?*'

'Ceart go leor.'

'Nollaig shona.'

'Nollaig shona.'

Nuair a bhí siad ag tiomáint síos an ascaill ón scoil cheap Rachel go bhfaca sí Lillian ag croitheadh a láimhe uirthi amach as an bhfuinneog. Mhothaigh sí níos fearr fúithi.

Bhí aistear deas réidh acu trasna na tíre. Stop siad ar an mbealach agus bhí lón acu i mbialann óstáin. Chuir an t-óstán i gcuimhne do Rachel rudaí a tharla cothrom an lae, sé mhí roimhe sin, nuair a bhí cruinniú aici féin agus ag a huncail Oisín le hathair Rachel. B'ait an focal é sin, 'athair'. Níor smaoinigh sí faoi le tamall fada anois agus ar bhealach mhothaigh sí gurbh fhéidir gur brionglóid a bhí sa samhradh sin go léir. Rith na heachtraí go léir le chéile agus í ag breathnú siar orthu anois, bás a máthar agus an tsochraid, an t-achrann idir í féin agus a hathair, an turas trasna na tíre ar an traein. Rinne sí gáire léi féin nuair a chuimhnigh sí ar an gcéad uair a chonaic sí Frank, é ina chodladh agus an leabhar sin le McGahern oscailte ar an mbord os a chomhair.

'Tá athrú mór tagtha ort, a Rachel,' a dúirt Mr O'Connor.

'Cén fáth a gceapann tú é sin?'

'Ó, mionrudaí, tá sé chomh fada sin ó chuala mé thú ag gáire.'

'Ó bhuel sin é an chaoi.'

'Taitníonn an scoil leat mar sin?'

'Cinnte, tá roinnt mhaith cairde agam ann agus tá na múinteoirí agus na mná rialta go deas den chuid is mó.'

'Ó, sea, d'inis Nóirín dom gur dhúirt tú léi i gceann de do litreacha go raibh tú cairdiúil le bean rialta amháin go háirithe.'

'Sea, tá bean amháin acu, an tSiúr Michael, agus tá mé réasúnta cairdiúil léi. Tá sise ceart go leor.'

'Beidh an-áthas ar Nóirín tú a fheiceáil arís, a Rachel.'

'Tá a fhios agam, d'airigh mise uaim go mór í freisin.'

'Bhuel, beidh coicís nó mar sin agaibh le chéile anois.'

'Sea, beidh sé go maith bheith sa bhaile arís. Beidh sé go deas.'

Bhí siad ag tiomáint trí Phort Laoise nuair a thosaigh sé ag stealladh báistí. Bhí soilse an phríosúin briste suas leis an mbáisteach agus bhreathnaigh sé cosúil le seanscannán dubh agus bán do Rachel. Ó, nach raibh an bháisteach go hálainn!

XII

Bhí Nóirín ina seasamh taobh amuigh den doras tosaigh nuair a shroich siad an teach i mBaile an Mhuilinn. Dar le Rachel bhí Nóirín san áit chéanna anois is a bhí sí nuair a d'fhág sí trí mhí go leith ó shin ar a bealach go dtí an stáisiún traenach. Bhí an dorchadas ag titim ach bhí an solas os cionn an dorais ar lasadh. Nuair a tháinig Rachel as an gcarr rug Nóirín barróg uirthi agus thug sí póg di ar a leiceann. Bhí an bhean ar tí caoineadh le háthas.

'Ó, a Rachel, a Rachel, tá an-áthas orm tú a fheiceáil. Tá tú ag breathnú go maith ach tá tú chomh tanaí. Cén sórt bia atá acu sa scoil sin ar chor ar bith? An bhfuil tú ag ithe do dhóthain?'

'Tá mé. Tá an bia ceart go leor agus níl an scoil féin go dona ach an oiread. Tá an-áthas orm bheith sa bhaile Tá an-áthas orm go mbeimid le chéile arís don Nollaig, a Nóirín. Cén chaoi a bhfuil ag éirí leatsa, a Nóirín?'

'Mise? Tá mise ar fheabhas agus tá mé níos fearr ná sin anois mar go bhfuil tusa anseo.'

Fad is a bhí siad ag caint le chéile bhí málaí agus cás Rachel fágtha isteach sa halla ag Mr O'Connor.

'Éist, caithfidh mise imeacht anois, beidh Anne ag fanacht liom.'

'Nach mbeidh cupán tae nó rud éigin agat sula n-imíonn tú?' a dúirt Nóirín.

'Ní bheidh, go raibh maith agat, mar beidh an dinnéar réidh sa bhaile dom.'

'Go raibh míle maith agat as an tsíob abhaile, bhí sé i bhfad as do bhealach agus ...'

'Ná habair é, a Rachel. Ní raibh mórán eile ar siúl agam agus thaitin an turas go mór liom. Tá súil agam go bhfeicfimid thú i rith na laethanta saoire. Ar aon nós inis dom cén lá a mbeidh tú ag filleadh agus tabharfaidh mé isteach chuig an traein thú.'

Nuair a bhí Mr O'Connor imithe chuaigh an bheirt isteach sa chistin. Bhí Rachel in ann boladh deas cócaireachta a fháil. Bhí béile breá mór réitithe ag Nóirín di. Thóg Nóirín an casaról as an oigheann agus shuigh an bheirt acu síos ag an mbord sa chistin. Bhí ocras ar Rachel agus d'ith sí dhá thrian de. Níor labhair ceachtar acu mórán i rith an bhéile. Ní raibh aon ghá faic a rá i ndáiríre mar bhí a fhios ag an mbeirt acu beagnach ar an bpointe nach raibh aon rud athraithe eatarthu cé nach bhfaca siad a chéile le cúpla mí anuas.

Tar éis an bhéile réitigh Nóirín pota mór caife dóibh agus chuaigh siad isteach sa seomra suí. D'iompair Rachel na cupáin agus an pota caife isteach léi ar thráidire mór adhmaid. Shuigh siad síos taobh le chéile ar an tolg. Shocraigh siad síos agus dhoirt Rachel amach an caife dóibh.

'Anois,' arsa Nóirín, 'inis dom gach rud.'

D'fhan siad sa seomra suí go dtí a dó a chlog ar maidin ag comhrá le chéile agus níor thug siad faoi deara an t-am ag sleamhnú thart. D'inis Rachel scéal an téarma go léir do Nóirín. D'inis sí di faoi Lillian agus faoi na múinteoirí, faoin tsiúlóid a rinne sí leis na cailíní eile suas go dtí barr an chnoic taobh thiar den scoil. Labhair siad le chéile faoin turas go dtí an Clochán. Thosaigh Nóirín ag gáire nuair a d'inis Rachel di faoin tSiúr Joss agus an chaoi nach raibh sí in ann smacht a choinneáil orthu sa bhus. D'inis Rachel di freisin faoi Frank Farrell, an chaoi ar bhuail siad le chéile ar an traein, an *saga* faoin dialann agus an lá ar chas siad ar a chéile arís sa Chlochán, agus faoi dheireadh faoin Domhnach sin a chaith siad le chéile.

'Ó, a Nóirín, tá sé dathúil, greannmhar, agus scríobhann sé litreacha iontacha agus bímid an-sásta nuair a bhímid le chéile. Céard a cheapann tú faoi seo go léir, a Nóirín?'

'Bhuel, a stór, ón méid atá ráite agat faoi is cosúil gur fear deas amach is amach é ach ba mhaith liom bualadh leis chun mo bhreithiúnas féin a dhéanamh air.'

'Ó, a Nóirín, an bhfuil tú dáiríre faoi sin?'

'Cinnte tá, cén fáth?'

'Bhuel thug mé cuireadh dó teacht anseo chun bualadh leatsa agus le hOisín.'

'Bhuel, ní fheicim aon fhadhb leis sin.'

'Ó, a Nóirín, is réalta cheart thú.'

Smaoinigh Rachel ar feadh soicind agus labhair sí arís.

'Ó, rud amháin eile, níor inis mé é seo duit, ach tá Frank fiche a ceathair bliain d'aois.'

'Is cuma cén aois é, a Rachel, má tá sibh sásta le chéile agus má chaitheann sé go maith leat, tá sé sin i bhfad níos tábhachtaí ná aon difríocht aoise i mo thuairimse.'

Labhair siad faoi Ailbhe Sumner freisin an oíche sin. Ba é seo an chéad Nollaig acu sa teach gan í. Chuimhnigh Rachel ar lá na sochraide. Shuigh sí sa seomra céanna seo an lá sin ag fanacht leis an gcarr a bhí chun iad a thabhairt go dtí an séipéal ach ní raibh an oiread céanna bróin sa teach anois. Cinnte bhí folús sa teach dá huireasa ach bhí sí féin agus Nóirín ag fáil an lámh in uachtar air sin anois. Bhí a fhios acu go raibh spiorad Ailbhe fós ina measc agus nach raibh sí ag fulaingt a thuilleadh.

Níor labhair siad faoi athair Rachel ar chor ar bith an oíche sin, ach Oíche Nollag nuair a bhí an bheirt acu ag cur na soilse ar an gcrann sa halla rinne Nóirín tagairt dó.

'Fuaireamar cárta Nollag ó d'athair cúpla lá ó shin.'

'Ó, an bhfuair?' a dúirt Rachel go neamhchlaonta.

'Fuair, is cárta deas freisin. Is cosúil go bhfuil sé imithe chuig na Stáit Aontaithe mar tá postmharc Nua-Eabhrac air. Tá seoladh scríofa taobh istigh den chárta agus uimhir ghutháin chomh maith. Ar inis sé aon rud duit faoi imeacht go Meiriceá, a Rachel?'

'Níor inis, ach leis an bhfírinne a insint níor chuala mé tada uaidh le beagnach dhá mhí anois.'

'Ach scríobh tú chuige i rith an téarma, nár scríobh?'

'Níor scríobh, tar éis míosa nó mar sin sa scoil níor oscail mé fiú na litreacha a scríobh seisean chugam.'

'Ó, a Rachel, cén fáth nár scríobh tú chuige? Cheap mé gur thaitin An Choill Mhór leat.'

'Sea, taitníonn, go mór, ach ní hionann é sin agus a rá go n-aontaím leis an ngortú a rinne sé ar Mham agus ar an gclann go léir. Níor inis mé duit nuair a tharla sé ach rinne sé bagairt an samhradh seo caite go ndíolfadh sé an teach seo mura mbeinnse sásta filleadh ar Shasana leis nó dul ar scoil chónaithe. Sin é an sórt duine é, a Nóirín.'

'Is cuma céard a rinne sé san am atá caite, a Rachel, is é d'athair é agus ar bhealach amháin is eisean an t-aon cheangal le do mháthair atá fágtha anois.'

'Ní chreidim go bhfuil tú fós ag labhairt mar seo faoi, a Nóirín. Nach dtuigeann tú nach dteastaíonn uaim é a fheiceáil go deo arís. Ceart go leor taitníonn an scoil liom ach is timpiste é sin níos mó ná aon rud eile. Chuir sé ansin mé sa chéad áit chun muidne a scaradh óna chéile, nach dtuigeann tú é sin?'

'Tuigim go maith é, a stór, ach nuair atá tú chomh haosta liomsa breathnaíonn tú ar dhaoine ar bhealach eile ar fad. Ní dhéanann sé aon mhaitheas duit féin an t-olc a choimeád istigh do dhuine. Cinnte rinne d'athair dochar do do mháthair, agus duitse, ach cén mhaith é gráin a bheith agat air? Cuimhnigh ar a bhfuil mé a rá leat, a Rachel, mura ndéanann tusa síocháin le d'athair beidh sé deacair duit síocháin a dhéanamh leat féin.'

'Tá síocháin déanta agam liom féin, a Nóirín, tá mé sásta leis an domhan agus le mo shaol uilig anois.'

'Cuimhnigh ar an méid atá ráite agam, a Rachel, sin an méid atá uaim. Ní theastaíonn uaim a bheith ag argóint leat ar chor ar bith, níl ach coicís againn le chéile i rith na Nollag.'

'Ceart go leor, a Nóirín.'

'Ceart go leor mar sin, faigh cathaoir ón gcistin agus is féidir leat an réalta a chur ar bharr an chrainn.'

Lá Nollag bhí cuireadh ag Nóirín agus Rachel go teach na O'Connors chun dinnéar na Nollag a ithe leo. Thuig na O'Connors go maith go mbeadh an chéad Nollaig gan Ailbhe sa teach deacair do Rachel agus do Nóirín. Ba chomharsana iontacha iad na O'Connors. Thug siad aire an-mhaith do Nóirín fad is a bhí Rachel ag freastal ar scoil. Chuile Dhomhnach bhí sí ina dteach don lón. Chabhraigh siad léi freisin a cuid siopadóireachta a dhéanamh sa Droichead Nua chuile sheachtain. Bhí béile traidisiúnta iontach acu. Chaith siad an lá go léir ag comhrá agus ag gáire le chéile agus thug siad bronntanais don bheirt acu. Fuair Rachel péire álainn fáinní órga cluas agus fuair Nóirín clog beag criostail i gcruth duilleoige.

'Ó, tá siad seo go hálainn,' a dúirt Rachel.

'Go raibh míle maith agaibh,' arsa Nóirín.

'Go raibh míle maith agaibh féin,' arsa Anne O'Connor. 'Thaitin na bronntanais a thug sibhse dúinne go mór linn.'

Bhí lampa deas ceannaithe ag Nóirín dóibh agus thug sí dóibh é cúpla lá roimhe sin.

Nuair a d'fhág siad teach na O'Connors an oíche sin shiúil an bheirt acu ar ais go dtí an teach. Chuireadar lámha faoi ascaillí a chéile agus chan siad *White Christmas* le chéile fad is a bhí siad ag siúl. Chonaic siad coinneal ag lasadh i bhfuinneoga tithe áirithe agus na soilse Nollag ar chrainn i mbeagnach gach teach ar an mbóthar. Nuair a bhí an t-amhrán críochnaithe acu bhí ciúnas eatarthu ar feadh tamaill. Ansin labhair Rachel:

'Ó, a Nóirín, nach bhfuil na soilse go hálainn?'

'Tá, a stór, tá siad iontach álainn ar fad.'

'An cuimhin leat Lá Nollag anuraidh?'

'Is cuimhin liom go maith é. Bhí do mháthair, go ndéana Dia grásta uirthi, anseo linn agus ní raibh a fhios againn gurbh é sin an Nollaig dheireanach a bheadh aici ar an saol seo.'

'Ach beidh go leor Nollaigí eile againn le chéile, nach mbeidh, a Nóirín?'

'Cinnte, beidh, a stór. Cinnte, beidh.'

Nuair a shroich siad an teach is ar éigean a bhí an eochair curtha sa ghlas ag Nóirín nuair a chuala siad an teileafón ag glaoch.

'Cé a bheadh ag glaoch orainn chomh déanach seo?' a dúirt Nóirín agus í á fhreagairt.

'Duine éigin duitse, a Rachel.'

Thug sí an fón di. Cheap Rachel gurbh fhéidir gur Frank a bhí ann.

'*Hello?*'

'A Rachel, an tusa atá ann?'

Guth cailín a bhí ann.

'Sea, is mise atá ann. Cé atá ansin, Lillian, an ea?'

'Sea, tá brón orm bheith ag glaoch ort chomh déanach seo Lá Nollag ach bhí orm labhairt le duine éigin.'

'Ná bac leis an am, a Lillian, céard atá cearr?'

Bhí ciúnas ar feadh cúpla nóiméad ar an líne. Ansin labhair Lillian arís go mall agus d'aithin Rachel óna guth go raibh sí ag caoineadh.

'Tá, tá ...'

'Sea, céard é, a Lillian?' a dúirt Rachel go cneasta, 'inis domsa é.'

'Tá, tá mé ag ... tá mé ag iompar.' Bhí guth Lillian ag crith. Ní raibh Rachel cinnte ar chuala sí i gceart í.

'Ag iompar, an bhfuil tú cinnte?'

'Bhuel tá mo *period* déanach.'

'Cé chomh déanach?'

'Coicís.'

Smaoinigh Rachel ar feadh nóiméid.

'Éist, a Lillian, b'fhéidir go bhfuil dul amú ort, tarlaíonn sé seo an t-am go léir do chailíní agus bíonn fáth eile ann.'

'Níl, tá mé cinnte, a Rachel.'

'Agus cén chaoi? cé hé ...?'

'Malachai, cé eile.'

'An ndeachaigh tú chuig dochtúir?'

'Ní féidir liom anseo, tá an áit chomh beag sin. Faoin am seo bhí Lillian ag caoineadh arís. Ní raibh a fhios ag Rachel céard ba chóir di a rá lena cara.

'Do thuismitheoirí, ar labhair tú leo?'

'An bhfuil tú as do mheabhair, a Rachel? Ní féidir liom labhairt leo faoi rud mar seo.'

'Bhuel, caithfidh tú rud éigin a dhéanamh. Ní féidir leat déileáil i d'aonar leis seo. Is féidir liomsa dul ar cuairt chugat, amárach fiú. Is féidir liom an traein a fháil.'

'*No, no*, a Rachel, ní féidir leatsa aon rud a dhéanamh dom, ach theastaigh uaim labhairt le duine éigin, tá brón orm faoi ghlaoch a chur ort chomh déanach seo.'

'Is cuma, a Lillian, mar a dúirt mé leat is cairde muid, am ar bith is cuma, tá mé anseo. Ar mhaith leatsa teacht anseo go dtí Baile an Mhuilinn? Tá dóthain spáis anseo.'

'*No, no*, éist! Caithfidh mé imeacht anois, cloisim carr m'athar san ascaill. Caithfidh tú d'fhocal a thabhairt dom nach labhróidh tú le haon duine faoi seo.'

'Tá a fhios agat nach bhfuil mé mar sin. Ná bíodh aon imní ort faoi sin, a Lillian. Cuirfidh mé glaoch ort amárach.'

'Ó, ná déan é sin.' D'éirigh guth Lillian an-chiúin mar a bheadh sí ag cogarnaíl. 'Cuirfidh mise glaoch ortsa i gceann lá nó dhó. Caithfidh mé imeacht. *Bye*.'

'Clic' tobann agus ansin bhí Lillian imithe.

Shuigh Rachel léi féin sa halla in aice leis an bhfón ar feadh tamaill ag smaoineamh di féin. Ní haon ionadh anois é go raibh Lillian chomh haisteach le déanaí. Caithfidh go raibh imní an domhain uirthi le cúpla seachtain anuas. Bhuel ní mórán a bhí sise féin in ann a dhéanamh di. Ar aon nós b'fhéidir go raibh míniú eile ar an scéal. Ní raibh a fhios aici fós go dearfach go raibh sí ag iompar. B'fhéidir go mbeadh chuile rud ceart go leor. Ar aon nós chloisfeadh sí uaithi arís i gceann cúpla lá nó mar sin. B'fhéidir go mbeadh an scéal ní b'fhearr faoi sin. Thuig sí anois cén fáth a raibh Lillian chomh buartha sin ar an lá a fuair siad na laethanta saoire.

'Cé a bhí ar an bhfón?' Labhair Nóirín ón gcistin.

'Ó Lillian Moore, an cailín atá sa seomra céanna liom sa Choill Mhór.'

'Tá sé an-déanach san oíche le bheith ag glaoch, an bhfuil gach rud ceart go leor?'

'Ó tá, ní raibh sí ach ag glaoch chun Nollaig shona a rá.'

'Ó, tá sé sin go deas. Éist, tá sé in am dúinne dul a chodladh nó ní bheimid in ann mórán a dhéanamh amárach.'

'Ceart go leor, feicfidh mé ar maidin thú.'

Thug Nóirín póg di nuair a bhí sí ag bun an staighre ar a bealach suas go dtí a seomra. Nuair a bhí Rachel ina seomra féin bhreathnaigh sí amach tríd an bhfuinneog nuair a bhí sí ag dúnadh na gcuirtíní. Chonaic sí an crochtín ag luascadh go bog sa ghaoth agus chuir sé i gcuimhne di lá faoi leith blianta ó shin nuair a chonaic sí a tuismitheoirí sa ghairdín ag gáire agus ag baint taitneamh as comhluadar a chéile. D'fhan sí ansin ar feadh tamaill ag smaoineamh di féin roimh dhul a chodladh.

Tráthnóna Lá Fhéile Stiofáin chuaigh siad go dtí an reilig chun bláthanna a chur ar uaigh Ailbhe. Bhí an ghrian ag taitneamh agus sheas siad ansin le chéile ar feadh tamaill. Thosaigh Rachel ag rá an 'Ár nAthair' di féin fad is a bhí siad taobh leis an uaigh. Chuir sé iontas uirthi í féin a chloisteáil ag rá paidir mar seo ach mar sin féin níor stop sí. Ba é seo an chéad uair ón am a fuair a máthair bás go ndúirt sí paidir de shaghas ar bith.

Chaith Rachel cuid mhaith ama i rith na laethanta sin ag siúl thart faoin áit, léi féin den chuid is mó, ach anois agus arís bhí Nóirín in éineacht léi. B'aoibhinn léi Contae Chill Dara ag an am seo den bhliain. Bhí na crainn nocht agus lom agus an t-aer, úr agus fuar, ina haghaidh agus í ag siúl. Anois, ag teacht ar ais go Baile an Mhuilinn tar éis bheith as an áit ar feadh tamaill bhí chuile rud nua arís di. Bheannaigh na daoine sa sráidbhaile di nuair a chas sí orthu ach ní raibh aithne ar bith acu uirthi i ndáiríre. Leis an bhfírinne a rá ní raibh ach aithne shúl ag Rachel ar na daoine céanna a bheannaigh di. Cé gur fhás sí suas anseo níor mhothaigh sí go mba é a háit féin é. Bhí sí cosúil le turasóir ann ar bhealach. Cinnte b'as an áit seo í agus thaitin an áit seo go mór léi, ach níor chuid den áit í, b'shin an difríocht. Smaoinigh sí go minic ar an gCoill Mhór agus ar an saol a bhí aici ansin. Ní raibh mórán di anseo, seachas Nóirín agus a cuimhní. Ní hé go gcaillfeadh sí a ceangal le Baile an Mhuilinn choíche ach ní raibh sí in ann í féin a fheiceáil ina cónaí anseo go deireadh a saoil, cosúil lena máthair.

Bhí roinnt staidéir le déanamh aici i rith na laethanta saoire, go háirithe aiste Bhéarla do Mr Egan. Bhí sé ag iarraidh múineadh dóibh conas aiste a scríobh don Ardteist. Chuir sé an-bhéim ar na haistí ina rang agus dúirt sé leo go minic gurbh é sin an chuid ba thábhachtaí den scrúdú Béarla ar fad. Bhí rialacha aige le haistí a scríobh agus bhí ar chuile dhuine sa rang úsáid a bhaint as na rialacha sin chun aiste a scríobh i rith na laethanta saoire. Chomh maith leis sin bhí ar Rachel tosú ag smaoineamh faoi céard a dhéanfadh sí an bhliain dár gcionn. Ní raibh mórán smaoinimh déanta aici air sin ar chor ar bith. Labhair sí le hOisín nuair a tháinig sé ar cuairt chucu Oíche Chinn Bhliana. Bhí siad ina suí sa seomra suí.

'Bhuel, braitheann sé sin ort féin, cuid mhaith, a Rachel, céard ba mhaith leat a dhéanamh.'

'Níl a fhios agam ar chor ar bith.'

'Tá sé chomh maith duit bheith ag smaoineamh air anois mar beidh ort na foirmeacha iarratais a líonadh go luath sa bhliain nua. An bhfuil tuairim dá laghad agat, a Rachel?'

'Bhuel, b'fhéidir rud éigin le Béarla, taitníonn sé sin go mór liom mar ábhar.'

'Tá cúrsa maith in TCD. Deirtear go bhfuil Roinn an Bhéarla go maith ansin. Tá aithne mhaith agam ar dhuine de na léachtóirí agus d'fhéadfainn eolas a fháil uaidh faoin gcúrsa más mian leat.'

'Ó, bheadh sé sin úsáideach, a Oisín. Chomh maith leis sin tá rudaí eile a bhfuil spéis agam iontu.'

'Céard faoin Dlí?' a dúirt Nóirín ag gáire agus í ag iompar tráidire isteach chucu le caife agus brioscaí.

'Bhuel, sin rogha eile,' arsa Rachel agus í ag éirí dearg.

'Ó, sea, chuala mé faoi sin,' a dúirt Oisín. 'Cathain a bheidh seans againn bualadh leis an abhcóide seo?'

'Amárach. Thug mé cuireadh dó teacht anseo chun Lá Coille a chaitheamh linn.'

'Ó, go hiontach. Beidh mé in ann é a cheistiú faoina bhfuil ar intinn aige.'

'Ní féidir leat é sin a dhéanamh!'

Ansin thug Rachel faoi deara nach raibh a huncail ach ag magadh. Chaith sí cnap siúcra chuige.

Tháinig Frank chomh fada leis an Droichead Nua ar an Arrow agus rinne sé a bhealach go dtí Baile an Mhuilinn ar an ordóg. Bhí póit uafásach air. Bhí slua mór ag an gcóisir i dteach Uí Laoghaire agus bhí deoch nua curtha le chéile ag Ó Laoghaire chun an bhliain nua a cheiliúradh. *'Glider'* an t-ainm a thug sé air. Meascán de *Gin* agus *Cider* a bhí ann agus bhí cic an-láidir as. Bhí chuile dhuine ag ól na dí seo agus níor lig Ó Laoghaire d'aon duine teacht thar an doras tosaigh mura raibh buidéal *Gin* nó *Cider* acu. Bhí an stuif go léir measctha le chéile i mbuicéad mór plaisteach. Bhí tuismitheoirí Uí Laoghaire sa Chipir.

Ní raibh mórán deacrachta aige síob a fháil go dtí Baile an Mhuilinn. Nuair a shroich sé teach Rachel bhí áthas an domhain air í a fheiceáil arís. Rug siad barróg ar a chéile sa halla agus ansin thug sé a bronntanas Nollag di.

'Tá brón orm go bhfuil sé mall ach seo é.'

Thug sé paicéad di. D'oscail sí go tapa é. Bailiúchán de ghearrscéalta McGahern a bhí ann le clúdach crua agus é sínithe ag an údar.

'Ó, a Frank, tá sé go hálainn. Níor cheannaigh mise aon rud duitse ach seo bronntanas beag.' Chuir sí a lámha timpeall ar a mhuineál agus thug sí póg mhór ar an mbéal dó. Ansin rug sí greim láimhe air.

'Caithfidh mé tú a chur in aithne do Nóirín agus do m'uncail, Oisín.'

Lean Frank isteach sa chistin í agus bhí Nóirín agus Oisín ina seasamh i lár an tseomra.

'A Nóirín, a Oisín, seo é Frank.'

Chroith Frank lámh leo. Bhí ciúnas ar feadh nóiméid, ansin labhair Nóirín.

'Caithfidh go bhfuil ocras ort, a Frank. Beidh an dinnéar réidh i gceann leathuaire nó mar sin ach b'fhéidir go mbeadh ceapaire nó rud éigin agat anois.'

'Ní bheidh, go raibh maith agat, ach tá boladh chomh deas ón oigheann sin go ndéanfaidh sé sin dom go dtí an dinnéar féin.'

Ba léir gur chuir sé sin áthas an domhain ar Nóirín.

'Ceart go leor mar sin, b'fhéidir go mbeidh deoch bheag agat istigh sa seomra suí linn fad is a bheimid ag fanacht leis an dinnéar?'

'Go raibh míle maith agat.'

Ón nóiméad sin bhí a fhios ag Rachel gur thaitin Frank le Nóirín agus le hOisín. Bhí comhrá fada acu i rith an dinnéir faoi gach rud, ó chúrsaí polaitíochta go cúrsaí filíochta agus scríbhneoireachta. Faoi dheireadh thosaigh siad ag caint faoin Dlí agus an sórt oibre a bhí ar siúl ag Frank. D'inis Frank dóibh faoin turas a rinne sé go dtí Inis Meáin chun an fhianaise a thógáil ar choimisiún.

Tar éis an dinnéir nigh Frank na gréithe agus thriomaigh Rachel iad.

'Bhuel, céard a cheapann tú fúthu, a Frank?'

'Tá siad go deas ach níos tábhachtaí fós, céard a cheapann siadsan fúmsa?'

'Ó, tá sé soiléir go dtaitníonn tú go mór leo.'

'Bhuel, sin leath an chatha ar aon nós.'

Níos déanaí sa lá d'imir an ceathrar acu cluiche *Monopoly* sa seomra suí agus bhí an bua ag Nóirín. Ina dhiaidh sin chuaigh Frank agus Rachel ar shiúlóid agus bhí siad ar ais thart ar a cúig a chlog. Bhí ar Frank an traein go Gaillimh a fháil ó stáisiún Chill Dara an oíche sin ag a seacht mar bhí cás aige sa Chúirt Dúiche an lá ina dhiaidh sin. Dúirt Oisín go dtabharfadh sé síob dó chomh fada leis an stáisiún.

Sular fhág siad chuir Nóirín ceist ar Frank faoi uacht Ailbhe agus an scéal a chuala na O'Connors faoin bpáipéar dóite a fuair an cailín sin Aedhamar sa bhosca bruscair in oifig an dlíodóra.

'Céard a cheapann tú faoi sin, a Frank, meas tú an ndearna Ailbhe uacht agus gur dódh é chun an teach seo a choinneáil ó Rachel?'

'Tá sé deacair a rá, a Nóirín, ach ón méid eolais atá agam faoi na rudaí seo déarfainn nach bhfuil mórán seans ann gur uacht mháthair Rachel a dódh.'

'Cén fáth? Deir an cailín sin go raibh liosta agus suim airgid ar an bpáipéar agus ainm Ailbhe.'

'Bhuel is é seo mo thuairim faoi sin. Bhí a fhios ag máthair Rachel go raibh sí ag fáil bháis. B'fhéidir gur thug sí treoir don aturnae colscaradh a fháil di nó uacht a tharraingt suas go foirmiúil agus nach ndearna sé in am é. Dá mba rud é go ndearna sí uacht bheadh dhá fhinné ag teastáil agus bheadh seans maith ann go mbeadh aithne ag an mbeirt fhinné sin ar an duine a bhí ag déanamh na huachta. Bheadh sé an-deacair ar fad an t-eolas sin a choinneáil ón gclann i ndiaidh a báis. Chomh maith leis sin, mura ndúirt sí le haon duine go raibh sí tinn cheapfadh an t-aturnae nach raibh aon deifir leis.'

'Ach céard a dhóigh sé mar sin?' arsa Rachel.

'Leis an méid eolais atá againn faoi déarfainn gurbh iad na treoracha sin, chun an colscaradh a fháil nó chun uacht a tharraingt suas, a dódh. Dá mba rud é gur thosaigh sé an colscaradh a chur trí na cúirteanna bheadh sé luaite in oifig na gcúirteanna i Nás na Rí. Caithfidh nach ndearna sé rud ar bith faoi cibé treoir a thug Ailbhe dó agus b'fhéidir go raibh sé ag ligean air go raibh a lán lán oibre i gceist agus..'

'Go raibh Ailbhe ag íoc go daor as dó?' arsa Oisín.

'Go díreach. Fad agus a bhí sí beo ní dhéanfadh sé difríocht ar bith ach nuair a fuair sí bás go tobann bheadh cás maith ag Rachel in aghaidh Vinnie Óg Mulcahy toisc go bhfaigheadh athair Rachel seasca faoin gcéad nó mar sin den eastát de bharr a chuid leisciúlachta i leith colscaradh a fháil nó uacht a dhéanamh.'

'Ach céard is féidir linn a dhéanamh faoi sin?'

'Tá brón orm é seo a rá, a Nóirín, ach ní féidir libh aon rud a dhéanamh faoi i ndáiríre. B'fhéidir go mbeadh cúis dlí in aghaidh an dlíodóra agaibh ach bheadh sé an-deacair aon rud a chruthú ina choinne gan na treoracha sin. Fiú dá mbeadh cruthú ann ní dhéanfadh sé aon difríocht do roinnt an eastáit. Bheadh oraibh an t-airgead a fháil ón aturnae féin.'

'Ach gan an páipéar a dódh níl aon fhianaise againn, an bhfuil?'

'Tá brón orm é a rá ach níl.'

'Ó bhuel,' arsa Nóirín 'ar aon nós tá a fhios againn nach bhfuil aon rud is féidir linn a dhéanamh faoi.'

'Ná bíodh imní ar bith oraibh,' arsa Frank. 'Más aturnae mímhacánta é is fada an bóthar atá gan chasadh.'

Thug Oisín síob do Frank go dtí an stáisiún traenach. Tháinig Rachel leo agus thug sí póg eile dó sular scar siad. Gheall sé di go bhfeicfeadh sé í ar Dhomhnach na seachtaine a bhfillfeadh sí ar an scoil. Ar ais sa teach chuir Rachel ceist orthu céard a cheap siad faoi.

'Is fear óg deas múinte é,' arsa Nóirín.

'Tá súil agam go bhfeicfimid arís go luath é,' arsa Oisín.

'Bígí cinnte de,' a dúirt Rachel léi féin.

XIII

Bhí sé ag cur báistí an lá ar fhill Rachel ar an gCoill Mhór go luath i mí Eanáir. Cé gur imigh na laethanta saoire go tapa rinne an choicís i mBaile an Mhuilinn maitheas di. Níor chuala sí ó Lillian arís i rith na laethanta saoire agus bhí súil aici go raibh gach rud ceart go leor di. Smaoinigh sí cúpla uair ar ghlaoch gutháin a chur ar a cara, ach toisc an méid a bhí ráite ag Lillian Oíche Nollag, ní dhearna sí é sin. Thug Mr O'Connor síob di go dtí stáisiún Chill Dara agus fuair sí tacsaí amach go Conamara go dtí an scoil. Cé go raibh sé ag cur báistí bhí sí in ann an scoil a fheiceáil sa leathsholas ón droichead agus na soilse ar lasadh ar chuile urlár.

Bhí sé tar éis a hocht a chlog nuair a shroich sí a seomra. Ní raibh Lillian ar ais fós. D'fhág sí a cás agus a cuid málaí ar an urlár agus chuaigh sí síos staighre go dtí an seomra teilifíse. Ar an mbealach bhuail sí leis an tSiúr Michael.

'Ó, a Rachel, fáilte romhat ar ais. An raibh Nollaig dheas agat?'

'Bhí, bhí go deimhin. Agus tú féin?'

'Bhí mise anseo don Nollaig agus tháinig seanchara ar cuairt chugam ar feadh cúpla lá.'

'Bhuel, bhí mise sa bhaile agus bhí an Nollaig réasúnta ciúin.'

'Fáilte romhat ar ais ar aon nós.'

D'iompaigh an tSiúr ar feadh soicind agus shiúil sí sa treo eile. Ansin stop sí agus chas sí timpeall i dtreo Rachel arís.

'Ó, dála an scéil, a Rachel.'

'Sea?'

'Cén chaoi a bhfuil ag éirí le do chol ceathar?'

'Mo chol ceathar? Cén col ceathar?'

'An col ceathar a tháinig ar cuairt chugainn lá an Díolacháin Cácaí.'

'Ó, an col ceathar sin?'

'Sea. An bhfuil sé go maith?'

'Ó tá, tá sé thar cionn.'

'Is breá liom é sin a chloisteáil. Slán mar sin.'

'Slán.'

Cheap Rachel go bhfaca sí meangadh mór gáire ar an tSiúr Michael nuair a bhí sí ag casadh timpeall arís, ach ní raibh Rachel cinnte faoi.

Bhí scannán ar an teilifís agus bhreathnaigh Rachel agus Sabine air go dtí a haon déag. Bhí Lillian sa seomra roimpi nuair a chuaigh sí suas staighre agus í ina codladh cheana féin. Smaoinigh Rachel go raibh sé ait nár tháinig Lillian anuas go dtí an seomra teilifíse á lorg. B'fhéidir go raibh tuirse uirthi. Bhain Rachel a cuid rudaí as na málaí agus as an gcás go ciúin. Cé go raibh an solas ar lasadh aici ar feadh tamall maith níor dhúisigh sí Lillian ar chor ar bith.

Bhí Lillian an-chiúin ar fad an mhaidin ina dhiaidh sin. Rinne Rachel cúpla iarracht labhairt léi fad is a bhí an bheirt acu á ngléasadh féin roimh dhul síos i gcomhair an bhricfeasta ach ní bhfuair sí mórán de fhreagra uaithi. Nuair a bhí siad gléasta bhí Lillian ag fágáil an tseomra nuair a labhair Rachel léi.

'A Lillian, a Lillian, fan soicind, teastaíonn uaim labhairt leat.'

Choinnigh Lillian uirthi agus d'imigh sí léi síos an dorchla. Tharraing Rachel a geansaí uirthi go tapa agus lean sí í. Nuair a tháinig sí suas léi bhí sí ar an mbealach isteach go dtí an proinnteach. Rug Rachel greim ar mhuinchille Lillian. Chas Lillian timpeall.

'Sea? Céard atá uait?'

'A Lillian, céard atá cearr leat? Is cara liom thú, bhí imní orm fút tar éis do ghlaoch Oíche Nollag, tá cion agam ort. Cén chaoi a bhfuil ... bhuel an rud faoinar labhair tú an oíche sin ... an bhfuil tú ...?'

'An bhfuil mé ag iompar? *No*, níl.'

'*So*, bhí do *period* déanach, b'shin an méid, an ea?'

Bhí glór Lillian stadach.

'Sea, b'shin an méid. Tá mé ceart go leor anois.'

Ó, **a** Lillian, is iontach an scéal é sin. *So*, tá chuile rud ceart go leor mar sin?'

'Sea, tá. Éist a Rachel, b'fhearr liom gan labhairt faoi seo arís, ceart go leor?'

'Ceart go leor ach.'

'B'fhearr liom gan labhairt faoi seo arís, sin an méid.'

Chuaigh siad isteach sa phroinnteach agus d'ith siad a mbricfeasta. Thug Rachel faoi deara nár ith Lillian mórán ar chor ar bith agus níor dhúirt sí oiread is focal i rith an bhéile.

Tháinig cárta sa phost do Rachel cúpla lá i ndiaidh di teacht ar ais ar scoil. Ba ó Frank é agus sa nóta beag a scríobh sé taobh istigh den chárta ghabh sé buíochas léi as ucht Lá Coille. Dúirt sé freisin go bhfeicfeadh sé í tar éis lóin ar an Domhnach dár gcionn. Shínigh sé an cárta 'Le Grá, Frank.' Ba é seo an chéad uair a scríobh sé an focal 'Grá' i litir chuici. Ní raibh a fhios aici céard ba chiall leis. B'fhéidir go raibh sé i ngrá léi, cibé ciall a bhí leis sin. Níor dhóigh léi go raibh sise i ngrá leis. B'fhéidir go raibh ach, mar a dúirt sí léi féin, fiú má bhí sí i ngrá cén chaoi a n-aithneodh sí é?

Tar éis lá nó dhó bhí gach duine socraithe ar ais i ngnáthchúrsaí na scoile arís. Bhí daoine ag tosú ag caint faoin Ardteist agus Foirmeacha an CAO. Tháinig an ardmháistreás isteach go dtí an rang lá agus dúirt sí leo go mbeadh duine éigin ag teacht chun na scoile uair nó dhó sa mhí chun labhairt leo faoi shlite beatha éagsúla. Bheadh dochtúir lá amháin, innealtóir lá eile agus léachtóir ó Dhámh na nDán in UCG ina measc.

'Chomh maith leis sin,' a dúirt sí agus meangadh mór gáire uirthi, 'beidh an tSiúr Joss ag tabhairt léachta daoibh faoin saol mar bhean rialta. Is fada ó roghnaigh dalta as an gCoill Mhór a bheith ina bean rialta.'

'Bhuel, b'fhéidir go bhfuil ceangal idir sin agus an duine a thugann na léachtaí,' a dúirt duine éigin faoina hanáil ach chuala an rang go léir í agus thosaigh chuile dhuine ag gáire.

'Níl sé sin cliste ná greannmhar,' a dúirt an ardmháistreás.

'Ó, ní rabhamar ag gáire léi ar chor ar bith,' a dúirt Scruff nuair a bhí an ardmháistreás ag fágáil an tseomra ranga.

'Bhuel is breá liom é sin a chloisteáil.'

Nuair a dhún sí an doras ina diaidh phléasc chuile dhuine amach ag gáire.

'Ceart go leor, a chailíní, socraígí síos,' arsa Mr Egan. 'Anois, teastaíonn uaim na haistí a scríobh sibh i rith na laethanta saoire a bhailiú uaibh.'

Thug Rachel faoi deara go raibh chuile dhuine i bhfad níos dáiríre an téarma seo faoina gcuid staidéir. Bhí sé soiléir go raibh a fhios ag gach duine sa séú bliain nach raibh mórán ama fágtha acu sa Choill Mhór anois. Cinnte bhí sé mhí nó mar sin le dul roimh an Ardteist ach mar sin féin bhí a fhios acu go léir nach mórán ama é sin do na daoine a bhí ag iarraidh áit a fháil sa tríú leibhéal. Bhí laghdú mór ar an bpleidhcíocht sna ranganna agus dhírigh chuile dhuine a n-intinn ar an obair a bhí idir chamáin acu.

Bhí Lillian athraithe go mór tar éis di teacht ar ais ar scoil. Ní raibh Rachel in ann é a thuiscint ar chor ar bith. Má bhí gach rud ceart go leor cén fáth a raibh sí ag dul ar aghaidh mar seo? Bhí sé beagnach dodhéanta labhairt léi. D'fhan sí i leataobh léi féin agus chaith sí an chuid is mó dá ham saor léi féin ag siúl timpeall fhearann na scoile. Bhí an-imní ar Rachel faoina cara ach ba chosúil nach raibh sí in ann tada a dhéanamh faoi. Aon uair a rinne sí iarracht labhairt léi ní bhfuair sí freagra ar bith. Chomh maith le Rachel thug na cailíní eile, Scruff, Sabine agus Elsa, an rud céanna faoi deara agus choinnigh Lillian iadsan amach uaithi chomh maith. Tráthnóna amháin bhí Rachel ina suí sa phroinnteach ag am tae le Scruff agus Sabine nuair a tháinig Lillian isteach. Thóg sí tráidire agus d'iompair sí go bord eile léi féin é. Níor bhreathnaigh sí fiú i dtreo na gcailíní agus bhí sí cosúil le duine a bhí i saol dá cuid féin, i bhfad óna cairde agus ón saol a bhí ar siúl ar gach taobh di.

'Caithfimid rud éigin a dhéanamh faoi seo,' arsa Scruff.

'Ach céard?' a dúirt Sabine.

'A Rachel, tá tusa sa seomra céanna léi, nach féidir leatsa labhairt léi?'

'Éist, a Sabine, rinne mé iarracht labhairt léi go minic ó thángamar ar ais tar éis na Nollag, agus tá sé soiléir nach dteastaíonn uaithi labhairt liom, ná le haon duine eile.'

'Tá a fhios againn sin, ach caithfidh duine éigin rud éigin a dhéanamh,' arsa Scruff.

'Mura dteastaíonn uaithi labhairt linn, is é sin a rogha féin. Sin a deirimse fúithi,' arsa Elsa ag suí síos in aice leo.

'Bhuel b'fhéidir go bhfuil an ceart agat, a Elsa, ach breathnaigh air mar seo,' a dúirt Scruff. 'Tá aithne againn uirthi le cúig bliana anuas agus má tá rud éigin ag cur as di ba chóir dúinne cabhrú léi.'

'Ach céard a bheadh ag cur as di?' a d'fhiafraigh Sabine.

'B'fhéidir go bhfuil freagra na ceiste sin agamsa,' arsa Rachel. D'inis sí dóibh faoin nglaoch gutháin Oíche Nollag agus faoin gcomhrá a bhí aici le Lillian, an tseachtain roimhe sin.

'Cén fáth nár inis tú é seo dúinn roimhe seo, a Rachel?'

'Éist, a Sabine, tá mise sa seomra céanna léi agus chuir sí glaoch ormsa an oíche sin. Labhair sí liom faoi bhrí na mionn agus chomh maith leis sin ní raibh a fhios aici go dearfach ag an am sin an raibh sé fíor ar chor ar bith. Ansin nuair a labhair mé léi tar éis teacht ar ais anseo bhí sé soiléir go raibh sí mícheart faoin rud go léir.'

'Bhuel, cén fáth a bhfuil sí á hiompar féin mar seo más é sin an scéal?'

'A chailíní, ní hé ár ngnó é cén fáth a bhfuil sí mar seo. Ligigí di é a oibriú amach di féin. Nuair a bheidh sí réidh labhróidh sí linn arís.'

'B'fhéidir go bhfuil an ceart agat, a Elsa,' arsa Sabine. 'Má theastaíonn uaithi bheith léi féin tá an ceart sin aici.'

Chasadh Rachel le Frank beagnach chuile Dhomhnach. Tháinig sé amach ar an ordóg anois agus arís ach uaireanta eile bhí sé in ann carr Raghnaill a fháil ar iasacht. Bhí ag éirí go maith leo i gcuideachta a chéile agus mhothaigh Rachel go maith faoin gcaidreamh. Chomh maith le bualadh le chéile ag an deireadh seachtaine choinnigh siad orthu ag scríobh chuig a chéile chuile sheachtain. Bhí siad an-sásta le chéile agus de réir a chéile bhí Rachel ag tosú ag smaoineamh go raibh sí ag titim i ngrá leis. Nuair nach raibh an carr aige rachaidís ag siúl timpeall na háite ach bheadh air imeacht go luath chun filleadh ar Ghaillimh ar an ordóg. Oíche amháin ní raibh sé in ann síob a fháil ón Teach Dóite agus bhí air an oíche a chaitheamh i *B&B* agus an bus a fháil maidin Dé Luain. Ag tús mhí Feabhra thosaigh Rachel ag síniú a litreacha: 'Le Grá, Rachel.'

Bhí an-imní ar Rachel faoi Lillian anois. Níor chosúil go raibh leigheas ag teacht ar an scéal ar chor ar bith. Bhí a cara níos faide uaithi anois ná riamh roimhe seo. Níor labhair Lillian le haon duine ar chor ar bith agus bhí sé soiléir go raibh sí ag fulaingt go mór ar an taobh istigh. Rinne Rachel gach iarracht labhairt léi, d'fhág sí nótaí di fiú, ach bhí Lillian imithe isteach inti féin go hiomlán anois. Fiú sa seomra ranga is corruair a labhair sí ar chor ar bith. Lá amháin nuair a bhí Rachel ag dul thar oifig an tSiúr Michael bhuail an smaoineamh í gur chóir di rud éigin a rá le duine de na húdaráis faoi Lillian. Bhuail sí cnag ar an doras.

'Tar isteach.'

D'oscail sí doras na hoifige. Bhí an tSiúr Michael ina suí taobh thiar den deasc. 'Tar isteach, a Rachel, agus céard is féidir liom a dhéanamh duit?'

D'inis Rachel gach rud di. Nuair a bhí sí críochnaithe ní dúirt an tSiúr Michael aon rud ar feadh nóiméid. Ansin labhair sí go mall réidh.

'Is maith an rud é gur tháinig tú chun labhairt liom, a Rachel. Le cúpla seachtain anois thugamar faoi deara go raibh rud éigin cearr le Lillian agus táimid ag coinneáil súil ghéar uirthi. Labhair mé lena tuismitheoirí fúithi fiú ach níor cheap siadsan go raibh aon chúis imní ann. Tuigim an scéal i bhfad níos fearr anois tar éis an méid a d'inis tú dom.'

'Ní déarfaidh tú léi go raibh mé ag labhairt leat fúithi?'

'Cinnte. Ní déarfaidh mé tada faoin gcomhrá seo le haon duine ach tá cabhair de shaghas éigin ag teastáil uaithi, tá sé sin soiléir anois.'

'Ach is cara liom í, tá a fhios agam nach mbeadh sí sásta dá mbeadh a fhios aici gur labhair mé le haon duine faoi seo.'

'Rinne tú an rud ceart labhairt liom, a Rachel, cibé rud a cheapann tú féin. Bheinn an-bhuíoch díot dá bhféadfá súil a choinneáil uirthi. Tá a fhios agat cá bhfuilim má theastaíonn uait labhairt liom faoi seo arís. Cuirfidh mé glaoch ar a tuismitheoirí arís ach deirtear liom go bhfuil siad thar lear go dtí an Aoine seo chugainn.'

'Ó, ní féidir leat labhairt leo faoi seo. Mharóidís í.'

'Beidh orthu eolas a fháil faoi seo luath nó mall, a Rachel. Níl aon dul as sin.'

Nuair a d'fhág sí an oifig mhothaigh Rachel an-chiontach faoin rud a bhí déanta aici. Ní raibh sé ar intinn aici riamh go bhfaigheadh tuismitheoirí Lillian amach faoi seo. Ó céard a bhí déanta aici? Bhuel, bhí sé ródhéanach aon rud a dhéanamh faoi anois. An tráthnóna sin chuaigh sí suas an bóthar ón scoil agus chuir sí glaoch ar shiopa Julia agus d'iarr sí uirthi Frank a fháil óna árasán. Theastaigh uaithi comhairle a fháil ó dhuine éigin.

'Rinne tú an rud ceart, a Rachel. Céard eile a d'fhéadfá a dhéanamh di? Beidh a fhios acu céard ba chóir a dhéanamh di anois.'

'Ach mothaím cosúil le feallaire, a Frank.'

'Tuigim cén fáth, ach níor chóir duit bheith ag mothú mar sin in aon chor. Feicfidh mé ar an Domhnach thú; beidh an carr agam.'

'Ceart go leor, a Frank, slán.'

'Slán.'

Mhothaigh sí giota beag ní b'fhearr fúithi féin tar éis di labhairt le Frank ar an bhfón, ach ag an am céanna bhí imní uirthi faoina cairdeas le Lillian. Ba í Lillian an cara ab fhearr a bhí aici riamh agus gach lá anois bhí siad ag druidim níos faide óna chéile. Tar éis am tae an oíche sin chuaigh sí suas go dtí an seomra chun roinnt staidéir a dhéanamh. Ní raibh Lillian sa seomra nuair a thosaigh sí thart ar a seacht a chlog. Bhí Rachel ag foghlaim briathra Fraincise nuair a tháinig Lillian isteach timpeall fiche nóiméad ina dhiaidh sin. Sheas Lillian i lár an tseomra taobh thiar de Rachel. Ní dúirt sí aon rud ach nuair a chas Rachel timpeall thug sí faoi deara go raibh Lillian ag breathnú go searbh uirthi.

'Tá súil agam go bhfuil tú sásta leat féin anois, a Rachel!' Ba é seo an chéad fhocal a chuala Rachel ó bhéal Lillian le beagnach mí anuas. Ba léir go raibh sí ar buile léi agus bhí scéin ina súile.

'Níl a fhios agam céard atá i gceist agat, a Lillian.'

'Ó, tá a fhios agat go maith. Bhí tú ag dul thart ag insint scéalta fúm do chuile dhuine, do na mná rialta fiú.'

'A Lillian, ní thuigeann tú ar chor ar bith ...'

'Ó, sea, tuigim go maith, tuigim rud amháin ar aon nós agus is é sin go bhfuil an ghráin shíoraí agam ortsa, a bhitseach.'

Leis sin, shiúil Lillian sall chuici agus thug sí boiseog sa bhéal di. Bhain an eachtra geit as Rachel. Níor fhéad sí aon rud a rá ach shuigh sí ansin ag breathnú ar Lillian ar feadh tamall fada. Faoi dheireadh rinne sí iarracht labhairt léi ach chas Lillian agus d'fhág sí an seomra.

Shuigh Rachel ag an deasc agus bhí na céadta smaoineamh ag rith trína hintinn. Céard a bhí déanta aici ar chor ar bith? Níor tháinig Lillian ar ais go dtí an seomra. Rinne Rachel roinnt staidéir ach ní raibh sí in ann a hintinn a dhíriú ar na leabhair i ndáiríre. Ní raibh sí in ann í féin a stopadh ag smaoineamh ar Lillian agus an méid a bhí ráite aici léi. B'fhéidir go raibh an ceart aici agus gur feallaire í Rachel i ndáiríre. Cheap sí go raibh an rud ceart á dhéanamh aici nuair a labhair sí leis an tSiúr Michael ach ba chosúil go raibh sí chun Lillian a chailliúint mar chara dá bharr. Ba é an rud ba mhó a chuir as di ná an ghráin a bhí i nguth Lillian agus an chaoi ar bhreathnaigh sí uirthi nuair a thug sí an bhoiseog di. B'shin taobh de charachtar Lillian nach bhfaca sí cheana.

Bhí sé beagnach a haon déag nuair a bhreathnaigh Rachel ar a huaireadóir. Ní raibh Lillian ar ais fós. Bhí imní ar Rachel fúithi ach b'fhéidir go raibh sí thíos sa seomra teilifíse nó sa seomra caitheamh aimsire nó in áit éigin mar sin. Chuala sí guth an tSiúr Claire sa dorchla, 'Múchaigí na soilse, a chailíní, múchaigí na soilse.'

Chuaigh Rachel síos an staighre go dtí an seomra teilifíse agus an seomra caitheamh aimsire, bhí siad faoi ghlas. Cá raibh sí? Ar a bealach ar ais chonaic sí solas faoi dhoras an tSiúr Michael. Shiúil sí thar an doras ach stad sí agus shiúil sí ar ais. Bhuail sí cnag bog ar an doras.

'Tá sé ar oscailt.' D'oscail Rachel an doras.

'A Rachel. Tar isteach, an bhfuil aon rud cearr?'

Go tapa d'inis Rachel di faoin argóint a bhí aici le Lillian,

'D'fhág sí an seomra roimh a hocht agus níl sí tagtha ar ais fós.'

'Ceart go leor, a Rachel. Anois téigh suas go dtí an seomra arís agus mura bhfuil sí tagtha ar ais fós, tar anuas chugam ar an bpointe.'

Rith Rachel suas staighre ach bhí an seomra folamh. Nuair a bhí sí ag dul thar sheomra Sabine d'oscail Sabine an doras. Bhí sí gléasta ina gúna oíche.

'Psst, céard atá ar siúl agat, a Rachel?' a dúirt sí ag labhairt i gcogar.

'Tá mé ag cuardach Lillian, níor tháinig sí ar ais go dtí an seomra anocht ar chor ar bith.'

'Chonaic mise í níos luaithe thart ar a hocht ag dul amach an doras tosaigh nuair a bhí mé ar an bhfón.'

'Níl a fhios agat cár imigh sí?'

'*No*, níl.'

D'inis Rachel don tSiúr Michael faoin méid a bhí ráite ag Sabine.

'Tá sé sin ait go leor. An bhfuil aon tuairim agat cá n-imeodh sí, a Rachel?'

'Níl tuairim dá laghad agam.'

'An bhfuil a fhios agat faoi aon áit a n-imeodh sí chun a bheith ina haonar nó aon rud?'

'Níl a fhios agam ... bhuel tá ... *no*, ní bheadh sí imithe ansin.'

'Inis dom, a Rachel, b'fhéidir go mbeifeá in ann cabhrú linn teacht uirthi.'

Chuimhnigh Rachel ar an lá sin cúpla mí roimhe sin nuair a shuigh an bheirt acu ag deireadh na cé in aice leis an seanchrúca báid ag caitheamh píosaí airgid isteach sa loch.

'Bhuel, lá amháin cúpla mí ó shin chuamar síos go dtí an ché in aice leis an seanchrúca báid.'

'Seo, cuir ort an cóta seo, a Rachel.' Thug an tSiúr Michael cóta dá cuid féin di. 'Taispeáin dom an áit seo.'

Bhí tóirse ag an tSiúr Michael agus rinne an bheirt acu a mbealach síos go dtí imeall an locha. Bhí sé ag cur báistí go héadrom. Smaoinigh Rachel go raibh sé amaideach dóibh bheith ag lorg Lillian sa dorchadas mar seo. Ní raibh mórán seans go raibh sí thart ar aon nós. B'fhéidir go raibh sí imithe isteach go dtí an Clochán ar an ordóg chun casadh le Malachai. Lean siad orthu gur tháinig siad chomh fada leis an gcrúca bád. Cheap Rachel gur chuala sí glór duine éigin sa dorchadas ach ní raibh sí cinnte de. Nuair a bhí siad ar an gcé chonaic siad rud éigin i solas an tóirse. Bhí sé ag cur báistí go trom anois agus nuair a tháinig siad gar do bhun na cé chonaic siad gur Lillian a bhí ann. Bhí sí ina suí ar an gcé a lámha timpeall a glún, agus bhí sí ag luascadh anonn is anall ag caoineadh di féin. Ní raibh ach blús agus sciorta uirthi agus bhí sí fliuch go craiceann. Bhain an bhean rialta a cóta féin di agus chuir sí timpeall ar ghualainn Lillian é. Chas Lillian timpeall agus d'fhéach sí orthu go leamh.

'Bhí mé ag breathnú trí na scamaill ar an ngealach. Tá sé go hálainn.' Chabhraigh an bheirt acu léi éirí ina seasamh.

'Tá tú ceart go leor anois, a Lillian, táimid chun tú a thabhairt isteach sa scoil anois. Tá sé go deas tirim ansin.'

Labhair an tSiúr Michael go cneasta léi.

'A Rachel, ar mhiste leat dul suas go dtí seomra an tSiúr Claire agus a rá léi an otharlann a oscailt, más é do thoil é?'

Bhí an triúr acu ar an mbealach ar ais go dtí an doras tosaigh, chuaigh Rachel ar aghaidh chun an tSiúr Claire a dhúiseacht.

Nuair a bhí Lillian curtha i leaba san otharlann dúirt an tSiúr Michael le Rachel dul a chodladh í féin. Chuaigh sí suas go dtí an seomra. Bhí sí trína chéile faoin méid a bhí tarlaithe. Céard a bhí cearr le Lillian? An mbeadh sí ceart go leor?

Ní fhaca sí Lillian arís. Rinne sí iarracht cuairt a thabhairt uirthi san otharlann ach ní raibh cead ag aon duine í a fheiceáil. Cúpla lá ina dhiaidh sin chuaigh Rachel suas go dtí a seomra ag am lóin agus bhí bean sa seomra ag cur éadaí Lillian i gcás mór.

'Hello,' a dúirt sí. Chas an bhean timpeall.

'Ó, hello. Caithfidh gur tusa Rachel, an ea? Is mise máthair Lillian.' Shin sí amach lámh ar a raibh lámhainn dhubh. Chroith Rachel lámh léi.

'Cén chaoi a bhfuil Lillian?'

'Ó, tá sise go maith, buíochas le Dia. Tá sí ag teacht abhaile linn inniu. Tá a fhios againne, ar aon nós, conas aire a thabhairt di.'

'Cathain a bheidh sí ag teacht ar ais?'

'Ní bheidh sí ag filleadh anseo arís, geallaim sin duit.'

'Ach, Mrs Moore, ní bhfuair mé seans labhairt léi agus gach rud a mhíniú di ...'

'Bhuel ní bhfaighidh tú an seans sin. Níl aon rud le míniú ar aon nós. Tá Lillian tinn de bharr na háite uafásaí seo. Níor theastaigh uaimse í a chur chuig scoil chónaithe sa chéad áit fiú. Ar aon nós táimid críochnaithe leis an áit seo anois. Ní rabhamar ach díreach ar ais ón Aerfort nuair a fuaireamar an glaoch.'

'Ba mhaith liom slán a rá léi.'

'Déarfaidh mise léi go ndúirt tú slán.'

'Ach ... ach.'

'Ach tada. Sin an méid. Slán agat, a Rachel.'

Sheas Rachel sa seomra léi féin. Ní raibh sí in ann dearcadh mháthair Lillian a thuiscint. Ba í Lillian an cara ab fhearr a bhí aici sa domhan agus ní raibh cead aici fiú slán a rá léi. Bhreathnaigh sí amach an fhuinneog agus chonaic sí an ardmháistreás ag labhairt le hathair Lillian isteach trí fhuinneog oscailte an chairr. Smaoinigh sí ar an méid a bhí ráite ag Lillian faoina hathair. Níor thaitin sé léi ar chor ar bith. Bhí sé i gcónaí ag seoladh airgid sa phost chuici chun a choinsias a shásamh, agus anois bhí sé tagtha chun í a thabhairt abhaile ón gCoill Mhór. Bhreathnaigh sí ar an gcarr ag gluaiseacht go tapa síos an ascaill ag tabhairt leis a cara go dtí saol eile i bhfad uaithi. I ngan fhios di féin bhí na deora ag sileadh léi.

An Domhnach ina dhiaidh sin tháinig Frank ar cuairt chuici i gcarr Raghnaill. Bhí Rachel trína chéile agus chomh luath agus a chonaic sí é bhí fonn caointe uirthi. Thuig Frank céard a bhí ag cur as di.

'Éist, a Rachel, tá sé ceart go leor, tabharfaidh mise aire duit.'

'Ó, a Frank, níl a fhios agam céard atá ag tarlú dom ar chor ar bith.'

Thriomaigh sí a súile agus shuigh sí isteach sa ghluaisteán.

'An dteastaíonn uait labhairt faoi?'

'Bhuel, níl a fhios agam céard atá ar siúl i mo cheann ar chor ar bith.'

Thiomáin siad amach trí gheata tosaigh na scoile. Chas siad ar chlé agus thiomáin Frank i dtreo Loch Eidhneach.

Stop siad i gcarrchlós an óstáin agus bhreathnaigh an bheirt acu amach ar an loch.

'An cuimhin leat an chéad uair a thángamar anseo, a Rachel?'

'Is cuimhin liom go maith é, a Frank.'

Bhí ciúnas eatarthu ar feadh tamaill. Ansin labhair Frank.

'Éist, a Rachel, céard a theastaíonn uait a dhéanamh?'

'Faoi cén rud?'

'Faoi gach rud, an scoil, Lillian, d'athair, muidne, céard atá uait as seo go léir?

Bhreathnaigh sí isteach sa dá shúil air, bhí sí fós ag caoineadh.

'Níl a fhios agam, a Frank, caithfidh go bhfuil rud éigin cearr liomsa mar dhuine. Is cosúil nach féidir liom grá a bheith agam d'aon duine ach go n-imíonn siad uaim, mo mháthair, agus anois Lillian agus bhuel níl a fhios agam céard ba chóir dom a dhéanamh, tá mé trína chéile. Agus tusa.'

'Sea, céard fúmsa?'

'Ó, níl a fhios agam, a Frank.'

'B'fhéidir gurbh fhearr dúinn gan bualadh le chéile ar feadh tamaill?'

'Sea, b'fhéidir. Ó, níor mhaith liom tusa a chailliúint freisin ach tá na mílte smaoineamh i mo cheann agam agus ní féidir liom aon chiall a bhaint astu. Is tusa an chéad duine a bhfuil ... bhuel an chéad duine ar mhothaigh mé mar seo faoi.'

'Tuigim. Tuigim, b'fhéidir níos fearr ná mar a cheapann tú. Tá roinnt mhaith ar siúl i do shaol faoi láthair agus caithfidh tú féin an chuid is mó de a shocrú. Cinnte tá mise i ngrá leat ach b'fhéidir nach é sin atá ag teastáil uait ag an nóiméad seo ar chor ar bith, a Rachel. Go minic ní leor é sin.'

'Ó, a Frank, mothaím go bhfuil an méid sin roghanna le déanamh agam nach bhfuilim in ann aon difríocht a fheiceáil eatarthu go léir.'

'A Rachel, tóg do chuid ama chun smaoineamh faoi gach rud. Oibreoidh tú chuile rud amach, táim cinnte de sin. Ní theastaíonn uaimse aon bhrú a chur ort, ní bheadh sé sin ceart ná cóir. Tá mé anseo duit anois agus beidh mé anseo duit cibé uair a bheidh mé ag teastáil uait - amárach, an tseachtain seo chugainn, an bhliain seo chugainn. Níl mise ag dul in aon áit, is féidir leat bheith cinnte faoi sin. Tá an oiread sin cásanna agam le buachan os comhair an Rottweiler nach féidir liom an tIarthar a fhágáil anois. Rinne mé suas m'aigne, tá mé chun mo bhaile agus mo shlí bheatha a dhéanamh i nGaillimh. Beidh a fhios agat i gcónaí cá bhfuil mé le fáil.'

'Ó, a Frank ...'

Rug siad barróg ar a chéile.

Bhí Rachel an-bhuartha nuair a d'fhág Frank ar ais chun na scoile í an tráthnóna sin. Ní raibh aon socrú dearfach déanta acu ach bhí a fhios aici nach bhfeicfeadh sí Frank an Domhnach dár gcionn. Bhí an oiread sin le hoibriú amach aici féin. Shiúil sí suas na céimeanna go dtí an doras tosaigh. Bhí an tSiúr Michael ina seasamh sa halla. 'Á, a Rachel, bhí mé ag fanacht leat. Tá cuairteoir anseo duit.'

Shín sí amach a lámh i dtreo an pharlúis. Bhí bean éigin ina shuí i gcathaoir uilleann agus a droim léi agus d'éirigh sí ina seasamh nuair a dhún Rachel an doras.

'Nóirín!'

'Sea, an bhfuil iontas ort mise a fheiceáil?'

'Tá ach cén chaoi?'

'Fuair mé glaoch ón tSiúr Michael ag rá liom go raibh tú réasúnta uaigneach agus cheap mé go dtiocfainn ar cuairt chugat. Bhuail an tSiúr Michael liom ag stáisiún na traenach i nGaillimh agus dúirt sí go bhfágfadh sí isteach arís ar maidin amárach mé. Tá mé ag fanacht i seomra gar do sheomra an tSiúr Michael.'

'Ar chuala tú faoi Lillian?'

'Sea, chuala mé fúithi. Ach cén chaoi a bhfuil tusa, a Rachel? Sin é an t-eolas atá uaimse.'

'Ó, tá mise ceart go leor. Bhuel níl mé ceart go leor in aon chor, tá mé trína chéile faoi seo agus faoi gach rud eile, a Nóirín.'

Labhair siad le chéile ar feadh tamaill, faoi Lillian agus Frank agus gach rud eile. D'inis Nóirín di go raibh sé sa nuachtán áitiúil sa bhaile go raibh Vinnie Óg Mulcahy bainte de liosta Ollchumann Dlí na hÉireann tar éis a iniúchta mar gheall ar líomhaintí caimiléireachta a cuireadh ina leith. Bhí an bheirt acu sona sásta faoin scéal seo. Faoi dheireadh d'éirigh Nóirín ina seasamh.

'Tá sé in am domsa dul a chodladh, feicfidh mé thú ar maidin. Rud amháin eile, a Rachel,' thóg sí clúdach litreach as a mála láimhe, agus thug sí do Rachel é.

'Tháinig sé seo sa phost ó d'athair tar éis na Nollag. Is ticéad aerlíne fillte é go dtí na Stáit Aontaithe. Is féidir leat úsáid a bhaint as nó é a stracadh as a chéile. Ar a laghad, trína chur sa phost chugamsa bhí a fhios aige nach strócfaí é gan an clúdach litreach a oscailt fiú.' Rug Rachel barróg ar Nóirín.

XIV

Cúig mhí ina dhiaidh sin bhí Rachel ag brionglóidigh di féin sa ghiomnáisiam. Ba é seo an scrúdú deiridh san Ardteist. Bhí an oiread sin tarlaithe ón lá ar tháinig Nóirín ar cuairt go dtí an Choill Mhór. Leis an bhfírinne a insint ní raibh saol Rachel ach ag tosú i gceart inniu. Tar éis an scrúdaithe seo bheadh sí ag tosú ar aistear sa saol, gan na cairde a bhí aici sa Choill Mhór a bheith timpeall uirthi. Bheadh deireadh leis an mbliain a thosaigh in óstán Keadeen leis an gcomhrá sin idir a hathair agus a huncail agus an bróisiúr a raibh pictiúr den scoil seo ar a chlúdach.

Tháinig litir ó Lillian an lá sular thosaigh an Ardteist coicís ó shin. Bhí Lillian ag freastal ar St. John of Gods i mBaile Átha Cliath agus bhí síceolaí óg dathúil ag iarraidh cabhrú léi a saol casta briste a chur le chéile arís. Ina litir, líon Lillian na bearnaí ina scéal féin ó thaobh na Nollag roimhe sin de. Toisc go raibh sí uafásach tinn chuile mhaidin i rith na Nollag bhí a fhios ag a tuismitheoirí go raibh rud éigin cearr. Ba í a máthair a thug faoi deara i dtosach céard a bhí ar Lillian agus Oíche Chinn Bhliana thóg a tuismitheoirí go dtí an dochtúir áitiúil í. Bhí sí ag iompar. Bhí argóint idir a máthair agus a hathair faoi céard ba chóir di a dhéanamh. Níor chuir siad ceist ar bith ar Lillian. Theastaigh óna hathair iachall a chur uirthi ginmhilleadh a bheith aici. Theastaigh óna máthair go mbéarfaí an leanbh di ach go dtabharfadh sí suas i gcomhair uchtála é nó í. Idir an bheirt acu bhí siad sásta go mbeadh réiteach ar a 'bhfadhb' ar bhealach amháin nó ar bhealach eile. Faoi dheireadh, sular tháinig a tuismitheoirí ar réiteach chaill Lillian an páiste. Ba é dearcadh a tuismitheoirí gur chóir do Lillian filleadh ar an scoil agus an Ardteist a dhéanamh agus dearmad a dhéanamh ar an méid a bhí tarlaithe. Nuair a bheadh sí ag staidéar ní bheadh aon am aici bheith ag smaoineamh an iomarca agus bheith ag smaoineamh go fánach ar an eachtra thragóideach seo. Rinne sí botún ach bhí sé sin thart, buíochas le Dia mar dar leo bhí deireadh leis an bhfadhb. Ní raibh sé ach ina thús.

Ní raibh sé soiléir riamh céard a rinne Vinnie Óg Mulcahy nuair a dhóigh sé an píosa páipéir sin le hainm Ailbhe Sumner air. B'fhéidir go raibh an ceart ag Frank, gur treoracha iad a thug Ailbhe dó chun uacht a dhéanamh nó b'fhéidir treoracha chun colscaradh a fháil. Ar bhealach ba chuma céard a bhí ann. Ní raibh a fhios ag Rachel an lá sin sa ghiomnáisiam ach nuair a shroich sí ocht mbliana déag d'aois trí mhí roimhe sin bhí a hathair ag líonadh foirme i gClárlann na Talún i Nás na Rí chun an teach i mBaile an Mhuilinn a chur in ainm Rachel. Bhí sé cinnte gurbh é sin a bhí beartaithe ag Ailbhe. Bhí sé tuillte ag Rachel (agus Nóirín, cé go mba ghráin leis é a admháil). Ar aon nós bhí a fhios aige nach mbeadh seans ar bith aige Rachel a fheiceáil dá ndíolfadh sé an teach. Bíodh an teach acu.

Bhí saol nua ag David Sumner i Nua-Eabhrac agus bhí bean nua faighte aige freisin. Ar bhealach bhí sé níos éasca dó anois caidreamh a bheith aige le bean eile tar éis bhás Ailbhe. B'fhéidir nach mbeadh aon rud faighte aige ó eastát Ailbhe dá mba rud é go raibh siad colscartha ach sin é an chaoi. Rinne Vinnie botún éigin agus bhí David Sumner níos fearr as fiú mura raibh a fhios aige cén fáth. Bhí sé ait, ach theastaigh uaidh níos mó ná riamh caidreamh éigin, teagmháil éigin, a bheith aige le Rachel. Bhí sé ag súil go dtiocfadh sí ar cuairt chuige. Bhí sé cinnte go mbeadh dearmad glan déanta aici ar na drochrudaí a tharla sna blianta roimhe sin. Ní dhéanfadh Rachel dearmad ar a máthair choíche ach bhí sé cinnte go mbeadh sé in ann an bhearna sin a líonadh ar bhealach éigin. Ag deireadh an lae ba é a hathair é agus bheadh tuismitheoir uaithi am éigin; b'shin nádúr an chine dhaonna. Chomh maith leis sin bheadh seans níos fearr aige labhairt léi in áit neodrach. Ar aon nós chuir sé ticéad fillte chuici trí Nóirín. Dá bhfeicfeadh Nóirín go raibh sé dáiríre b'fhéidir go dtiocfadh Rachel chuige. B'ise an t-aon rud ón ngiota sin dá shaol a d'airigh sé uaidh.

Chuala Rachel an feitheoir ag rá go raibh cúig nóiméad fágtha. Thuig sí, áfach, go raibh i bhfad níos mó ama ná sin fágtha aici ina saol féin. Chaith sí cúpla mí ag iarraidh réiteach a fháil ina hintinn féin ar an gceist idir í féin agus a hathair. Ní hé go raibh fonn uirthi maithiúnas a thabhairt dó, níorbh é sin é ar chor ar bith, ach b'fhéidir go mbeadh uirthi déileáil leis chun ceist an tí i mBaile an Mhuilinn agus todhchaí Nóirín a phlé. Bhí an ticéad fillte fós ina seomra, sáite ina dialann aici. Bhí sí nócha naoi faoin gcéad cinnte céard a dhéanfadh sí leis.

Rud amháin a bhí cinnte ina saol, bhí sí i ngrá. Nuair a bhailigh sí suas a cuid peann agus an cárta beag lena huimhir scrúdaithe scríofa air, shiúil sí i dtreo an dorais agus amach léi. Shiúil sí síos go dtí doras tosaigh na scoile agus sheas sí ar chéim agus a droim leis an doras mór adhmaid. Amach thar an loch chonaic sí carr stoptha ar an droichead agus duine ina sheasamh in aice leis. Cé go raibh sí i bhfad uaidh bhí a fhios aici cé a bhí ann. Bhí grian an mheán lae ag taitneamh go láidir sa spéir. Bhí a saol go léir ag síneadh amach roimpi agus cé nach raibh a fhios aici céard a tharlódh ann, bhí Rachel sona sásta. Bhí sí in ann an taobh eile den scamall a fheiceáil go soiléir den chéad uair riamh.

BUÍOCHAS

Clare Grealy, Tomás Ó Dúlaing, Seamus Gill, John McHale, Noreen Gallagher, Mary Honan, Pádraig Standún, Peggy Donoghue, Niall Ó Murchú, Stephen Vizinczey, Bernadette Lawler, Colette Griffin, Arlen House, Alan Hayes, Pól Ó Murchú, Mícheál Mac Craith.

An tOireachtas (a bhronn duais ar an úrscéal seo).

'Agus anois, an aimsir á léamh ag Sylvia Draper.'

FAOIN ÚDAR

Is as cathair na Gaillimhe do Conor Bowman. Tá cúig úrscéal agus dhá bhailiúchán gearrscéalta foilsithe aige cheana. Tá an dáta breithe céanna aige is a bhí ag George Harrison.

Leabhair eile leis an údar seo:
Hughie Mittman's Fear of Lawnmowers
Horace Winter Says Goodbye
The Redemption of George Baxter Henry
The Last Estate
Wasting By Degrees
No Shortage of Long Grass
Life and Death (and in-between)